タイド

鈴木光司

角川ホラー文庫
19675

目次

プロローグ　五
第一章　通信文　一九
第二章　行者窟　八四
第三章　双頭の蛇　一七五
第四章　大峯山　二八七
エピローグ　三四七
解説　池上冬樹　三五六

プロローグ

大学で古代史を学ぶ春菜（はるな）が、ボーイフレンドの土屋（つちや）を誘って、長野県諏訪（すわ）郡にある井戸尻（いどじり）遺跡を訪れたのは、ゴールデンウィークを翌週に控えた四月の終わりのことである。

駐車場に土屋が運転するレンタカーが停まるやいなや、春菜は、さっとドアを開け、降り立ってひやりとした空気を吸った。車内は暑いぐらいだったが、外は冷気が勝って気持ちがいい。

春菜は、その場でぐるりと身体を回転させ、視線を巡らせてみる。

草に覆われたなだらかな斜面には、縄文（じょうもん）時代の生活を模した竪穴（たてあな）式住居が復元され、茅葺（かやぶ）き屋根を越えた向こうに、雪の筋を残す八ヶ岳（やつがたけ）が聳（そび）えていた。南に視線を転じれば、やはり頂に雪をかぶった甲斐駒ヶ岳（かいこまがたけ）が見える。今は晴れているけれど、裾野（すその）には雲が忍び寄りつつあった。

史跡公園のほとんどすべては花畑となっていた。この時期はまだ、エンコウソウぐらいしか咲いてはいない。あと二週間もすれば、スイレン、コウホネ、カキツバタ、ヒツジグサ、アヤメなどが咲き誇るはずだ。

四月生まれなだけに、春菜は春の花々が大好きだった。目を閉じれば、満開に彩られた花畑を想像することができた。五感が働いて、そこにないはずの匂いまで嗅ぐことができる。

春菜は、深呼吸をひとつして、もうすぐやって来る初夏の匂いを味わっていた。

「どこから見ようか」

土屋に訊かれ、ふとわれに返ると同時に、空想の中の花々は、小さな一区画を占めるエンコウソウだけを残して消えていった。

土屋は、大学院に籍を置く先輩で、ひとつ年上だった。教養学部時代は古代史のイロハを教えてくれる師という位置づけであったが、古代史専攻に進学すると同時に、そのポジションは恋人へとスライドしていた。卒論やゼミのレポートを書く上で、彼のアドバイスは大いに役に立つだろうと、多少の打算が働いたのも否めない。恋人として眺めた場合、最近とみに違和感の比重が増していた。頭はよく、知識も豊富だ。しかし、どこか頼りなく、もの足りなく感じる。

「もちろん、考古館からよ」

車を停めた駐車場のすぐ前には、考古館とおぼしき建物があった。駐車場前の傾斜地は、花畑に囲まれた遺跡で、中央では、細い水の流れを受けて水車小屋の水車が回っている。

土屋は、外に広がる遺跡と、考古館に展示された展示品の、どちらから先に見学しようかと訊き、春菜は、「考古館」と即答したのだった。

答えるまでの時間の短さに、「なぜそんな当たり前のことを訊くの」という抗議を込めていた。はるばる東京からやって来た目的は、井戸尻考古館に展示された土偶を見るためなんだから、それをまず優先させるのが当然でしょ。あなたがやるべきは、目標を見極めてしっかり導くこと。なんでもかんでもおうかがいを立て、物事を決めかねる男の態度に、春菜は、頼りなさを感じるのだ。

春菜は、土屋より先に歩き出して、考古館の玄関へと向かった。二歩ばかり遅れてついてきた土屋は、ロビーに入る頃合いを見計らって春菜を抜き去り、尻ポケットから財布を取り出した。率先して入館料を払おうとしたのだが、受付に人の姿はなく、あらぬ方向へと視線を泳がせた後、財布をポケットに戻していった。

「すいません。だれか、いませんか」

春菜は、ガラス戸越しに声をかけた。中年の女性が現れ、ガラス窓から顔を出してカップルであることを認め、「おふたりで六百円です」と入館料を告げた。

土屋が料金を払い終わるのももどかしく、春菜は、考古館の内部に足を踏み入れていた。

平日の昼間とあって、館内に人の姿はなかった。

百畳ほどの広さを持つ長方形の部屋の三方が、ガラス製の陳列棚で占められ、八ヶ岳を取り巻く周辺部から出土した、土器、土偶、石器など、二千点近い展示物で飾られていた。大部分は縄文時代中期のものである。

土器の形状は、数種類に分類できた。深い、鉢の形をしているもの、球状のもの、下部が大きく膨らんだものと様々だ。どれも表面には湾曲した縄状の模様が描かれていた。

縁のところに小さな取っ手をつけて実用面での配慮を示すものもあれば、華美に過ぎて実用性を失しているものもある。地味で素朴な土器は、煮炊きや、貯蔵用に使われたのではないかと推測された。実用性と芸術性が適度に混ざり合い、ガラスケースの内側に陳列される土器は、どれも個性にあふれていた。

純粋に芸術性のみを追求したと思われる土器の前で、春菜の足は自然に止められた。

「水煙渦巻文深鉢（すいえんうずまきもんふかばち）」

そう名付けられた土器は、古美術展に出展されるほどの独創性を備えている。複雑に絡まり合ったループ状の模様が縁の上を幾重にも覆い、利便性は一切無視されていた。

いつの間にか、春菜の横に土屋が立っていた。

「陰と陽の、絶妙なバランスだね。月と太陽の、相対するイメージが、ここに具現化されている」

既に知識を得ているのか、土屋は、的確なコメントを披露してきた。

「なぜ、こんなものを創ったのかしら」

春菜は、五千年ばかり前に、これを創った者の意図を知りたいと思う。抽象的な模様には、当時の現実に即した願望や祈りが込められているのではないかと、彼女は推測する。

五千年前に生きた縄文人の心中を察するのは、なかなか難しい。複雑な言語運用を重ねてようやく手に入れた現代人の脳と、五千年前に生きた純朴な縄文人の脳では、抽象概念を理解する能力において決定的な差があり、単純な類推が成り立たなくなるからだ。

問いに答えられぬまま、土屋は春菜と並んで歩き出し、ふと気づくと、いつの間にか、壁の三方を取り囲んだガラスケースをすべて見終わっていた。

春菜が大いなる興味を抱き、今回の目玉として期待した土偶はどこにもなかった。歩いてきたルートを逆に辿(たど)って眺め渡すと、中央に小さなガラスケースが置かれているのが見えた。中には、高さ二十センチにも満たない女人像が立っている。思っていたよりもずっと小さかったため、見過ごしてしまったようだ。

春菜と土屋は、吸い寄せられるように土偶を収めたガラスケースに歩み寄り、しばし無言で眺め入った。

土偶とは、人間の形を模して土をこね、焼き上げられた土製品である。縄文時代初期の頃より創られていて、中期のものになると、八ヶ岳周辺の信州(しんしゅう)や甲斐から、口縁部に蛇がうねる土器が多く発見されるようになる。

今、春菜と土屋が眺めているのは、両手を水平に伸ばして立つ、腰から上の女性像であった。

顔が異様に大きく、胴体との比率は半々で、ほぼ二頭身といったところか。性を女性と知らしめているのは、ふたつある胸の膨らみのみだ。ゆったりと丸みを帯びた乳房ではなく、おざなりにつけたふたつの突起物と言ったほうがいい。

顔は扇形をして、切れ長の目は吊(つ)り上がり、濃く太い眉(まゆ)が鼻のところで繋(つな)がっていた。胸の突起がなければ、男性とも女性とも判断することはできない。全身から中性的な匂いが漂っていた。

春菜と土屋は、ガラスケースの背後に回って、土偶を後ろから眺めることにした。背後から見て初めて、この土偶が持つ際立った特色が明らかになる。頭頂部が円形の受け皿となっていて、そこにマムシがとぐろを巻いているのだ。

春菜と土屋が、井戸尻遺跡の考古館にやって来たのは、これを見るためだ。今、ふたりが眺めているのは、数ある土偶の中でも特に珍しい、頭髪が蛇となってとぐろを巻く女性像である。

「蛇は、何を象徴しているのかしら」

春菜がぼそっとつぶやくのを受けて、土屋は静かに答えた。

「縄文時代草創期の頃から、人間と動物との親和力は、何かしらの方法で、表現されてきた。具体的な形となったのは、中期の、勝坂(かつさか)式土器の時代からだろうね。動物の中でも、蛇……、特に、マムシが多く具現化されている。そして、マムシが象徴するのは、復活なんだ。マムシは、死と再生を繰り返す存在として扱われる」

「つまり、死んだ後に蘇(よみがえ)りたいという願いが込められているわけ？」

「いや、もっと呪術(じゅじゅつ)的な意味があると思う」

「呪術……、つまり、呪いをかける」

「だれかに恨みを抱いて、呪いをかけるのではない。もともと、蛇には、人間を呪縛する力があると考えられていた。だから、縄文人は、蛇を畏怖(いふ)するようになり、蛇は恐怖の対象として定着していった。そんな時代に、もし、蛇をも従わせる力を持つ者が出てきたらどうだろうか。蛇を配下におさめ得る力を、目に見える形で誇示すれば、民衆は、彼女の強大な能力を恐れ、ひれ伏すはずだ」

「女って、決めつけているけど、蛇使いって、必ず、女性なのかしら」

「たぶんね。ほら、この土偶が示す通りだ。この女性は、蛇を頭の上に載せて、見事に手懐けている。そして、あたかも、霊能力の高さを誇示するかのように、両手を広げている。さあ、わたしの言うことをおきき。背くものがあれば、蛇の呪いで、おまえの身体を呪縛してやる……、そんなふうに、威嚇するかのようだ」

春菜は、無意識のうちに、土偶と同じポーズを取ろうとした。持っていたバッグを床に置き、指を軽く握って両腕を水平に伸ばしたとき、左の握り拳が軽く土屋の脇腹に触れた。

「アウチ！」

土屋がオーバーに痛がるのを横目に、春菜は、バッグから小型のカメラを取り出し、ガラスケースの正面で構えた。すると、土屋は、春菜の肘のあたりをつついて、ガラスケースの下方にある貼紙を指差してきた。そこには「撮影禁止」の文字がある。

一瞬、ためらってカメラをおろした後、春菜は、再度構え直した。館内にはだれもいない。受付の女性も奥に引っ込んだままだ。

春菜は注意書きを無視してシャッターを切っていった。

正面をとらえた最初の一枚はフラッシュが焚かれ、強い光を受けて土偶はほんの一瞬、表情を硬くしたように見えた。正面からの二枚目は、フラッシュを消し、ズームさせた。三枚目は背後に回ってまっすぐ背中を狙い、四枚目は、女性像の頭頂部に焦点を合わせてズームさせ、とぐろを巻く蛇を大写しにした。フラッシュを消していたはずなのに、青みを含んだ弱い光が瞬き、ほんのわずか、マムシの鎌首がもたげられたように見えた。

「生霊や死霊がたたりをなすことと、蛇が人に憑いて悪さをすることは、根っこのところでは、同じ……」

注意書きを無視して写真を撮った春菜を責めるかのごとき土屋の言葉が終わる間際、屋外で、小さく地鳴りがした。

もう一度、陳列棚の上部にしつらえられた高窓の枠が青白く光り、数秒置いて、巨大な石が転がるような音がごろごろと響いた。

そこでようやく光に連動する音の正体に思い至った。

「やだ、雷よ」

春菜は、手にカメラを持ったままその場を離れ、玄関へと走り、開け放たれたドアの向こうに八ヶ岳の山並みを見渡した。

さっきまでくっきりと雪の筋をのぞかせていた頂は雷雲に覆われ、斑状になった黒い部分がところどころで速く動いている。黒い縁を舐めて青白い光が天から地へと走って数秒後、ドロドロという音が届けられた。

雲は八ヶ岳の北から南へと移動していて、井戸尻遺跡の方にやって来る気配はなかった。春菜は、遠くで鳴る雷に魅入られ、光の筋の見事さに一種の感動すら覚えていた。それは、バルコニー状となった石段に立って眺める、天と地が織り成す光と音のショーだ。

雲間をジグザグに走っていた稲妻の角が削られてS字を描き、空にのたくる蛇になろうとしたとき、一陣の風が吹いて春菜の髪を舞い上げた。髪の隙間から冷たい指先が差し込まれ、撫(な)でられる感触が気持ちよかった。

古代から、稲妻は、空に昇ろうとする龍(りゅう)にたとえられてきた。雷と龍、それもまた根っこを同じくするものである。

春菜は我に返り、バッグを土偶のところに置いたままであることに気づき、左足の踵(かかと)を軸にして身体を反転させた。

視界が回っていく途中、建物の外壁を走る縦長の亀裂(きれつ)にふと目を奪われた。視力0・2そこそこの彼女には、最初のうち亀裂としか見えなかったが、じっと目を凝らすうち、形状がおかしいと気づいてくる。直線ではなく、曲線であるところに、おやっと思うのだ。絶妙なS字を描いて湾曲する亀裂なんて、どう考えてもおかしい。

興味を引かれ、対象に向かって数歩前に出たところで、春菜の足は止められた。黒く細い亀裂が、身をくねらせるように動いたからだ。

背筋に悪寒が走り、春菜は、叫ぼうとして、逆に息を吸った。

……蛇。

蛇はゆっくりと、小さな三角形の頭を左右に振り、赤い舌先で空気を舐めながら壁を這い昇っていた。その動きと呼応するかのように、遠くの雲間に青白い稲妻が走った。

いくら待っても雷鳴はなく、光の瞬きだけが残像となって、春菜の網膜に刻まれた。

春菜は、壁を這う蛇と稲妻の残像から、宙で絡まり合う二重らせんを連想していた。

普段の春菜なら、こんな光景を目の当たりにすれば一目散に逃げ出す。しかし、立ったまま金縛りにあい、身体をぴくりとも動かすことができなかった。下半身が硬直して石と化し、その堅牢さが卒倒を防いでいた。できることなら倒れて、目を閉じてしまいたかったが、どうやらそれは許されないらしい。

しっかりと存在を見せつけた上で、蛇は、外壁の縁を走る樋の中に消えていった。

と同時に、春菜の呪縛は解け、玄関前に立つ自分の姿に意識が戻ってきた。一分にも満たない短い時間の記憶が朦朧としていた。ぬめぬめとした表皮のイメージが脳内で脈打っているのだが、蛇という実体は消え、何かとてつもなく嫌なものを見せられたという澱だけが残っていた。

春菜は、足取りも重く、館内へと戻った。

土屋は、同じ場所に立って春菜が帰って来るのを待っていた。

「あ、ありがとう。見張っていて、くれたわけ、なのね」

土屋の行動が荷物番と見え、やんわりと皮肉を込めようとしたのだが、呂律がうまく回らず、熱に浮かされたような言い方になった。

土屋は、心ここにあらずといった表情で、宙の一点を見つめている。顔色は青く、おどおどとして、明らかに様子が変だ。

そして、ワンテンポ遅れて、春菜の言葉に反応してきた。

「え、見張りって……？ 見張り役、失格だよ。だって、見事に、逃げられたもの」

春菜には、土屋が何を言おうとしているのかわからなかった。

「逃げたって、何が？」

目を落とさなくても、ガラスケースの足下にバッグがあることは確認できる。荷物がなくなったわけではない。

土屋は、何かに憑かれたように、せわしなく床に視線を這わせながら、その場から後退った。

「ねえ、どうしたの。ちょっと、変よ」

「雷が鳴って、ぼくはすぐ、きみのあとを追ったんだ。でも、玄関のところまで行って、バッグが置かれたままなのに気づき、引き返した。館内にだれもいなくても、放置するわけにはいかないものね。土偶のところに戻り、腰をかがめ、バッグを持ち上げようとして、額がガラスケースの蓋に触れ、間近から見て、ようやく、逃げられたことを知った」

春菜は横目でちらりと土偶をとらえていた。その位置からだと変化がわからなかった。二歩三歩と近づき、頭部を真下に眺める位置にきて、初めて土屋の言おうとしていることがわかった。

ほんの数分前に、カメラのファインダーから眺めた映像は、しっかり脳裏に残っている。その映像と、今眺めている現実には、明らかな違いがあった。

頭頂部に載った円形の窪地から、蛇はどこへともなく姿を消していたのだ。

春菜は前後左右に身体を移動させ、あらゆる角度から、その事実を確認した。

一体どうすればこのような芸当ができるのか。春菜と土屋が目を離した隙に、考古館の職員が来てガラスケースを鍵で開け、鑿を使って頭部の蛇を丁寧に剝ぎ取ったというのが唯一可能な解釈である。

しかし、そのような行為が行われた形跡は、微塵もない。

蛇は自らの意志で、完全に密閉されたガラスケースから、土の粒ひとつ残すことなく這い出ていったのだ。

頭上の蛇を失っても、土偶は同じポーズを取り続けていた。切れ長の目が内包する虚空は黒みを増し、邪悪な意志を持つかのようだ。

春菜は、古代マヤ文明を扱った写真集の一ページを思い出していた。メキシコ中部で発見された土偶のひとつに、これとそっくりなものがあった。それはまた、古からエイリアンとして描かれる顔であった。

頭から蛇を失って、土偶は個性を大きく変えていた。あたかも、別の生き物に生まれ変わったかのようだ。周囲を威嚇するように両手を広げているのは、蛇の威を借りているおかげだとばかり思っていたが、どうやら違うようだ。蛇がいなくなって、意気阻喪している様子はどこにもない。

わずかに目尻を下げ、不敵な笑みを浮かべているように見えてきた。

同じ女として、春菜にはわかる。縄文時代中期に作られた土偶の魂胆が、言葉を介さずとも胸の内に流れ込んできた。五千年間、頭上に載せて、手懐けてきた蛇を、今、ようやく、世に解き放ったのだ。だからこその会心の笑みを浮かべている。

密閉されたガラスケースに収まっていたら何もできない。外に出て、遍く行き渡れば、その力を思う存分発揮することができる。

……何を企んでいるの。

春菜の問いに答えることなく、土偶は、二頭身の小さな身体を前に向け続けている。

まだかすかに雷の音は続いていた。光と音の間隔が間遠になっていることから、見なくても、雷雲の過ぎていく速さが想像できた。

第一章　通信文

1

若い人々の、胸の内に秘められたる可能性に磨きをかけるのが、自分の天職であると、柏田誠二（かしわだせいじ）は信じていた。

したがって、予備校の数学講師という仕事は性に合っていた。自分にできることとは何かと問い掛けることもなく、成り行き任せに就いた仕事ではあるが、見事に適所に潜り込んだという実感があった。特に、数学という学問の崇高さを語りながら生徒たちの顔を見渡し、ちょっとした表情の変化から、勉学への意欲に火を灯（とも）すことができたという手応（てごた）えを得るたび、喜びを感じられた。中堅どころの予備校で、在校生のレベルが特に高いというわけでもなかったが、年に数人、柏田の講義を受講したのがきっかけで、私立文系から国立の文系、理系に志望を転ずる者が出てくる。予備校事務局が、文系理系の垣根を超えた独特のカリキュラムを組んでいるおかげもあったが、数学の概念を具体的にわかりやすく解説できる、柏田の能力の為（な）せる業であった。

あと五分で、午前中最後の授業を終えようとする頃、柏田は、自分に注がれる特別な視線に気づいた。百人を収容できる教室に陣取るすべての生徒の中から、一筋の特別な光を発見するのは、普通なら難しい。しかし彼女は、右後方の窓側に座って、強く訴えかけていた。

地味な服装ながら、顔立ちは端整でショートヘアが似合っている。身体は細めだった。大勢の中にいれば、すぐに埋もれてしまうタイプと見えた。にもかかわらず、光源の強さは教壇に立つ柏田の元にまで届いた。

初めて見る顔ではなかった。四月から始めてようやく二か月が経過した講義中、数回、同じ顔を認識したことがある。二か月もすれば、普通の生徒ならほぼ決まった場所に座るようになる。前列、後列、窓際など、それぞれの嗜好が出てきて、みな、ほぼ同じ場所に落ち着いていく。たとえ指定席を他の生徒に取られたとしても、至近の場所を選んで座るものだ。しかし、この女子生徒は、そんなルールに縛られることなく、常に教室内を遊弋して、指定席を持たなかった。前列左端にいたかと思えば、次は最後列中央に陣取り、次は後列窓側にいるという具合に、いつも座る場所を大きく変えていた。

当初、柏田は、同じ人間が複数いるような錯覚にとらわれた。

彼女は今、中天に差しかかろうとする日差しを背後から受け、細面の整った顔に強い意志を浮かべている。

……こっちを見て。

目力にぐいぐい引っ張られて視線を移動させ、ほんの一瞬、彼女と目が合ったとき、柏田は不思議な感覚を抱いた。デジャヴュに似ている。過去に一度同じようなことが起こったような気がする。

強くアピールしてくるのは、目だけではなかった。ちらちらと視線を投げるうち、目に唇が連動していることに気づいてきた。細面にしては唇が厚く、濡(ぬ)れていて、蛭(ひる)のように蠢(うごめ)いていた。彼女は、何か言おうとしている。

柏田は、行列式の概念は連立方程式の発展系であることを解説しようとして、彼女の唇に気を取られ、言葉を失った。

「今日はここまで」

授業の終わりを宣言すると同時に、終業のベルが鳴った。

廊下を歩きながら、柏田は背後を意識した。振り返る必要はなかった。近付いてくる気配が察知でき、あえて歩度を緩めた。

いつの間にか、すっと半歩出るように、小柄な女性が横に並んでいた。つい今しがた教室の窓際に座って、強い視線を投げてよこした女子生徒である。

「先生、ちょっとお訊(き)きしたいことがあります」

予想通りの展開であり、デジャヴュ感がまた一段と高まった。

「数学についての質問かね」

「たぶん、数学に関わることだと思います。わたしには、その点すら判断できないのです」

柏田は、驚いて、思わず足を止めていた。その拍子に、女性は、二、三歩先んじて軽やかに身を翻し、柏田と正面から相対する格好となった。

「わたし、由名理絵（よしなりえ）といいます。今年の四月から先生の授業を受けています」

理絵の自己紹介は、ごく自然に、タイミングよく行われた。

「その言い方からすると、受験問題とは無関係のようですね」

質問事項の曖昧（あいまい）さが作用して、柏田は妙に改まった言い方をした。

「先生の講義はとても有効です。数学への理解は深まり、おかげで偏差値も上がりました。でも、講義の合間合間に差し挟まれる、ちょっとしたエピソードも好きなのです。古代ギリシア哲学から現代物理までくまなく知識は網羅され、何よりも、世界のあり方を理解していると感じられます。ですから、わたしは、親友の体験談を聞いてもらう相手として、先生がもっとも相応（ふさわ）しいと判断しました」

今どきの若い女性に似合わぬ、理詰めで硬い喋（しゃべ）り方であったが、なぜか理絵の口からだと、押しつけがましさが消えてしまう。

無視するべき事柄なのか、あるいはじっくりと話を聞くべき事柄なのか、天秤にかけているうちにも興味が湧き上がり、柏田は、まずは場所を選ぶべきだろうと考えていた。廊下で立ち話をするような内容でもなさそうだ。

「わかった。聞きましょう」

時間を考えれば、一緒にランチを取るのがもっとも効率がいいだろう。しかし、予備校近辺で、講師と生徒が一対一で食事をすれば、なにかと問題が生じかねない。

柏田にはこんな場合にうってつけの場所の心当たりがあった。

2

一階廊下の先には地下に降りる階段があり、踊り場をUターンした先が行き止まりになっていた。中央にドアがあれば、この先に地下室でもあるのだろうと想像できるのに、綺麗に塗装された壁が現れて、空間的な広がりを意味もなく遮断していた。本来、地下室を造る計画であったが、建築中に事情が生じて設計を変更したとしか考えられない。

これほど見事な行き止まりのスペースは滅多になく、この校舎で仕事をするようになって以来、半地下の空間は、柏田お気に入りの場所となっていた。

柏田と理絵は、壁に正面を向け、階段の下から三段目に並んで腰をおろした。廊下の電灯が間接照明となって頭上から降り注ぐため、場末の映画館に陣取ってスクリーンを眺めているような気分になってくる。実際のところ、正面にある壁は、凹凸もなく真っ白に塗装され、スクリーンとして最適だった。階段の中程に映写機を据えれば、即席の視聴覚教室となりそうだ。

柏田が購買部で買ったパンの封を切るのを見てから、理絵は、膝にのせた弁当の蓋を開いた。

「きみが作ったお弁当？」

「いいえ、母が、作ってくれたものです」

食べながら、理絵は、自己紹介の続きを始めた。

聞いているうち、壁のスクリーンには、これまで生きてきた理絵の軌跡が映し出されてくる。もちろん、現実の映像ではなかった。柏田の想像力によって作り上げられた幻影が、正面の壁に映されているに過ぎない。

スクリーンに展開されるストーリーは、彼女がなぜこの予備校に在籍しなければならないのかという理由を主とした、ちょっとした身の上話であった。十九歳の浪人生ならば語る必要もないことであったが、理絵の年齢は現在二十四歳。予備校にいる理由を語らずして、彼女の人となりを説明できそうになかった。

普通、身の上話は、不幸な出来事から語られることが多い。まず最初に同情を誘ったほうが、聞く者の心をくすぐって、興味を持続させる効果があるからだろう。しかし、理絵の育った環境は、身の上話のセオリーを逸脱して、平凡であり、幸福なものであった。

理絵は、専業主婦の母と、高校教師の父の間に生まれ、下に妹がいた。両親に溺愛されて育った理絵は、あまり深く考えることもなく有名私立大学の文学部英文科に進んで、卒業すると同時に中学校の英語教師となった。教師である父の影響を受けた結果である。

最初のうちは、やる気を充溢させ、一年生の副担任として、先輩教諭から学級運営のイロハを熱心に学ぼうとした。

そのうち、かくあるべしと想像していた学校の姿と、現実の姿の間に、齟齬をきたすようになった。理絵が思い描いていたのは、父から聞いていた学校の姿だった。しかし、現実はそれと異なっていた。当初、どこがどう違うのか、ズレの本質を摑むことができなかったが、半年ばかりたってようやく、「管理された社会」と「自由な社会」の差であると分析できるようになった。

理絵が、目の当たりにした「管理された社会」は、学校側からの一方的な押しつけによってもたらされたものではなく、生徒自身が、見張り合う仕組みを作り、管理し合うことによって成り立っていた。愚にもつかない校則を守っているかどうかを仲間同士でチェックし合い、ときには流行という名目で気まぐれなルールを作り、従わないものを排除しようとした。あたかも、互いに呪縛し合うかのように……。

父から聞いた学校の光景は、違っていた。

そもそも、父は教員免許なるものを持たぬまま、理事長に請われて教職に就き、手腕を買われて抜擢され、学校運営に携わる側に回っていた。

理絵は、幼い頃から、父の膝に座って、学校を舞台にした愉快なエピソードばかりを聞かされてきた。父が勤めていたミッション系の女子校は、キリスト教の理想を掲げ、人と同じことをするのをよしとせず、個性を重視する傾向があった。つまらないルールを破棄して、ダイナミックに動こうとする理念があった。教育の現場から競争原理を一掃して協力関係の構築を奨励し、敢えて、身体に障害を抱えている生徒を受け入れて多様性を維持することの大切さを教えた。

勉強面に関しては、教師から生徒への上意下達的トップダウン方式から、生徒ひとりひとりの意欲に火をつけて自主性を引き出すボトムアップ方式へと転じ、勉強の楽しさを教えた。

そのせいもあり、入学時には偏差値五十前後という普通の高校ながら、卒業後の大学進学率はそこそこに高く、評判は評判を呼んで志望者は徐々に増えていった。

父の学校が、万物の原理を教えて、個々の問題に対しては生徒の応用力で対応させようという理念を持っているのに対し、理絵の学校は、より多くの人間がくみするところの風潮に従って原理を軽んじ、個の主張を減少させる傾向があった。両者とも個性重視を掲げているにもかかわらず、理絵の学校は、知らず知らずのうち、正反対のムードを醸成させていたのだ。

いじめ問題がクローズアップされ、いじめた側の生徒に厳罰を与えるという方針が打ち出されるに及んで、理絵の幻滅は加速した。

理絵に言わせれば、いじめる側もいじめられる側も、生まれながらの被害者なのであって、罰を与えれば改善されるという問題ではない。世代を重ねるうち地中に張り巡らされたしがらみの根は、複雑に絡み合って大地から伸び、身体を縛ってくる。生まれながらに、自由への翼をもぎ取られている者もいれば、運よく与えられている者もいる。

理絵は後者であることを自覚していた。幸運にも、恵まれた環境を与えられた者には、地中に張り巡らされた目に見えない根を達観することができた。

教師を務めながら、与えられた現場をよりよくすることもできただろうし、生徒ひとりひとりが負った心の傷を癒(いや)してあげることもできただろう。それもまた、やりがいのある大切な仕事である。

しかし、理絵は学校を去ることに決めた。

求めたのは、より大きな枠組みを構築することだった。学問を深め、世界に共通する崇高な理念を作り上げる仕事に就きたいと願った。

なによりもまず、世界の仕組みを知りたいと思った。仕組みを理解しない以上、抜本的な解決策は得られない。狭い世界にいて思いつくのは対症療法がせいぜいだ。

大学を卒業して教職に就いて一年目に、理絵は自分が本当に欲していた道を発見し、学校を辞め、予備校に籍を置き、国立大学の医学部に入って精神医学を専攻すべく猛勉強を始めたのだった。

文科系の科目はほぼパーフェクトに点を取ることができる。生物も化学も、たぶん何とかなる。唯一の難敵は数学だった。これまで、理絵は、数学を本気で学んだことはなかった。

「なるほど、数学の成績が本気度のバロメーターとなるわけだ」

そこまで話を聞いて、柏田には、理絵が数学を学ぶモチベーションの高さが理解できた。

「その通りなんです。金銭的に私立は無理ですから、狙うは国立、チャンスは一回のみ。ずるずる長引かせるつもりはありません。現実から逃避したと思われるのは絶対に嫌です」

「自分が本当に欲していたものを発見するため、回り道をするのはおおいに結構」

柏田がパンを食べ終え、理絵の弁当が残りわずかになる頃、ようやく身の上話も一段落し、ふと差し挟まれた言葉の空白をついて、理絵は、今、自分がここにいることの意味を思い出した。

「そう、先生にお訊きしたいのは、勉強のことではありません」

ようやく、話は本題へ入ろうとしていた。

「わたしの幼馴染みが経験した二年前の不思議な現象についてです。この二年間、わたしの頭から、疑問が消えたことはありません。答えを導くためのヒントを与えられるのは、先生をおいてほかにいないと思います。数学の講義を聴きながら、ずっとそう思っていました」

「それは買いかぶりだろう」

言いながら、理絵の直感の深さを密かに称賛していた。確かに、柏田は、一般の人間とは異なった体質を持っている。少なくとも二度、生まれ変わっていて、前世の記憶をおぼろげながら維持している。それは、とりも直さず、世界の裏の裏まで見通す力が備わっていることの証だ。理絵の直感は正しい。しかし、だからといって、身に秘めた能力を誇示していいというわけではない。人前では、封印しなければならない力だ。

ただ、柏田の好奇心は否応もなく膨らんでいった。

「きみが長年抱えてきた疑問がどういうものなのか、話だけでも聞こうか。先に断っておくが、疑問の答えを、ぼくが与えられるという保証は、どこにもない」

理絵は、壁の一点に目を据え、舌で唇を湿らせてからゆっくりと話し始めた。

3

アパートのドアを開けて玄関に立ち、脱いだ靴をオレンジ色のカラーボックスに入れようとして、横に置かれた本の束が目についた。『リング』という忌まわしいタイトルが、存在をアピールしている。目を逸らそうと努めるほどに、引きつける磁力が増していくようだ。

ここ数日間、まったく同じ動きで、脱いだ靴をカラーボックスに入れていたが、今日はなぜか強い力が働き、玄関脇に置かれた本に、意識の矛先が向けられていった。昼間に、由名理絵という若い女性から、奇妙極まる話を聞かされたことが、影響していると思われた。

……この件は、もう、片がついている。

柏田は自分にそう言い聞かせて頭を振り、腰を軽く叩いて背筋をのばし、洗面台の前へと歩いた。

手を洗い、口をゆすいで、鏡に映る自分の顔を眺める。眺めるというより観察するといったほうがいい。首や顎に手を当て、頬を持ち上げ、上下左右から丁寧にチェックするのが、帰宅直後の儀式となっていた。

……一体、この顔を見て、人は何歳と思うのだろうか。

ワンルームの部屋に戻るたび、今日一日に出会った人間を思い起こし、彼らの目に、自分の顔が何歳と映ったのか、あれこれと考えてしまう癖がついていた。

ともすると、自分が何歳であったのか、忘れそうになる。高山竜司として三十二年、二見馨として二十年、柏田誠二として四年、合計すれば五十六年となるが、その年数は実年齢と一致しない。柏田の戸籍年齢は二十八歳であるが、その数字は、生物学的に何の意味も為さない。完全な行方不明者である柏田という人物の戸籍を借用しているだけだ。戸籍年齢は、世間に通用させている偽パスポートの、記載事項のひとつに過ぎない。

普段の生活の中で戸籍を呈示することは滅多にないが、外を歩けばどうやっても顔を晒すことになる。柏田にとって大切なのは、戸籍年齢ではなく、見掛けの年齢だった。

実際、上位概念が作り出した世界模型（ループと呼ばれている）に来て、柏田として生き始めて、四年が経過しただけである。生きてきた年数を年齢と仮定するなら、二見馨であった二十年をプラスして二十四歳と称すべきだろうが、柏田の顔を見て二十代と思う人間はだれもいない。

四十歳前後、あるいは三十代後半と言われることが多く、柏田は、世間一般から見なされる平均をとって、年齢を訊かれた場合、三十代後半の数字を告げることにしていた。

鏡に映っているのは、この世界における個人記憶をたった四年分しか持っていない、三十代後半に見える男だった。

柏田は、両手の平を広げ、髪に差し込んで後頭部へと撫でつけていった。いつものしっかりとした手応えがある。豊かな毛髪のおかげで、ようやく三十代の面影をキープしているが、薄くなれば、即座に四十代、五十代へと後退しそうだ。

鏡に顔を近づけ、前髪に入れていた両手の指をさっと抜いた拍子に、毛髪が宙に浮き、瞬時にメデューサの顔がイメージされてきた。

手を止めたまま、自分の脳内に生じた意識作用を客観的に分析し、「実に興味深い」と思う。

ギリシア神話に登場するメデューサという固有名詞から、この世界に住む人々は、何を想像するのだろうか。各人の脳にばらばらの像が形成されるのではなく、際立った特徴を持つ女性の顔が、思い浮かぶはずである。それこそがまさに、歴史・文化という共通の記憶を持つ集団の為せる業だ。

ギリシア神話に登場するメデューサは、頭髪の一本一本が猛毒を持つ蛇として描かれている。名前の語源は女支配者であり、見た者を石に変える能力を持っているが、青銅の盾にその姿を映しながら迫り寄ったペルセウスによって首を切られ、退治されたことになっている。

柏田は、ルーベンスによって描かれた「メデューサの頭部」という絵を画集で見たことがあった。切断されてもなお宝石のように目を輝かせ、頭部を覆う蛇の群れは、ぬめぬめと身をくねらせていた。

ルーベンスの絵もまた、芸術として残された集団的記憶の一部だ。

ループに来てからの四年間、柏田が必死で学んだのは、この世界の歴史、文化、芸術だった。有形無形を問わず、過去から現在まで、世界を彩ってきたその模様を知らずして、人とコミュニケーションを交わすことはできない。ただ、数学と物理を学ぶ必要はなかった。驚くべきことに、両者とも、彼にとっての前世である上位界の形式、記述法とも一致していた。

今日の昼、柏田は、理絵という名前の女性と話していて、集団記憶を共有していることを実感させられた。彼女は話しながら、柏田は聞きながら、脳裏にほぼ同じ映像を思い浮かべていた。

ふたり同時に抱いたイメージは、メデューサだった。今、柏田の脳裏に、そのときの映像が蘇ったというに過ぎない。

柏田は、理絵から聞いた話の中身を吟味し、整理しようと試みた。

発端は二年前だった。

理絵の幼馴染みで親友の田島春菜という女性が、ボーイフレンドの土屋を伴って、長野県南部にある井戸尻遺跡を訪れ、考古館にて、毛髪が蛇となってとぐろを巻く女性の土偶を鑑賞した。縄文時代中期の出土品である。縁に幾匹もの蛇がのたくっている縄文土器は多く出土しているが、頭髪が蛇となっているのは極めて珍しい構造であるらしい。

ところが、季節はずれの雷に気を取られている隙に、土偶の頭部に載っかっていた蛇が、いなくなってしまったという。

考古館の職員にこの珍事を訴えたところ、質の悪いいたずらと判断され、当初、春菜と土屋の仕業ではないかと疑われた。しかし、収納されているガラスケースには鍵がかけられ、こじ開けられた形跡がない。綿密な調査が入って明らかになったのは、どうみても人為的な手が入っていないという事実だった。

五千年前に土をこねて作られた土偶から、蛇の部分だけが、きれいに消えてしまったのだ。まるで、意志を持って這い出したかのように……。

この不可思議な出来事は、またたく間に噂として広まり、夕刊紙の地方版に短い記事として紹介され、オカルトを専門に扱う月刊誌には、長めの記事として掲載された。月刊誌の記事は、春菜と土屋へのインタビューを元に書かれている。

「井戸尻遺跡に展示されていた女性土偶の頭部から蛇だけが消えた」という摩訶不思議な現象は、新聞や雑誌の記事となって、衆目とまではいわずとも、一部の人間の目にとまり、耳に届いた。

しかし、このエピソードには後日談があった。それは春菜の親友である理絵のみが知り得た事柄であり、二年間、彼女の胸の内にしまわれていたが、今日の昼、ようやく柏田へと伝えられた。

洗面所を離れて、柏田は、床に散らばった本の山を縫うようにして窓辺に寄り、エアコンをオンにしてから、カーテンを開け、サッシ窓を開けた。網戸を通して入ってくる空気は、むっとするほど暑く、湿り気を含んでいる。エアコンの冷気が降りてくるまでに、柏田の首筋に一筋の汗が流れていた。

そのまま後ろに下がって椅子に腰かけ、隣の家の屋根を見下ろしながら、柏田は、理絵の顔を思い浮かべる。春菜の挙動を理路整然と描出する理絵の口調は、最後まで冷静と客観を崩さなかった。二年という年月が、単なる謎というレベルから、科学的疑問へと昇華させてくれたようだ。

今日の昼、理絵が喋った内容は、ほぼ完璧に覚えている。

それは、土偶から解き放たれた蛇を目の当たりにした春菜の身に起こった、不可思議な出来事に関するものであった。

春菜が体験した現象を表現する言葉は、実のところ、この国には、古くからある。「神がかり」あるいは「お筆先」と呼ばれるものだ。今、この呼び名は、「自動書記」に統一されている。

4

二年前の初夏……。

小学校から大学まですべて同じ学校で学んだ春菜は、幼馴染みであり、理絵にとって唯一、親友と呼べる存在だった。

春菜が変わってしまったという事実を、当初、理絵は、喜ばしいこととして歓迎したが、時が経つにつれ、不安にとって代わっていった。

春菜は、子どもの頃からちょっと生意気で、美貌を鼻にかけているところがあった。同級生の女の子からつまはじきにされそうになるたび、裏に回って取り持ち、かばってやるのが理絵の役目だった。春菜には、人を見下す癖があったが、幼い頃から知っているため、慣れてしまって、理絵にはあまり気にならなかった。だれからも好かれる理絵がいつもそばにいたからこそ、春菜はいじめのターゲットになることもなく、小中高を乗り切れたようなものである。

ところが、つんとすまして、人を見下ろす態度が、井戸尻遺跡に行って以来、すっかり影を潜めてしまった。以前は、人が話しているのもお構いなく、早口でまくしたてるように喋ったのに、言葉と言葉の間隔を長く置くようになった。じっくりと考えてから、言葉を出すようになって、失言が減ったように感じられた。人の悪口など、口から出なくなってしまった。

人間的に穏やかになり、性格が丸みを帯びてきたのは、そのまま本来の春菜らしさが消滅したことを意味する。

そう、人が変わってしまったのだ。井戸尻遺跡を訪れて、土偶の頭部に載った蛇にまつわる不思議な体験をして以来……。

変化が心の領域だけに限られている間はまだしも、明らかな行動となって現れると、理絵の不安は徐々に大きくなっていった。

方言なのか、あるいは他の国の言語なのか、まったく意味不明な言葉を発することが多くなった。前後の脈絡から固有名詞らしいとわかるのだが、馴染みのない発音と、無意味さのために、理絵は、何度聞いてもその単語を覚えることができなかった。

意味不明の固有名詞は、どうやら人物の名前らしく、春菜は、彼、あるいは彼女に向かって、語りかけることが多くなった。

梅雨時のある日のこと、春菜の身に生じた一連の異変は、目に見える肉体的特徴となって顕れてきた。

その日、理絵は、キャンパスの中央に聳える銀杏の木を囲むベンチに座り、同級生のボーイフレンドと待ち合わせていた。あと二週間ばかりで前期試験が始まるとあって、英文科の学生たちはノート集めに必死になる頃である。

要領よくまとめられている上、嫌な顔ひとつせずだれにでも貸してくれるので、理絵のノートは重宝がられ、英文科内でもっとも多く出回っているノートという称号を得ていた。

約束の時間がきても、ノートを借りたいと言ってきたボーイフレンドは現れなかった。

午前の授業が終わったばかりで、学生たちは三々五々集まり、ランチをとろうとして右往左往していた。

理絵はやってくるはずのボーイフレンドと連れ立って学食に行くつもりだった。待ち時間が延びるほど、空腹へと意識の矛先が向かって、腕時計に目をやる回数が増えた。

　そんなとき、理絵の視線は、キャンパスを横切って歩く春菜の横顔をとらえた。遠くからであっても、横顔には春菜らしい特徴が表れていて、見逃すことはなかった。男子学生を引き連れて颯爽と歩くのが、いかにも彼女らしかったが、その日はひとりのうえ、歩き方はおぼつかず、身に纏う雰囲気がどことなく変だった。

「春菜」

　腰を浮かしながら理絵が声をかけると、春菜は立ち止まって逆方向に視線を巡らせ、とんちんかんな方向に歩き出そうとした。業を煮やし、理絵は駆け寄って肩を叩いた。

「春菜ってば」

　振り返った春菜の額の、眉と眉の間から、きらきらと小さな星の輝きが放たれているように感じられた。コミックの主人公に似た目鼻立ちのくっきりとした顔に、満面の笑みが浮かんでいたため、理絵は、二次元世界のヒロインと出会ったかのような錯覚を覚えたのだ。

　最初のうちどこがどう違うのかわからなかったが、一歩下がって全体像を見渡すうち、違和感の正体が明らかになってくる。ブランドもののバッグの代わりにズックのショルダーバッグを肩から斜めにかけ、緑色のTシャツは地味で丈が長く、下半身を覆うコットンパンツは不釣り合いに短めで、その下からは底がぺったんこのスニーカーの爪先がのぞいていた。普段の春菜なら、絶対にしないであろうコーディネイトだ。

もし、以前の春菜がこんな格好の女性を見れば、「チョーダサ」といって嘲り、笑ったに違いない。ところが、彼女らしくない地味な服に身を包んで、外見とは裏腹に、顔だけを神々しいばかりに輝かせている。

春菜は、目の前に立つ理絵を認めると、両手を伸ばして手を握りしめてきた。

「理絵ちゃん、久しぶり。元気に、してた？」

日本史専攻の春菜と授業が一緒になることはなく、キャンパスで会うのはほぼ一週間ぶりだった。たった一週間で、身に纏う雰囲気ががらりと変わってしまったことに驚き、理絵の脳裏に疑問が渦を巻いた。

「春菜、どうしたの、一体」

変わり果てた姿の理由を訊こうとしたのだが、春菜は、質問の意味すら飲み込めないふうだった。

「わたしは、正しい行動をしている、だけ」

春菜は遠くを見つめる目でそう言った。

何と返していいかわからず、絶句しているところへ、待ち合わせていたボーイフレンドがやってきた。

「待たせて、ごめん。昼メシ、奢るから」

彼は、理絵に向かって拝むポーズを取り、隣に立つ春菜に気がついて身体を横に向けた。その姿から、マリア像に祈りを捧（ささ）げる信者が連想されたとき、春菜が視界から消えた。その場に崩れ落ちたのだった。意識を失ったわけではなく、下半身から力が抜けるような倒れ方だった。春菜は、地面に尻（しり）をつけ、片腕で支えて上半身を持ち上げようとしていた。右足がぎこちない格好にねじれている。倒れた原因は、脳ではなく、肉体的なものであると察しがついた。

倒れてもなお春菜は満面の笑みを崩さなかった。観察するほどに、心と肉体が乖離（かいり）している様がわかってきて、不調和の気配が強く立ち上ってきた。普段ならすぐに動くところであったが、理絵の介助はワンテンポ遅れ、傍らに跪（ひざまず）いたときには、春菜は、自力で起きようとしていた。

「だいじょうぶ？」

声をかけると、明るい返事が返ってきた。

「だいじょうぶよ。最近、ちょっと、足が、もつれることが多くて」

言いながら、春菜は、必死で起き上がろうとするのだが、右足の爪先は空しく空を蹴（け）るばかりだ。理絵は、腕を春菜の腰に回して引き上げた。

「ねえ、しっかりして。救急車、呼んだほうがいいのかしら」

「大袈裟（おおげさ）なこと言わないで。だいじょうぶ。サイレンが鳴ったら、夢が覚めちゃうでしょ」

春菜は理絵の手を借りて起き上がり、その勢いのまま、ベンチにどすんと腰をおろした。

理絵は、呆然と立ち尽くすボーイフレンドと、春菜を交互に見やった。ランチの約束は、ボーイフレンドのほうが先だったが、変貌の激しい春菜を残して、この場を立ち去り難く感じられた。身体に不調があるのなら、聞いて対処してあげるのが、親友の役目だった。

揺れる気持ちを察したように、春菜は、「よっこらしょ」と声を出して、ベンチから立ち上がり、首をゆっくりと横に振った。

「ううん、いいの、理絵ちゃん、無理しないで。わたし、行かなければならないのよ。今度、ゆっくり、話そう」

「でも……」

「いいから、いいから。わたし、行かなくちゃ、いけないいから」

「春菜、今晩、電話する。家にいる？」

「いるよ」

春菜は右手をひらひら振りながら、足下もおぼつかず、遠ざかっていった。

理絵は、彼女のうしろ姿を見守りつつ、嫌な予感に襲われた。彼女の身にどんな事態が降り懸かろうとしているのか、まったく予測がつかなかった。ただひとつわかっているのは、いいことが起こるわけではなさそうだということだった。

最後まで崩さなかった笑顔の、異様なまでの輝きが、逆に、不吉な予感を大きくする。

理絵の予感は当たることになった。

その日の昼過ぎに網膜に焼き付いたのは、キャンパスの裏門へと、たどたどしく歩いていく春菜の背中だった。

それが、病院の外を歩く春菜の、最後の姿となった。

5

約束通り、その日の夜に、理絵は春菜の実家に電話を入れた。

理絵は、小学校の頃から幾度となく春菜の家を訪れていて、電話機のある場所を知っていた。玄関を上がって左にある応接間のコーナーテーブルに本機が置かれ、二階廊下の突き当たりの壁に子機が掛けられている。受話器を握りながら、理絵は、応接間から二階廊下にかけて鳴り響くベルの音が想像できた。家の人がどこにいても、受話器を取りに来るまでの時間は、おおよそのところ把握できている。

ベルの回数が増えるにつれ、受話器を握る手の平に、しんとした気配が伝わってきた。

想像の中、空しく呼び出し音が鳴るばかりで、電話に出ようとする者はだれもいない。何度トライしてもだめで、一旦諦めて翌朝にもう一度かけてみると、今度はすぐに春菜の母が受話器を取り、疲れが滲み出た声で、昨日の夕方、大学から帰宅途中、春菜が倒れて病院に運ばれ、そのまま入院することになった旨を告げられた。

倒れた原因は不明だった。脳に障害がある可能性が考えられるため、今日から本格的な検査が続くといって、春菜の母は深い溜め息をついた。

入院して一週間ばかりたち、主だった検査が終わった頃合いを見計らって、理絵は、春菜の病室を見舞った。

理絵は、見舞いの品を何も持たず、手ぶらで病室を訪れた。まず病状を知り、正しい情報を得た上で、次回に、必要な品を選んで持っていってあげるつもりだった。見舞いを一度で済ますつもりは毛頭なかった。

ドア横に貼られた新品の札で名前を確認し、ノックして入室すると、ベッドに横たわって文庫本を読んでいた春菜は、胸の上に本を伏せて顔を横に向けようとした。

「理絵ちゃん、来てくれた、のね」

声と一緒に春菜の意図が伝わってきた。ドアのところに立つ理絵の方に顔を向けようとしているのだが、彼女の首は逆方向にねじれたまま動こうとしないのだった。

理絵は、ベッドに駆け寄り、丸椅子を引き出して座り、春菜の手を握った。肌に触れれば病気の原因がわかるとでもいうような、性急な動きだった。訊きたいことが山ほどあって、もどかしくてならないのだ。

「お母さんは」

疑問の渦の中心から浮上したのは、家の人に関する何気ない問いだった。八畳ほどの個室に、家族の姿がなかった。

「今、タオルや着替えを取りに、家に帰っているところ」

「そう」

春菜の母は、おっとりと優しく、控え目なタイプだった。なにごとにも手を抜かず、子どもたちのためには身の犠牲を厭わない。たぶん、今は全精力を春菜に傾注して、家と病院を往復しているのだろう。

「ねえ、どうなのよ。病名はわかったの？」

理絵が訊いても、春菜は首を小さく横に振るだけだった。

「ううん」

言いながら、春菜は毛布をめくり、理絵の手を取って股間に添えさせた。理絵の指先がとらえたのは、パジャマの上からでも明らかな硬いしこりだった。股関節の一部にべっとりと張り付いた塊には、たとえようもなく嫌な手触りがあり、理絵は思わず手を引っ込めていた。

「ね、硬いでしょう。こんなのがあるせいで、歩けないのよ。まだ、ほかにもたくさんあるの。触ってみる?」

理絵は激しく首を横に振った。若い女性の柔らかな身体が、こんな塊をいくつも抱えていると想像しただけで、吐き気を覚えた。

「病名は何なの? 原因は? どうすれば治るの?」

矢継ぎ早の質問を受け流し、春菜は天井を見つめてまばたきをした。

「わたし、嫌な女だったでしょう。理絵ちゃんが羨ましかった。いい人だし、みんなから好かれていて……」

「なに言ってるのよ。羨ましいのはわたしのほう。きれいだし、いつも男の子たちから、ちやほやされて……」

「ありがと。でも、知ってるの、わたし、理絵ちゃんがいてくれたからこそ、どうにかやってこられたって、わたし、ひとりだったら、もたなかった」

一点の曇りもない晴れやかな顔でもったりと言う様に、否応もなく不吉な予感が膨らみ、頭の中で不協和音ががんがん鳴り響いた。遠くに旅立とうとする者の別れの挨拶と聞こえたからだ。

理絵は返す言葉を失い、枕元のほうに視線を泳がせたところ、ヘッドボードに括りつけられた杖に目がとまった。歩行を助けるための杖にしては、柄の部分を成すT字形が異様に大きく、不格好この上ない。

三度目に訪れた病室で、理絵は、T字形をした杖の使い道を知ることになる。

二度目に見舞ったときは母がいて、春菜の病状について勢い込んで訊いたのだが、要領を得なかった。応答の混乱ぶりから、母だけでなく、医師たちもまた原因不明の奇病に戸惑っている様が想像できてきた。

数々の検査が行われ、様々な可能性が吟味されたけれど、病名が確定されることはなかった。

入院も一か月近くに及んで、三度目に見舞ったとき、病室には見知らぬ女性患者がいた。点滴のスタンドを傍らに立て、パジャマ姿で車椅子に座っていたことから、理絵は、一目見て、同じ病院の入院患者が訪れているとわかった。

その光景を目にした理絵は、ドアの手前で立ち止まり、今日のところは一旦帰って出直そうかと考えた。

春菜はベッドの端に腰かけ、右手をヘッドボードに括りつけられた杖の柄に置き、左手で女性患者の後頭部を撫でていた。女性患者は、車椅子に座ったまま上半身を前に倒し、春菜の膝に顔をのせ、頭を撫でられるまま微動だにしない。秘密の儀式でも覗き見た気分になり、踵を返そうとしたところ、春菜はゆっくりと目を開いて入室を促してきた。

「行かないで。だいじょうぶ。もうすぐ終わるから」

理絵は、病室に入って後ろ手にドアを閉め、その場に立ち尽くして目前の光景を見つめた。

重なり合う石の彫刻のように、春菜と女性患者の動きは完全に止まっていた。

やがて、春菜は、女性患者の頭に置いていた手を上げ、そのまま肩に移動させ、軽く叩いた。すると、女性患者は上半身を起こして春菜に頭を下げ、車椅子を動かして部屋を出て行った。

姿が消えるのを見届けてから、春菜は、行為の意味を説明し始めた。

聞いているうち、理絵は、春菜の行為を説明できる言葉を発見した。

……心霊治療。

有名な、アメリカ人心霊治療家の伝記を一度読んだことがあって、その言葉がすぐに頭に浮かんだのだった。

入院して数日も経たないうち、春菜から放たれる能力は人に知られるようになったという。本人自身意識もしないまま、周囲に不思議な力の匂いが発散されていたようだ。

検査待合室に足を運んだとき、祈るような顔つきで腫瘍マーカーの判定に臨もうとするがん患者を見つけると、春菜はその隣に座り、そっと手を握って二分間瞑想を行った。手を握られた患者は、驚くこともなく、ごく自然に春菜の行為を受け入れ、素直に、心を共振させたところ、数日後、奇跡と呼べるほどに良好な数値を手に入れることになった。

噂はあっという間に伝わり、春菜の病室にがん患者たちが日参するようになった。

T字形の杖に右手を添え、左手を患部に置くという心霊治療を執り行った五人すべてに効果が現れ、そのうち二人は、奇跡的ともいえるほどの治癒が見られた。

肺癌が骨に転移して脚を骨折した患者は、以降、痛みから解放され、すべての数値が良好に転じた。

胃を三分の二切除したがん患者は、リンパ節への転移が濃厚と言われ、覚悟していたが、春菜に触れられてからの検査で暗雲はすっきりと取り払われ、望みうる限り最高の結果を得た。

春菜の病室を訪れ、その恩恵に浴した者が、癌治療において飛躍的な成果をあげる一方で、春菜の肉体は日に日に弱っていった。

春菜は、患者たちの身体から黒々とした細胞を吸い取るかのように疲弊し、自身の器官にできたしこりをより硬く、大きくしていった。

入院が二か月に及び、六回目に見舞ったとき、理絵はおそるおそる春菜の全身に触れた。最初に得た感触があまりに気持ち悪かったため、ずっと避けてきたが、不可思議な現象への好奇心に促される格好で肌に指を這(は)わせてみて、ひとつの印象を持った。

……石化してしまった。

春菜の身体から、若い女性に特有の柔らかさがすっかり消え失(う)せ、ごつごつとした石の感触に取って代わっていた。

自力で動くこともままならず、ベッドに横たわったままであったが、首から上にはほとんど異常はなく、これまでと変わらぬ美しい顔をして、もったりとした口調で喋(しゃべ)ることも可能だった。

「長時間の金縛りにあっているようなものよ」

他人事(ひとごと)のようにそう言う春菜に、切羽詰まった様子はなく、自分の置かれた状況を楽しむかのようににこにこしている。

相手が弱音を吐くようなら、元気づける言葉は意味を持つ。しかし、冗談を交えながらますます高邁(こうまい)な理念を口にし、理絵を鼓舞してくるとあっては、受け答えに窮するだけだ。

「生命にとって大切なのは、流れを止めないこと。善を為(な)そうとするときに、必要なのは、行動に移す勇気なのよ。情動から派生した理想論は、やがて世界の動きを止めてしまう。わたしたちは、あと戻りはできないのよ。前に向かって進むように、できている。表象の暗闇から出て、光射す方向へと、身をくねらせて昇る……、それが生命に与えられた使命なんだから。理絵ちゃんなら、できるはず。甘い囁き(ささや)に耳を貸さないで。未知の局面と対峙(たいじ)することを恐れないで。ね、できるでしょう」

春菜が言わんとすることを、理絵はうまく理解できなかった。理由は簡単である。統一性を欠いていたからだ。幼い頃から知っているからこそ、その人生の文脈に当てはめて、彼女を理解してきた。「ね、わかるでしょ、こんな気持ち」と訊かれただけで、理絵は、これまでの経験に照らし合わせて、春菜の胸の奥を推測することができた。しかし、異質なものが入ってきて自我が分断され、別物になってしまってからの表現は、個人の歴史をまったく無視しているため、憶測が成り立たない。「ね、できるでしょう」と言われても、何をどうしてほしいのか、わからないのだ。ただなんとなく、オカルティシズムの立場から、生命の進むべき方向に言及しているように思える。

何かをきっかけに、気の流れが変わってしまったのだ。エネルギーが、肉体の機能を正常に保つのとは別方向に流れ始めてしまった。

元に戻してあげたかった。理絵は、かつての、わがままで、つんとすまして小生意気な春菜に戻ってほしいと願った。身を犠牲にして、他人の器官に巣くう黒い細胞を吸い取るなんて、いかにも春菜らしくない。

次に見舞いに行ったときも、癌を患っているらしい患者が来室していて、前回と同様、部屋の隅に佇んで心霊治療が終わるのを待った。じっと観察しながら、理絵は、春菜と患者が一言も言葉を交わさないことに気づいた。思い返してみれば、春菜がこの部屋でだれかと会話しているところを聞いたことがない。彼女の母親に対してさえ、春菜は無言を貫いていた。

……わたしにだけ、語りかけようとしている。

何かを伝えたいという強い意志が、一方的に自分のほうに向かっていると感じられた。伝達の方法は言葉だけではない。あらゆる手段が講じられていた。夢と覚醒の区別もなく、いつ何時であろうと、春菜の、伝えようとする行為は、対象を理絵だけに絞って、突如前触れもなく始まる。

その日、天気はよく、レースのカーテン越しであっても、夏の強い日差しが感じられた。室内はエアコンが効いてひんやりと涼しいが、外はまちがいなく三十度を超えている。窓外の街路樹の、梢も葉も揺れていないことから、ほぼ無風であることが知れた。

治療が終わり、女性患者が退室すると、理絵は、それまで彼女が座っていた丸椅子に腰をおろして、春菜の手を握った。

「理絵ちゃん、ありがとう。また、来てくれたのね。わたし、あなたにだけは、何でも、訊ける。だから、教えてほしいの。わたし、今、起きている？　それとも、眠っている？　わたしが、今、目を覚ましているのか、いないのか、教えてほしいの」

理絵には、春菜が陥っている状況が理解できた。意識が混濁して、現実と夢の区別がつかなくなっているらしい。

「春菜、あなたは今、起きているのよ。握っているわたしの手の力を、感じない？」

そう言いながら目を落とすと、点滴の針が刺さった二の腕の一部が紫色に黒ずんでいた。皮膚の感覚が失われているのかもしれない。

「そうなの。わたしは今、起きている。ねえ、最近、長い長い、夢を見るの。昨日なのか、一昨日なのか、すごく心地いい、経験をした。ずいぶん長い間、夢のはざまを漂っていたの。わかる？　夢と現実の間には、薄く、柔らかい、膜のようなものがあって、それに身を包まれて、ふわふわしているわけ……、くすぐったくて……、ものすごく明るいのに、ぜんぜん、眩しくないの……」

ずっと喋り続けていた春菜の声が途切れ、しばらく無言が続いたところで、理絵は、顔を上げた。身体をまっすぐにのばしてあお向けに横たわる春菜の、胸のあたりがゆっくり上下していた。

喋り疲れて眠ってしまったようだ。

「春菜」

小さく声をかけても返事はなかった。

理絵は腰を浮かせ、壁の時計を見て、これからどうしようかと考えた。彼女の、伝えたいという思いを尊重し、来れば最低でも三十分はいて、話を聞くことにしていた。来室してまだ十分もたっていなかった。帰るには早過ぎるし、かといって、起こすのもどうかと思われた。

しばらく様子を見ようと、丸椅子に腰を戻してバッグから文庫本を取り出して読み始めた。そのうち、活字を目で追っても、文章の中身が頭に入らなくなった。小さく連続する規則的な音が、取って代わって、耳に入ってきた。さっきからずっと聞こえていた音である。ただ、意識の表層に上らなかったというだけだ。

軽やかに、規則的なチチ、チ、という音が、意味を持ち始めたところで、理絵は、顔を上げ、音のする方に目を向けた。ベッドの向こう、窓ガラスの中央に、濃いオレンジ色の塊があった。レースのカーテンに遮られて、最初のうち正体を見極めることができなかった。窓辺により、カーテンの裾を斜めに持ち上げてようやく、窓の手摺にとまった鳥が、ガラスをつついていることがわかった。

カラスでも、雀でも、燕でもなく、その中間の大きさをした、見たこともない鳥だった。数十センチの距離で、理絵と目が合っても、鳥は逃げることもなく、チ、チチと、つつく行為を繰り返していた。オレンジ色の顔の中央にグレーの白い輪があり、その上縁にガラスのような眼球が嵌め込まれている。完璧な円形をした目の焦点は、どこにも合っていなかった。虚空を見つめる黒いガラス玉には、生の表情がまったくない。鳥は、きつつきのおもちゃのように、小さく機械的な動きを繰り返していた。

音の正体を確認するや、理絵は、丸椅子に座って読書に戻ろうとしたが、まったく集中できなくなっていた。気のせいなのか、音が徐々に大きくなっていくようだった。

音程はなく、一定のリズムであったが、そのうちに理絵の耳に音楽として響き始めてきた。神懸かり的な技巧を持つピアニストが、そのテクニックを封印して、右手の人差し指一本だけで奏でる音楽だった。

理絵は、本を膝に置いたまま、音楽に魅せられて、窓ガラスのほうにじっと耳をかたむけた。

すると、音のひとつひとつに言葉がかぶさってくるイメージが湧き上がった。言葉のようであって、どうしても意味を形成しないのだ。伝えようとする主体は、すぐそこにいる。しかし、靄の向こうに隠れて、具体的な姿を見せることはできない。

理絵は、ふとひらめきを得て弾かれたように立ち上がり、バッグから大学ノートを取り出した。

チとチチの繰り返しに一定のパターンがあると感じたのだ。ノートは、英文学原書講読の授業で使っているものであったが構わない。空白のページを開き、チとチチで構成された音を、「・」と「－」に直し、猛烈な勢いで、書きつけていった。

天上界から届けられたメッセージというイメージが浮かんだからだ。

自動書記といえるのかどうか、理絵にはわからなかった。春菜が、眠りながら思いを伝え、鳥の嘴(くちばし)を代理として語らせたのなら、自動書記と呼べるだろう。

しかし、鳥の嘴をかりて語る天の声を、理絵が聞かされたのだとしたら、それは、神がくだされたのりとであり、その行為はお筆先ということになる。

場の雰囲気からして、春菜と、鳥との間に、確かな呼応があったのは間違いないのだが、メッセージがだれから発せられて、だれに届けられるべきものであったかは、知りようがない。

二年前の夏、鳥がガラス窓をつつく音をノートに書き留めた数日後、春菜は昏睡(こんすい)状態に陥って、現在に至るまで目覚めてはいない。

植物状態……、いや、石化状態に陥ってからも、癌を患う患者は引きも切らず押し寄せ、春菜の身にすがって奇跡を求め続けている。

春菜は、生きながらにして、石像になってしまった。

6

その部屋にはなぜか名称がなかった。

壁際にコピー機が三台置かれてあり、中央にはパイプテーブルと椅子のセットが、やはり三つ並んでいた。講師控え室、資料等準備室、談話室……、いずれの役も負っているため、敢えて名称をつけていないのかもしれない。部屋には紙の臭いが濃く充満していて、ここでランチを取ろうとする者はだれもいなかった。

柏田は、ついさっき理絵から受け取ったばかりのノートを開いてコピー機に伏せた。一週間前、理絵の経験談を聞いて相談を受け、とりあえずノートを見せてほしいと申し出て、今日の講義が終わってすぐに廊下で手渡されたものだ。

コピーではなく、現物のノートを手渡してきた真意はどこにあるのだろうと考えているうち、プリントが一枚吐きだされ、それを見て次のページに進めた。

二年前の、理絵が大学四年生の頃に授業で使っていたノートには、英文七割、和文三割という割合で、文字がぎっしり書き込まれている。文字は小さく整っていて、文章は的確で短い。ところどころ、イラストで補ってあり、わかりやすい構成になっている。今でも、ノートを眺めただけで、講義内容がそっくり脳裏に再現されてくるに違いない。頭脳の明晰さが、ノートのとりかたに現れていた。

そんな中、二ページにわたって、英文でも和文でもない記載があった。英文学原書講読と題されたノートの中身とまったく関係なく、表記法も異なり、見るからに異彩を放っていた。

「ー・・ーー・・・ー・」といった具合に、モールス信号のような記号が並んでいる。

二年前、入院中の春菜が、鳥の嘴を借りて、自動書記に近い行為を行ったとき、必死でメモしたものだ。

理絵は、とっさに、「チチ」と「チ」を、「ー」と「・」二種類の記号に置き換えて記述したようだ。正確さを心掛けたせいか、「ー」と「・」の区別ができない表記はまったくない。

ノートを眺めているうち、柏田には、理絵の意図が読めてくる。

まず、全体像を俯瞰してもらいたいに違いない。

英文学原書講読のノートとして体裁が整う全体から、いかにして異質な部分が生成されたのか、現物に触れれば流れは一目瞭然で、重要なポイントを見落とすことはなくなる。全体と部分の呼応の中には、一瞬の啓示を見逃すまいとする魂の緊張があふれ、他の文章と比べ、力強さ、必死さが込められていた。書いて二年が経つというのに、筆圧の強さはしっかりと保存されている。

そういった生々しさは、コピーでは失われてしまうだろう。

柏田は、まだ生暖かなコピーを折ってノートにはさみ、小脇に抱えて部屋を出た。

そのまま購買部に直行してパンを二個買い、一週間前と同じ場所へと向かった。

行き止まりの半地下室……、センスのない名称だが、場の持つ特色を正確に表現している。

理絵の姿はまだそこになかった。

ついさっき、素早く二言三言交わして、コピーを取った後に落ち合う場所を「行き止まりの半地下」と決めてあった。

理絵は、友人と会って、参考書の貸し借りをしてからくると言っていたので、まだしばらく待たされることになるだろう。

柏田は、下から三段目に座って、牛乳を飲み、ソーセージパンをかじった。正面に目をやれば、白壁のスクリーンに、一週間前に理絵から聞いたストーリーの主要部分が断続的に浮かんでは消え、手元に目を落とせば、その結果として入手したメッセージのコピーがあった。

片手でパンを食べながら、片手でコピーを広げ、柏田は、紙面に視線を走らせ、数学者としての眼力を目一杯働かせて、規則性の有無を見極めようとした。

柏田は、「場」の持つ力を信じていたが、いくら理絵が「チ」と「チチ」で構成される記号の列を、何処かからのメッセージと直観したと言い張ったとしても、まずは疑ってかかる必要があった。柏田は現場を目撃して雰囲気を生で感知したわけではない。鳥が嘴でつついたのは、単なる気紛れに過ぎず、いくら記号列を分析したところで、意味が浮上してこない可能性は十分にある。

廊下のほうで物音が聞こえたような気がして、後ろを振り返ったが、人影はなかった。風を受けて、窓ガラスが揺れたようだ。

講師の立場で予備校生の女子生徒と付き合うのはご法度とされていた。表沙汰になれば、家族からクレームが入って、大きな問題に発展する可能性があった。もちろん、理絵に性的なアプローチをかけようという魂胆はさらさらない。しかし、半地下のスペースで、人目を避けるようにふたり並んでランチを取る姿を、第三者から見られたら、なにかとまずいことになる。理絵を魅力的な女性だと思う気持ちがあるだけによけい、人目が気になった。

理絵の面影と重なる妄想をふり払おうとしたちょうどそのとき、本人が現れて柏田の隣に座った。

「お待たせして、ごめんなさい」

到着は思っていたよりも早く、待たされたという感覚はまったくなかった。

「だいじょうぶ、待たされてはいないから」

理絵は、膝の上に弁当をのせ、蓋を開いた。

「ごらんになりました？」

「もちろん、さっと、目は通した。中身について、きみの考えを聞きたい」

柏田はそう言って、ノートを返そうとしたが、理絵は受け取らず、開かれたままのノートがふたりの間に置かれることになった。

「暗号のようなものじゃないかと、思います」

『リング』の記述によれば、高山竜司もまた暗号に凝っていて、解読を得意としたようだ。特に、大学の医学部時代は、友人たちの間で暗号遊びをして、一頭地を抜く才能を発揮したらしい。解読には、数学の能力が深く関わるため、当然といえば当然である。

「暗号なのか、暗号でないのか、まず、それを見極めなければならない」

「暗号でないとしたら、これは、何なのですか」

「無意味」

「無意味……」

「恣意性に支配された冗長さってところかな。つまり、意味のある情報がこめられた記号ではないということ」

「でも、わたしは、あのとき……」

「わかっている。きみは、そう感じた。天から降り注がれる声を聞き逃すまいという態度は、とても大切なことだ。ぼんやりしていれば、神がもたらすサインを、見逃すことになる。ほとんどの人は、そうやって、自らチャンスを潰(つぶ)している。きみが、必死で書き留めた、その態度は、正しい。しかし、一応は、疑ってかかる必要がある。わかるね」

理絵は、頷(うなず)いた。

「どうすれば、これが暗号か、そうでないか、見極められるのですか」

「混乱を正して、論理的に思考をすすめていこう。まずは、暗号の定義だ。暗号とは、特定の相手以外に情報の中身が理解できないよう、秘密のベールを被(かぶ)せた通信手段、ということになる。だとしたら、これが暗号文である必要はあるのだろうか」

理絵はゆっくりと首を横に振った。

「いいえ、あのとき、内容を聞かれて困る人はどこにもいませんでした」

「ということは……」

「暗号ではない……」

「そう、ただの通信文ということになる。となると、解読を邪魔するための作為は施されてはいないと予想できる。案外、簡単かもしれないね。次に問題となるのは、だれが、だれに対して送った通信文なのかということ」

「眠りながら、春菜が、鳥の嘴（くちばし）を使って、わたしに語りかけているように、感じられました」

「なぜ、そんなことをする必要がある？」

「なぜと言われても……」

「春菜は、口を使って喋（しゃべ）ることができた。それは間違いないね？」

「はい、首から上は、動かすことができました。ゆっくりとではあるけれど、喋れました」

「ならば、われわれの言語を使って、伝えるのがもっとも手っ取り早い。情報量でも、正確さでも、そっちのほうが勝る」

「眠っている状態が必要だったのではないでしょうか」

「夢の内容と、夢見る者の間には、深い相関関係がある。春菜は、春菜だけの夢を見る。しかし、眠っているために、喋ることができない。だから、鳥の嘴を借りて信号を送った」

「そうです」

「では、春菜が、信号を送っていたということになる」

「でも、言いたいことがあるのなら、春菜は、直に言葉で語りかけたはずです」

「そうだね。春菜が発信元なら、その中身を喋ればすんだことだ。となると、彼女に夢を見させていた存在が、発信元ということになる。春菜はただ、媒介しただけだ。超心理学でいうところの霊媒、またはチャネラーと呼ばれるもの。では、鳥は、なに？」

「鳥もまた媒介だと思います」

「たぶん、鳥は、電信機の末端機器に過ぎないだろう。ここまでのところを整理してみよう。春菜は、夢を見ているときに、ある情報を受け取った。そして、その内容を伝えるために、鳥の嘴を使った……。ところで、春菜に届いた情報は、どんな言葉で語られていたのか。日本語なのか、英語なのか。それとも、イメージのみだったのか」

「さあ……、深く考えることなく、日本語だとばかり」

「大切なことだよ」

柏田は、理絵のノートの、「・」と「ー」の列を指でつついた。

「モールス信号で、語ろうとしたのかしら」

「なぜだろう。なぜ、ツー、トン、ツー、トンでなければならなかったのか」

「鳥の嘴では、それ以外の表現ができなかったからだと思います」

「いいかい、この通信文は、二進法に置き換えることができる。「・」を「0」に、

「｜」を「1」に置き換え、二種類の数字になおして並べることができる。仮に、情報が日本語で発せられたとしたら、その内容が即座に二進法に翻訳されたことになる。そんなことが可能だろうか」

理絵は、首を横に振った。

「わたしではとてもムリ。春菜は、もっとムリ」

「つまり、発信者は、直に二進法で伝えてきたと考えるべきだろう。なぜ、二進法でなければならなかったのか」

「短くて、正確だからでしょうか」

「二進法以外に、通信の手段を持っていなかったからだ。必然的に、このような方法を取らざるを得なかったんだよ。となると、発信者は、どこにいる？」

「ところで、そもそも発信者ってなんなのでしょう？　霊的な存在と考えればいいのですか」

「霊的な存在でも、神でも、構わない。われわれとは違う世界の住人だろう」

「コンピューター、かしら」

理絵の言い方は、いかにも自信がなさそうだった。

「なぜ？」

「コンピューター言語は、0と1の二進法で表記されるから」

「そう、その通り。そのものの いる候補地のひとつは、コンピューター内のデジタル空間だ。さらに、もうひとつ考えられる。DNAに刻まれた遺伝子の塩基配列のことは知っているね」

「ええ……、なんとなく」

「遺伝情報は、A（アデニン）、T（チミン）、C（シトシン）、G（グアニン）と、四つの塩基、つまり文字で記載されている。三つの塩基の組み合わせはコドンと呼ばれ、これがひとつのアミノ酸を指定する。AとT、CとGは相棒であり、同一と見なしていいから、「A=T」を0、「C=G」を1といった具合に、二種類の文字列に置き換えて表記することができる。つまり遺伝情報は、二進法で記述することが可能なんだ。したがって、発信者である霊的な存在のおわす場所は、コンピューターの中、あるいは、生命の根源でもあるDNA……、そのどちらかということになる」

弁当を食べようとして、理絵の手はさっきからぴたりと止まったままだった。発信者のいる場所の候補地が、コンピューターの中か、生命の根源であるDNAかの、ふたつに絞られると言われても、違和感が膨らむ一方だ。そもそも、両者は相反する領域と思われてならない。一方は、無機質な人工機器、一方は有機的な生命……、同列に論じること自体、無理がある。

理絵がノートを取ったときにイメージしたのは、もっと素朴なものだった。

「実は、二年前に、わたしがノートを取ったときに、心の中でイメージしていたのは、こっくりさんなんです」

「こっくりさん……」

柏田は、首を傾げたまま、何度かつぶやいてみたが、どこからも言葉の意味が浮かび上がってこない。語源を辿ることもできなければ、推測も成り立たなかった。この世界への馴染みが薄いせいで、しばしば耳慣れぬ言葉を聞かされる。ほとんどの場合、それは、この世界の住民と子ども時代を共有していないことを起因とするようだ。

「先生、こっくりさん、ご存じないんですか」

理絵は、ちょっと驚いたように、訝しげな視線を向けてきた。

あとで調べればいいだけだと自分に言い聞かせ、しらを切るほかなかった。

「こっくりさんか……、まあ、そうともいえるだろう……。とにかく、様々な方向からのアプローチが大切であって……。さて、これから、きみがやるべきことが何なのか、わかるかな」

「やるべきこと……」

「そう、きみは、この通信文を解読しなければならない」

理絵は、大きな瞳をまばたかせて、小さく「無理」と呟いた。

「代わりに、ぼくに読解してほしくて、ノートを渡してきたのかい？」

「とてもできそうにありません」

「最初から諦めるなんて、きみらしくもない。きみは、英文学を学んだ後、中学の英語教師となり、思うところあって辞め、専攻を医学に変えようとしている。そこで、数学を本気で勉強せざるを得なくなった。グッドタイミングじゃないか。こいつを読解するのは、数学への興味をかきたて、好きになるための第一歩ということになる。そもそも、数学とは、置換に関する学問であり、暗号の類いを読解することと領域を同じくする」

「でも、この予備校に来るまで、数学を本気で勉強したことなんか、なかった。先生の授業で、少しは開眼できたけれど、それまでは、数式なんて、見るだけで、吐き気をもよおしてました」

「方程式とは、つまり、置換することなんだ。たとえば、アインシュタインの有名な公式、$E=mc^2$は、エネルギーの大きさは、質量と光速の二乗をかけあわせた大きさに置換できると言っている。二進法で記述された数字の列を、別の言葉に置き換えるのは、数学の領域なんだよ。やってごらん。春菜は、きみに向かって語りかけた。その言葉を聞いてあげるのが、きみの役目ではないのか」

理絵は、泣き出しそうな顔で、頷いた。

「やってみます。でも……」

「もちろん、ヒントぐらいは出してあげよう。まず、やるべきは、規則性を発見することだ。数字の列の中に、反復されている箇所があるか否かを、見極める。言語でいえば、同じフレーズ。もし、同じフレーズの繰り返しが出てくれば、偶然の壁を乗り越えたことになる。この数字の列は、鳥の気紛れではなく、意味のある情報というわけだ」

「わかりました。やってみます」

「とにかく、試行錯誤を繰り返すんだ。どのように読解するのか、その方法論を編み出す過程に、数学の神髄が隠されている」

「先生にお話しして、よかったです」

「一週間後の同じ時間に、この場所で落ち合おう。成果を見せてほしい」

柏田は、解読の進捗状況を見ながら、適宜ヒントを小出しにするつもりでいた。最初から多くを与え過ぎると、方法論について思考する過程がカットされてしまう。それでは、数学の鍛練にならない。

「先生、なぜ、蛇なのか、わかったような気がします」

「きみの頭の中にあるイメージが伝わってくるようだ」

柏田には、理絵が抱いている図がおおよそのところ想像できた。脳裏に浮かんでいるのは、細長い紐が、S字を描いて宙を蛇行する図だ。ところどころ絡み合い、空駆ける龍(りゅう)のように、紐は風に靡(なび)いている。

0110101101000111110010……と、二進法で表記された情報は、一次元の紐という形態を取る。生命とは何かと問われれば、「情報である」と答える以外にない。そして、情報を媒介するのは、光だ。理絵の頭に浮かぶ蛇は、たぶん、光に向かって進んでいる……。

曙光(しょこう)に向かって空を泳ぐ蛇の映像が、前面の壁に映し出された。

7

私鉄の駅からアパートまで、毎日歩くコースであったが、今日は特に、真水と混ざり合って匂い立つ潮の香りが強いと感じられた。歩くほどに、眼前から海が迫ってくるようだ。

ここに住み始めたばかりの頃、海が間近にあるとは思いもしなかった。アパート住まいも落ち着き、駅と逆方向に散歩したところ、線路をくぐったすぐ先に東京湾が現れて驚いたことがある。その手前にある野鳥の森の東側には、水路がのびて江戸川の河口とつながっていた。そのせいか、潮の香りが微妙に変化する。

予備校の授業を終え、アパートまでの道のりをたどるうちに日は沈み、ところどころ雲の切れ目が赤く染まっていた。晴れ間に比べ、雲に覆われた空の面積のほうが格段に多い。

薄暗い天蓋を斑状に覆う雲は、柏田の脳の状態を表すようだった。思考力が鈍っているというわけではない。むしろ、脳の襞はスポンジのように新しい知識を吸収しつつある。数理、論理を扱う部位は研ぎ澄まされている。前世における記憶という観点に立ったときのみ、空模様が脳内を象徴するように見えた。

前世にいたときの記憶は、斑状になっていて、ところどころが抜け落ちていた。記憶の全体量がわからないため、保持している部分と、抜け落ちた部分のどちらが多いかさえ、判断できなかった。ただ、雲間から差す日差しに刺激を受け、何かの拍子に、隠れていた記憶を呼び覚ますヒントがもたらされることがある。

空に浮かんだ隙間から注がれる、太陽とは別物の、小さく、弱々しい月明かりが、今、その役を負うたのかもしれない。

歩道と車道の境に立つバス停の、細長い直方体の標識上部には円形のプラスチック板が載っていて、「バス」という記載があった。その下の角張った胴体には時刻表が巻き付いている。

柏田の視線は、時刻表を上から下へと辿り、6から始まって10で終わる数の右横に並ぶ、01という数字の縦列へと引き寄せられた。

どうやら、この停留所には、朝の六時から夜十時まで、毎時01分にバスが停まるようだ。

柏田はふと考えた。

……縦に並んだ01の列に注意が引きつけられたのは、何かの啓示なのだろうか。

天はしばしば光を媒介としたサインを与えることがある。しかも、それは数字であることが多い。

柏田は、バス停に近づき、数字の列を上から下へと、左手指先でなぞってみる。

そのとき、背後から音もなく近づいてきたバスが停まって、ドアが開いた。柏田の視線はごく自然に開かれたドアの向こうに移動した。

ハンドルを握る運転手と、ほんの一瞬、目が合った。運転手は、目で「乗るのか？」と訊き、柏田が、小さく首を横に振って、乗る意思のないことを伝えると、運転手は、顔を前に向けてドアを閉め、アクセルを踏み込んだ。

視線を戻した柏田の目の前には、数字を辿ろうとして持ち上げたままの左手があった。手首に巻かれた腕時計の針は、七時一分を指している。バスは定刻通りに来たことになる。

柏田は、即座にUターンして、来た道を戻ることにした。

今日の昼に、柏田は、メッセージを記述したノートを理絵から借り、コピーした。

コピーは今、ショルダーバッグの中に入っている。

……おれは、かつて一度、似たようなことを体験している。

これが初めてではない。以前にも一度、二進法と関わる暗号を受け取ったことがあった。しかも、そのときの通信も、別世界との間で交わされた。

似たような体験の中身が、徐々に具体化されていった。暗号、二進法で送られてきた数字……、共通項はそのふたつ。しかも、この世界の出来事ではない。前世にいたときのことだ。

柏田は、駅の方向にワンブロック戻ったところで、駐車場の角を住宅街のほうへと折れた。

小学校の隣にある市立図書館は、夜の八時まで開いている。まだ一時間ほど余裕があったが、柏田は、急ぎ足になっていた。

今日の昼に、理絵に言ったことを、柏田は復唱した。

……二進法で記載された通信文であるとしたら、解読は簡単かもしれない。

……さらに重要なことは、だれがだれに宛てた通信文なのかを明確にすること。

柏田は、理絵が体験した不思議なエピソードを聞きながら、その通信文は、春菜を媒介として天から理絵に届けられたメッセージだとばかり考え、自分は無関係であると決めてかかっていた。しかし、かつて似たような体験をしているとしたら、メッセージを伝えるべき相手が、柏田である可能性が考えられる。理絵もまた媒介であって、通信文を柏田に手渡す伝書鳩の役目をしていたに過ぎないのかもしれない。伝えるべき相手が柏田だとしたら、理絵に向かって「やってごらん」と呑気に宿題を与えている場合ではなかった。すぐに解読してメッセージの内容を知る必要があった。

柏田が早足で向かっているのは、数ブロック先にある図書館だった。そこは、この世界にきてからの四年間、日に日に深くなる孤独を癒す場所として機能してきた。

孤独の根は、周囲にいる人間のだれひとりとも、歴史を共有していないという状況によってもたらされていた。柏田は、この世界の偉大な住人たちが残した文献を読む作業によって、集団記憶を共有しようと努力してきた。人類の歴史に強い影響力を及ぼしたと思われる人物の書物に触れ、その意識の流れのみならず、思考プロセスを追体験することによって、人間がものを考えるときの癖を摑み、コツを飲み込む。人類に共通の表象能力を身につけた上で、自然を観察し、さらに、読むべき本のジャンルを広げていった。世界の歴史を学び、小説にも手をのばした。柏田は、暇さえあれば図書館に通って本を読んだ。

古く小さな図書館だった。アパートから近いこともあり、毎日のように通っていたが、ここ数日ばかり足が遠のいていた。

図書館前の石段を上がり、ガラス戸を押し開け、柏田は、二階にある閲覧室に入っていった。煌々と明かりが点り、ほどよくエアコンが効いていた。テーブルには、見るからに受験生とわかる若者が四人一列に座り、その向かいでは老人が突っ伏してうたた寝をしていた。

柏田は、ひとつおいて老人の隣に座り、バッグからコピーとノートを取り出して広げた。

まず何をやるべきか、はっきりしている。「・」と「|」の表記を「0」と「1」の二進法に書き換えて、ノートの余白に並べるのだ。

「……10000011011010110100010010100001001
10011111011010101111000001101101011010
00100101000010011001111101101010111100
00011011010110100010010100001001100111
1101101010111……」

次にやるべきことも、理絵に指示した通りであった。

……同じフレーズを発見する。

数列がまったくアトランダムなものなのか、あるいは、規則性に支配されたものなのかを見極めるのだ。

柏田は、数秒間に十回以上のスピードで、数列に視線を走らせ、その行為を続けながらバッグから鉛筆を取り出して、際だった特色のある箇所にマーキングしていった。「1」が4つ並んだ後に、「0」が5つ並んだ部分が2か所目についた。

これは際だった特色といっていいだろう。前後に延長されているはずの数列から推測しても、規則性は見えてくる。最初の「111100000」まで、54個で構成される数字が繰り返されている。

問題なのは、54個の数字の起点はどこかにあるかということ。起点の可能性も54か所あるかといえばそうではなく、意味のある数字の場合（電話番号等は除く）、最初の位が「0」となることはありえない。したがって、起点は必ず「1」となる。すると、可能性のある箇所は27に減る。27通りの数列を、一個一個分析していくのも可能だが、それでは時間がかかり過ぎる。

柏田は、自分に言い聞かせるように、首を横に振った。

……この方法を取るべきではない。

通信文を送ってきた者は、素早く、正確な読解が可能であるように、シンプルを心掛けたはずだ。幾通りもの場合を、ひとつひとつ分析させるような手間を強いるはずがない。

「0」と「1」の列はどこか無機質であり、機械的な匂いを醸し出す。いかにもデジタルな感じがする。ところが、理絵の手で記述された「・」と「ー」の列は、もっと人間臭くアナログ的だ。

柏田は、もう一度、理絵によって記述された記号の列に目を戻した。モールス信号に似た記号は、ノートの罫線(けいせん)を無視して、ゆるいカーブを描いて上下したりと、踊るかのような躍動感を内包していた。書いているときの理絵の感情が、文字に込められている。

眺めているうち、柏田に、理絵が感じたであろう高揚感が伝わってきた。最初のうちは冷静さを保って、記述は整然として平坦(へいたん)であったが、そのうちに感情がこもり、表記の強弱となって現れてくる。音楽にとっての山場ともいうべき、なだらかなカーブが、はっきりと、柏田の目に見えてきた。

それはゆったりとした二拍子のリズムを持っていた。

反復されているフレーズはひとつではない。ほぼ同じ長さのフレーズがふたつ交互に繰り返されている。

54個の数列を、半分に割れば、27と27、あるいは、26と28に分けることになる。

柏田は、「0」と「1」の数列と、コピー用紙の記号列を見比べながら、偶数であると見当をつけ、26個と28個のグループが矛盾なく浮かび上がってくる切れ目を探した。両者とも、「1」で始まるという条件を満たし、なおかつ理絵が感じたリズム感とぴたりと一致するところは、どこか？

柏田は、数列に視線を行きつ戻りつさせながら、ふたつのグループを割り出していった。

「1000001101101101000010010」

「1000010011000111111011010110111」

リズムが合っている上、前後にひとつずらしただけで、始まりが0となって、条件に合致しなくなる。ほかの分け方は考えられなかった。

もう一度最初から思考の流れを追い、論理的な綻びがないことを確認した後、柏田は、二進法で記述されたふたつの数字を十進法になおしていった。

「3445706」

「13926807」

問題は、これをどう読むべきかだった。最初の数字を、三千四百四十五万七百六と読めば、広い意味でものの数を示す。時間や電話番号の類いではない。数字は、読み方によって意味が変わってくる。

その点を保留して、柏田は、次の問題へと思考を進めた。

……なぜ、数字が、ふたつ出てきたのか。

数字がふたつであることに意味があるのか、という問いに対しては、「ある」と答える以外にない。必ず、意味が込められている。ひとつの大きな数字でもなければ、三つの数字でもない。ふたつ、であることに意味がある。

数学者にとって、ふたつの数字から簡単に連想できるのは、「座標軸」である。いわゆるX軸、Y軸だ。二次元平面において、縦と横の値が指定されれば、位置は一か所に定まる。縦横高さの指定は三次元となり、必要とされる数は三つとなる。

そこから、このふたつの数字は、二次元平面における、ある一点を示すものではないかという推測が成り立つ。

……このふたつの数字を、二次元平面におけるX軸とY軸の値であると仮定してみよう。

すると即座に、座標軸は世界共通であって、既に存在するものでなければならないという結論が導かれる。

柏田は、ひらめきを得て、ふたつの数字を最終桁からふたつずつにくっていった。

「34、45、07、06」

「139、26、28、07」

眺めているうちに、間違いないという確かな手応えを得ることができた。

柏田は、コピー用紙の片隅に数字を書き留めてそれを握り締め、閲覧室を出て階段を駆け降りた。

一階雑誌コーナー横の書棚には、詳細な世界地図が並んでいる。柏田は、階段を降り切る前には、第一の数字の上四桁、第二の数字の上五桁から、おおよその場所を思い描くことができた。場所は日本で間違いなさそうだ。

書棚の前にひざまずいて、柏田は、日本大地図帳を膝(ひざ)の上に載せた。両手でも支えきれないほどの重量がある。

念のために、大きな縮尺から小さな縮尺へと、順を追って辿(たど)ることにした。日本全図で、北緯34度45分と東経１３９度26分あたりがどこに位置するかおおよその見当をつけてから、ページを関東圏へと進めて地図を拡大させた。

柏田は一瞬、目を疑った。二本の線が交差するポイントが、相模灘(さがみなだ)沖の海を指し示すように思われたからだ。しかし、さらに次の数値を当てはめていくと海から陸へと移行して、北緯34度45分7秒のラインと、東経１３９度26分28秒のラインが交差する場所が、伊豆(いず)大島東端の一点を指すことがわかってくる。海と陸を、ぎりぎりで分ける際どい一点だ。

そこに何があるかまでは地図に記されていなかったが、柏田の脳裏には、相模灘の荒波に洗われる岸壁の光景が浮かんだ。

今度は、伊豆大島のみを記載した観光用の地図帳を取り出してきて、北緯東経が記載された地図帳と重ね、詳細に比較した。すると、問題とするポイントの名称が明らかになってきた。

付近一帯は、「行者浜」と呼ばれる海岸で、数字が指定するポイントには、特に「行者窟」という名前が付けられている。

地図帳には「行者窟」の由来を説明する解説文が付されていた。

「行者窟は、海水によって浸食を受けてできた、奥行き二十メートルばかりの洞窟である。飛鳥時代、奈良から伊豆大島に流刑となった役行者小角が、ここに籠って修行したと伝えられる。洞窟の中には、小角が彫ったといわれる石像が安置されている」

数字によって導かれたのが、一定の場所であると同時に、役小角という特定の個人であることを知って、柏田は深い感慨にとらわれた。

役小角の名は、以前から知っていた。日本史を勉強することではなく、『リング』を読むことによってその知識を得ていたのだ。

集団的記憶を、既に記述された世界史、日本史に求めようとする一方で、柏田は、個人的な記憶を『リング』に求めた。高山竜司であったときの記憶は完全に失われているため、取り戻そうとすれば、彼の行動が記述された『リング』を読む以外になかったのだ。

『リング』の中の、役小角に関する記述を、柏田ははっきりと覚えている。ほぼ完璧に暗唱しており、記述されたページ数さえ指摘することができた。

伊豆大島で生まれた希代の超能力者、山村志津子は、いかにして特殊な能力を授かることになったのか、その件を説明しようとする場面で、役小角の石像は、重要な役割を演じている。

太平洋戦争の終了後、占領軍は、神仏に対する政策の一環として、日本古来の神に由来する役小角の石像を海中に投棄してしまう。ところが、信仰心の篤い山村志津子は、岩陰に身を潜めて、巡視艇から投げ込まれたその場所をしっかりと記憶し、後に、海に潜って拾い上げ、元の場所に祀りなおしている。

山村志津子が不思議な能力を授かったのは、その行為のおかげであると、『リング』に記載されていた。そして、能力はさらに増大する形で、娘の貞子へと伝わることになった。

日本最古の超能力者、役小角こそ、物事の発端であるように思える。彼はまた、蛇を使者として配下におさめていたとも言われている。

コンピューター言語である二進法によって指し示された場所が、役行者が祀られた行者窟というのはなんとも違和感があった。一方は科学の粋を集めたデジタル空間のイメージ、一方は、神々から人間に移行しつつある原始古代の薄闇のイメージ。

しかし、だからこそ、柏田の興味は強くかきたてられた。

……行者窟に行かなければならない。

天から与えられた通信文で、位置を明確に指示された以上、何をおいても行く必要があった。

第二章　行者窟

1

初夏は日本の海がもっとも穏やかになる季節であると、柏田は、地理に関する本で読んだことがあった。

船のデッキから南の方向を眺めつつ、そのことが見事に実感できた。昨夜に竹芝(たけしば)桟橋を出港して以来ずっと、穏やかな航海が続いている。前方に、朝日を照り返す波の破片はなく、凪(なぎ)が完璧であることが見てとれた。

船は伊豆大島を目前とするところまで来ていた。入る港は、元町(もとまち)か岡田(おかだ)のどちらかであるとアナウンスされていたが、海況から判断して、元町入港はほぼ間違いなさそうだ。

徐々に大きくなっていく島影に目を凝らすと、元町を彩る建物が、なだらかな山の斜面にちらほらと見えてくる。

目的地となる行者窟は、西に面して開ける元町とちょうど反対側の東海岸にあった。

今は船の大きさのおかげで、黒潮に逆らっていることを感じさせなかったが、役小角がこの地に流刑された六〇〇年代末、潮の流れを利用しなければ、伊豆半島から大島までの航海さえ困難であったに違いない。

役小角は、歴史に名前が残る最古の呪術者であり、修験道の開祖である。六三四年に、奈良、葛城山系の麓に位置する吉祥草寺付近で生まれたとされる。

柏田は、役小角の生い立ちから生涯を、なるべく正確な資料をもとに調べてあった。たとえば、『続日本紀』には役小角に関して、次のように記述がある。

「初め小角は葛城山に住む呪術者として知られていたが、弟子の外従五位下韓国連広足はその呪力を妬み、妖しい言葉で人々を惑わしていると讒言したので、遠流に処せられたのであった。世間では、小角は鬼神を使役するのが得意で、水を汲ませ薪を採らせ、命令に従わない場合は呪縛したという」

また九世紀前半に成立した説話集、『日本霊異記』には次のように記述されている。

「役優婆塞（役小角）は、葛城山の洞窟に籠って修行を重ね、孔雀明王の呪法で不思議な威力を得て、鬼神を使役することができた。あるとき、役優婆塞は、鬼神たちに金峯山と葛城山のあいだに橋を架けて通行できるようにせよと命じた。いっぽう葛城の一言主の神は、優婆塞が天皇を倒そうとしていると讒言した。験力のためなかなか捕まらない優婆塞に対し、朝廷はその母を捕らえ、自首してきた優婆塞を伊豆の島に流した。優婆塞は昼は天皇の命に従って島にとどまったが、夜は富士の高嶺に飛んで修行を積んだ。二年後の大宝元年にようやく許されたが、遂に仙人となって空に飛び去った」

　十七世紀中葉の作と考えられる『役行者絵巻』には、大島に渡ってからの件がもう少し詳しく記されている。

「行者をば伊豆の大島にぞ流されける。

　さるほどに、行者は勅命を重んじて、暫く配流の身とはなりしかども、もとより飛行自在を得たりし人なれば、少しも悲しめる気色もなく、昼は配所の島に住むといえども、夜は夜な夜な飛び歩きて、富士の山などにぞ優遊したりける。島を守る人、この由を見て、大きに恐れをなしつつ、急ぎ帝へ奏聞申しけり。

　これによって、重ねて公卿僉議あって、「さらば行者を誅せらるべし」とて、官人をさし向けらる。官人、かしこに赴きて、行者を捕らえて害せんとする所に、さまざまの奇特どもぞ現れける。剣をもって切らんとすれば、その剣だんだんに折れ、弓をもって射んとすれば、その弓づたづたに折れたりけり。その上、それに侍りし武者ども、眼暗れ心惑い、喉より血を致し、悶絶する事おびただし。

　これは、行者の加持し給うゆへに、明王の責めをこうぶりつつ、かかる怪しみありと見えたり。帝都にもさまざまの諭しどもありて、帝をも悩まし奉りしかば、大きに恐れ騒がせ給ひて、すなはち御赦免の恩賜をなして、行者を都へ召し返し給ひけり」

　室町時代に成立した役小角の伝記『役行者本記』には、大峯（おおみね）、葛城をはじめ、日本全国の霊山で修行される様が描かれ、ゆかりの地として伊豆も含まれている。

　古代人にとって山は、神々が降臨する場であり、その中でも特に神聖な場所は、巨大な岩に象徴され、祀られてきた。葛城山から南の奥に入れば、大峯山系の急峻（きゅうしゅん）な峰が蛇のようにのたくって熊野（くまの）までのび、その間にも岩の肌は多く露出する。

　幼少の頃より非凡な才能を発揮し、その後、仏道に帰依して、葛城山で修行に励んだ小角は、山の民として、自在に原生林を駆けて薬草を採り、金属や鉱石の眠る場所を解し、言葉通り、自然を自家薬籠中（やくろうちゅう）のものとしていった。

　強い呪術を持ち、金属鉱石を掌握し、自然の摂理を知り尽くした役小角は、当時の権力にとっては是が非でも手なずけて配下に置きたい存在であったが、一言主神によって、謀反（むほん）の企（たくら）みありとの密告を受けるや、その能力ゆえに恐れられ、朝廷側は「反体制」の烙印（らくいん）を押して彼を捕獲しようとする。

　山こそは彼の活動の場、追っ手が来てもこれをかるくあしらって、まったく動じることがなかった。

　そこで官吏は、卑劣な手段に打って出る。役小角の母を人質として捕らえ、命を奪うと脅し、下山してきたところをようやく捕らえて、伊豆大島に配流する。

　自由に空を飛ぶことができる小角にとって、島流しなどなにほどのこともなかった。

昼間は伊豆大島の浜にできた洞窟（どうくつ）に住み、夜となれば、富士山にまで飛んで、反省する態度は微塵（みじん）もない。ならば、殺してしまえと、今度は、武者たちが送られるが、強い能力の前には剣も弓も役に立たず、彼らはほうほうのていで逃げ惑う。朝廷側は、この神懸かった力を心底から恐れ、敵（かな）わずとみて、役小角の罪を許し、都へ召し返す。

様々な資料を元に、年代を抜き出して作成した簡単な年表によると、六三四年に生まれた小角は、六九九年に伊豆大島に流され、七〇一年に都に戻ってきている。自分を裏切って朝廷側に密告した一言主神を呪法によって呪縛し、黒蛇に姿を変えたところを葛城山の谷底に投げ捨てて復讐（ふくしゅう）を果たした後、権謀術数渦巻く日本に嫌気がさしたのか、大きな鉢に母を乗せ、自らは、草座という、空飛ぶ絨毯（じゅうたん）のようなものに乗って、ともに大陸のほうへと飛び去ってしまう。仙人となって空に昇ったまま、死んだという記述はどこにも見当たらない。生年は明らかだが、没年は不詳なのだ。

どのような資料にあたっても、小角の生涯はざっとこんな具合になる。その通りだとしたら、まさにスーパーマン、あるいは、歴史に名が残る最古の超能力者というべきだろう。

日本の古代史を学んでいて、柏田は、不思議な感覚にとらわれることがあった。

六世紀、七世紀頃になって、ようやく文字で記述された歴史が浮上してくるのだが、それ以前となると、茫漠（ぼうばく）として、暗い海の底を舞台に、人間とは異なった異形のものたちが跳梁跋扈する様ばかりが思い浮かんでくるのだ。幻想の神々が活躍するファンタジーの世界であり、どこか現実離れしている。五世紀、六世紀、七世紀と、二百年ばかりの時間幅をもって、架空の世界が、徐々に、現代と同じ様相に変容してきたという印象があった。ファンタジーから現実への移行を可能にしたのは、書き言葉の成立ではないかと、柏田は推測した。

そう考えると、役小角は、ファンタジー界最後の生き残りと見たほうがいいのかもしれない。現実界の住人たちは、古き仮想世界の住人である小角を、本能的に恐れたのだ。

この構造は、柏田の出自とも重なり、だからこそ彼は小角に尽きせぬ興味を抱く。

……同類、似たもの同士……、だから、惹かれるのか。

汽笛が鳴り、元町入港が間近であることがアナウンスされていた。

柏田は、二等船室に降りて毛布をたたみ、荷物をまとめ、下船の準備をした。

2

タラップを降りて埠頭を歩いていくと、オレンジ色のウィンドブレーカーを着た男性が、＊＊レンタカーと書かれたプラカードを持って立っているのが見えてきた。

……オレンジ色のウィンドブレーカーを着た人が、＊＊レンタカーと書かれたプラカードを持って立っていますので、彼に、声をかけてください。

予約の電話を入れたときに指示された通りの光景が、眼前にある。

声をかけ、名前を告げると、男性は、駐車場のほうを指差し、「車の手配はできていますので、あちらで、手続きをすすめてください」と言う。駐車場には、同じ格好をした女性が、書類を脇に抱えて待っていた。

柏田は、必要な手続きを終えるとすぐ、レンタカーで走り出した。時刻は朝の六時半を回って、陽は徐々に昇りつつある。昨夜、エンジンの振動を背中に受けつつも、六時間ばかりまどろむことができ、眠気はなく、気分は爽快だった。

島の道をひとりで走るには軽自動車が最適である。泉津の小さな村を抜け、二本松を過ぎたあたりで、晴れていた空が突如薄闇に覆われた。道の両側からおおい被さるように椿の木が並ぶ、通称、「椿トンネル」と呼ばれる区域に入って、朝日が遮られたからだ。

今は初夏で、花はなかったが、二月から三月にかけて木々の先端は赤い花をつける。大島の観光ガイドブックをめくっていて、柏田は、椿が満開となったときの写真を見たことがあった。

花の色はひときわ濃く、眺めているうち、木の幹を流れる樹液まで赤いのではないかと思われてきた。植物の内に流れるのは、無色に近い樹液のはずなのに、毒々しい赤い色が、映像となって滲み出てきたのだ。

皮膚に赤い部分をひとつも持たないけれど、柏田の体内には、赤い血が流れている。この世界に来てから、柏田は、自分の身体に流れているであろう血を、眼で確かめたことがなかった。怪我をして、血を流す場面に遭遇したことがないからだ。唯一、寝不足の日々が続いた深夜、手鏡で顔をのぞいたときの、瞳孔を中心に蜘蛛の巣状に広がる毛細血管が、赤い血の存在を証明していた。

……毛細血管から血が滲み出れば、おれは赤い涙を流すのだろうか。

柏田がそんなことを考えたのは、最近読んだ本の中に、目から血の涙を流す石のマリア像のエピソードを発見していたからだ。この手の不思議な話は、世界の各地で報告されている。現代だからこそ、嘘と承知でおもしろおかしく読んで楽しめばいいのだろう。日本であれ、ヨーロッパであれ、古代の神話には、八つの頭を持った蛇から、投げ飛ばされて空を飛ぶ巨岩まで、科学的にありえない逸話のオンパレードだ。

椿のトンネルは短く、すぐに朝日が戻って、柏田の妄想は吹き飛ばされた。陽が昇るほどに気温は上昇し、昼過ぎには軽く三十度を超えそうだった。

左手から海が消え、山側に道がカーブし始めたところで、「椿園」の看板と、パーキングを示す標識が現れてきた。柏田はハンドルを右に切って、レンタカーを駐車場に入れた。

車から降り立ち、柏田はボンネットの上に地図を広げた。椿園の駐車場から、動物園と海のふるさと村を抜けた先には、海岸遊歩道が行者浜までのび、その南端に行者窟があるはずだった。地図だけからでは、そこがどんな場所なのかうまくイメージできなかったが、柏田は、濡れてもいい服装を用意していた。Tシャツ、短パンで、素足にダイビング用ショートブーツという格好である。

朝早くのため、付近に人影はなかった。歩き始めて十分もしないうちに左手の灌木越しに海が見え、小さな橋を渡ったあたりで風景が開けたかと思うと、浜が現れた。浜は、一面、丸みを帯びた石で覆われ、打ち寄せる波に洗われて、黒々とした輝きを放っていた。ここが、行者浜である。

浜の南端は、断崖絶壁となって海側に張り出している。その中腹に、一本の筋が見えた。筋は、崖を削って作られた細いトレイルで、そこを辿れば行者窟に出ると思われた。

行者窟を、陸側から見ることはできない。全体を視野におさめようとすれば、海上の一点に立つ以外になさそうだ。

柏田は、一旦、浜に降りて石の上を歩き、崖の手前の石段を上ってトレイルを進み、その向こうへと回り込んだ。

右手を崖の肌に添えながら、そろりそろりと前に進んだ。まるで海の上を歩く気分だった。バランスを崩して足を踏み外せば、簡単に海中に没するだろう。

五十年ばかり前、この沖合に小舟で漕ぎ出て、自ら海中に潜った女性がいた。山村貞子の母、志津子である。

今、中天に昇りつつある太陽は、岩に砕ける波頭を白く輝かせているけれど、志津子が、海に潜った夜、海面を照らすのは唯一月明かりのみであった。

柏田にとって、かつて高山竜司としてこの世界に存在したときの記憶を蘇らせてくれる唯一の手掛かりは、『リング』である。真っ先に手に入れたその本を、何回となく繰り返し読んで、中身のほとんどを暗唱していた。

『リング』の中で、志津子が、占領軍によって投擲された役行者の石像を、暗い海の底から拾い上げるシーンは、およそ次のように描写されている。

夏も終わろうとするある暑い満月の夜、志津子は、幼馴染みの漁師、源次の家を訪れ、沖に向かって船を出してくれるよう頼み込む。源次にとって志津子は初恋の女性だった。満月の夜にふたりだけで舟を漕ぎ出すのは一向に構わないが、目的を教えてほしいと問うたところ、志津子は、その日の昼間、米海軍の巡視艇から投棄された行者様の石像を拾いあげるためだと答える。

占領軍は、神仏に対する政策の一環として、行者窟に祀られた石像を海に捨ててしまった。普段から信仰の篤い志津子は、岩陰に隠れて投擲の現場を見守り、その位置をしっかり頭にとどめてあると言う。いくら月夜とはいえ、夜の海に潜って、そう簡単に石像を拾い上げられるものだろうかと、源次は、半信半疑ではあったが、好きな女性とふたりだけになれるという誘惑に抗しきれず、行者浜の二か所に火をたき、釣り船に志津子を乗せて沖へと漕ぎ出したのだった。

満月に照らされる海は、夜であっても視界は良好だった。舳先に立ち、じっと海面を見つめていた志津子は、ここぞというポイントで声を上げ、源次に船を止めるように命じてきた。

源次が櫓を操って船を定位置に漂わせるや、着物を脱いで裸になり、志津子は、ロープの端を口にくわえて飛び込んで暗い海の底へと沈んでいった。

何回か、海面を破って顔を出し、息継ぎをして長く潜った後、志津子は、船の艫から乗り込んで、大きく上下する胸を押さえた。彼女の口に、ロープはなかった。

「行者様にしっかりゆわえてきたから、さあ、引き上げて」

志津子に請われるまま、源次は、もう片方のロープを舳先に縛りつけ、海中に沈んでいるロープを引っ張り込んでいった。

大物がかかったときと同様の、重く、確かな手応えがあった。

　行者の顔が、海面を破って飛び出るのを見て、志津子は即座に抱き上げ、船内へと引っ張り上げた。それは間違いなく、役行者の石像だった。なぜ、暗い海の底で探り当てることができたのか、源次は不思議でならなかった。

「呼んでいたの、海の底で。鬼神を従えた、行者様の緑色の目が、キラリと光った……」

　志津子は、源次の疑問にそう答えたのだった。

　こうして、石像は行者窟の奥の定位置に戻ることになった。

　以降、志津子の身体にいくつかの異変が生じた。皮膚の一部が発光したり、汗に混じって柑橘(かんきつ)系の香りが発するようになった。と同時に、見たこともない情景が突如脳裏に展開し、しばらく後、それが現実化する。どうやら、予知能力が身についたらしいのだ。

　古い言い方をすれば、志津子は、神がかったことになる。

　翌年、志津子は上京して、伊熊平八郎(いくまへいはちろう)の子を孕(はら)み、暮れになって故郷に戻り、貞子を産んだ。そして、貞子は、母をはるかに凌駕(りょうが)する不思議な力の持ち主であった。

　役行者の石像を海から拾い上げたことが、すべての発端である。

　柏田は、この国の成り立ちが記述された神話を読んでいて、死と再生の場面が多いことに幾度となく驚かされてきた。日本のみならず、ギリシア神話も同様である。自身の運命とも重なるためもあって、柏田は、この点について興味が尽きない。

古代の神話では、霊、あるいは魂が、人間の身体に戻ってくる前に、中宿として、他の物質に一旦宿ると考えられていた。それはたいがいの場合、石だった。古代において、石は唯一の情報記述装置ではなかったかと、柏田は推測する。

……志津子に不思議な力が宿った翌年、生まれてきた貞子は、だれかの生まれ変わりなのか。

柏田は、貞子を何者かの生まれ変わりと見ることには抵抗を覚えた。

神話の中、神をまつる巫女(みこ)が神の子を産むというエピソードは何例も語られているが、その場合、生まれる子の多くは男の子であり、しかも父の存在が不明であることが多い。役行者も同様、白専女(しろとうめ)という母はいても、父がだれであるかはいまひとつはっきりしない。『修験修要秘決集』によれば、白専女は、天から降ってきた金色の独鈷(とっこ)が口に入る夢を見て、役小角を身ごもったという。つまり父親のないまま、神聖受胎したというのだ。

神の子という位置づけを与えようとすれば、神性を高めるために男女の生々しい交わりを忌避したくなるのだろう。聖母マリアが精霊によってイエスを受胎したのも、摩耶(まや)夫人が右脇に白象が入る夢を見て釈迦(しゃか)を受胎したという伝説も、同様の構造を表している。

貞子の父がだれであるのか判明していた。T大学精神科助教授であった伊熊平八郎である。

その事実は、貞子の神秘性を薄めているような気がする。

柏田の脳裏には、ふと、あるシーンが思い出されてきた。『リング』の中、ビデオ映像の断片が記述されるところがあり、映像の一片に、生まれたばかりの赤ん坊を抱くシーンがあった。抱いているのは幼い貞子であり、抱かれているのは、確か、男の子ではなかったか。

貞子が生まれた数年後、志津子は、もうひとり子どもを産んでいる。しかも、男の子だ。貞子にとっては、弟にあたる。

しかし、『リング』の記述によれば、生後四か月で、その子は死んでしまった。

柏田の疑問はひとつの方向へと収斂（しゅうれん）していった。

……一体、その子の父親はだれなんだ。

その頃、平八郎は、結核を患って療養所に入院していたような気がする。

……ひょっとして、志津子は、神聖受胎によって、男の子を産んだのだろうか。

とすると、その子こそ、何者かの生まれ変わりとなるのか……。

そんな妄想に耽（ふけ）っていたところ、右手から、崖の肌が深くえぐれた洞（うろ）が現れてきた。

一旦、数メートル降りて上った先に、暗いスペースがあり、その手前にしめ縄が張られているのが見えた。

まちがいなく、ここが行者窟だ。

3

中央にある広場には、円形に石を並べた直径二、三メートルばかりの護摩壇があり、その向こうの祠の前には、賽銭箱が置かれていた。水気が多いためか、祠の屋根といい、それを支える柱といい、朽ちかけていて、今にも崩れそうだ。

洞窟の入り口に立って全体を見渡し、柏田は、考えた。

春菜と理絵という、若い女性の手を介して届けられた通信文に導かれ、行者窟にやって来た。天からの声に呼ばれて来たのだとしたら、ここは自分にとって、特別に意味のある場所ということになる。ただ観光名所を見せるために、手の込んだ策を弄するとは考えられない。

……洞窟内に隠されているサインを見逃すな。

柏田が足を止めたのは、注意力散漫にならぬよう、自分を戒めるためである。

柏田は、祠のあるところまで降りて、じっくり周囲を見回した。

洞窟の間口は七、八メートル、奥行き約三十メートル、高さは五メートルといったところだ。

付近一体の地質について詳しい知識を持っていなかったが、数百万年前に活動してできた火成岩の崖が、東からの波を受けて浸食されてできた洞窟だろうと推測できた。水滴を首筋に受けて顔を上げると、ごつごつとした岩の肌が天井から垂れ下がっていた。岩を伝ってひっきりなしに大粒の水が滴り、足下を濡らしていた。

祠の脇を抜けた先に石段があり、周囲の岩は緑色の苔で覆われている。岩の隙間からは草が顔を出し、目が慣れてくると、洞窟の底一面に濃い緑色が敷きつめられているのがわかった。

柏田は、石段を上って祭壇の前に立った。

洞窟の奥、上下左右がもっともせばまった暗闇の中に、役小角が自分で作ったとされる石像が置かれていた。たった今、だれかがここに来て注いだかのように、お神酒で満たされたお猪口が石像の前にあり、プーンと日本酒の匂いが鼻をついた。その横に置かれた花束も、際立って瑞々しい。

柏田が想像していたより、石像はずっと大きかった。高さ一メートル弱の座像で、僧衣を被った顔は異様に大きく、長さ三十センチはありそうだ。全身に纏いついた水滴の粒が外部からの淡い光を反射し、全体をうっすらとしたベールで包み込んでいるように見える。

両膝の位置が不自然に高いのは、高下駄を履いているせいだった。左手には経巻を持ち、右手に握っているのは錫杖の柄の部分のみだ。上部、下部とも折れているため、欠けた部分の形状は想像力で補うしかない。

柏田は、しめ縄の下から顔を入れ、至近距離から座像と向き合った。

……あなたは一体何者なのですか。

心の内で問い掛けたが、返事はない。

図書館にあった資料で、日本各地に現存する行者像を写真で確認してあった。ここ、大島の行者窟のものは、もっと穏やかな顔つきをしていると思っていたが、じっくり眺めると、石の表面から浮かび上がるのは、怒りの感情に近いと思えてくる。

……あなたは何かに怒っているのですか。

むろん、答えはない。海の底でキラリと光ったという、緑色の眼光が瞬く気配さえなかった。

柏田は、自分の身を包む雰囲気の正体を知ろうとした。

力を抜いて腰をすとんと落とし、役小角と同じポーズを取って座像の前で頭を垂れた。

空気の色を見極め、耳を澄まし、匂いを嗅ぎ取り、皮膚を敏感にするのだ。

柏田は冷静に自己を内省し始めた。

この世界に来てからの数年間、釈然としない思いばかりが心に降り積もってきた。時が経つほどに、自分が何のためにここにいるのか、わからなくなってくる。

この世界の言葉でいうところの、前世、あるいは黄泉の国からやって来たと理解はできても、生死の境界を越えた目的が何であるのか不明なのだ。湾岸に建つ超高層マンションからの近未来的夜景と、荒涼とした人跡未踏の大地の風景が、交互に脳裏に明滅し、どちらも夢のように摑みどころがなかった。両親の存在は確かに感じる。愛する女性もいたような気がする。他者への愛にまつわる、ある重大な使命を与えられたような気がするのだが、記憶が曖昧で、どうしても思い出せない。きっかけがあれば思い出せるといった類いではなく、記憶が欠落しているとしか考えられなかった。

当初から『リング』という本の存在は知らされていて、すぐに入手して分析し、主要登場人物の高山竜司の遺伝子を引き継いでいるという事実を把握することはできた。『リング』を読んで明らかになったのは、どの世界にいっても似たようなことばかり繰り返されているという空しさだった。高山竜司は、医学と哲学を学んで数学が得意であり、大学院に進学した若い女性を弟子としていた。前世における二見馨も、医学生であり、同様に数学を得意とした。現在、柏田は予備校の数学講師として、生活の糧を得ている。

どうやら、人間は完全な自由を手にしているとは言い難く、行動のバリエーションがあまりないらしい。生まれたときから、自由が制限されているという事態は、一体どこに起因するのか……。

心を穏やかに保ちつつ内観しようとしても、疑問ばかりが渦を巻いて、次第にささくれ立ってくる。石像ごときに、答えられるはずはないとわかりきっていた。神仏に頼ろうとする自分の姿が愚かしく、苦笑いを浮かべて立ち上がろうとして、足に痺れを感じた。バランスを崩し、両手を前に突き出す格好で石像の肩を強く押していた。

片方の肩に柏田の体重を受けて、石像はわずかに横向きになった。

見る角度がずれて光の加減に変化が生じ、顔を覆っていたベールがすっと消えた。そのとき、真っ正面からでは見落としていた特徴が目についた。額全体を覆う僧衣の中央に、ごく小さな突起があるのだ。

額にある小さな角こそ、役小角の名前の由来であった。

「役行者御一代記」には、母、白専女（白桃女）の胎内に宿り、小角が生まれてきたときのことは以下のように記述されている。

「家に白桃女というひとりの娘ありて、父母に孝を尽くし、艶色もまた並びなかりき、ときに人皇三十五代、舒明天皇五年癸己の三月のころなりけん、御門茅原の里にみかりあり、其後、彼の娘、常にかはりし体にみへれば、両親やすからぬ事に思い、たずねけるに、娘、答えていう、或る夜の夢に、一つの独鈷杵、天降りて口中に入りとみて、覚めたり、あやしき夢なりと、おもえども、そのままに、打ち過ぎたるに、腹中常ならじ、月水滞りて十月とぞ成りける、明ければ六年甲午の正月元日、俄かに産の催しありて、安々と男子を生めり然るに、額に小さき角ありて、形、世の人に異なり、故に幼名を小角と称す、さて、額に角あるは、鬼とあやしく思うは、甚だ誤りなり、神農の書像をみるに角あり、また、古書に人身牛首とみえたり、あやしきにはあらざるべし」

白桃女という美しい孝行娘が、ある夜、独鈷杵が口に入る夢を見て懐妊し、十月後に安産で男の子を産んだところ、その子の額には小さな角があったため、小角と名づけたという。中国伝説中の帝王に神農がいる。徳ありと認められた彼もまた、角を持ち、身体が人で首から上が牛であって、角があるからというだけで、怪しいと思うのは間違っていると、なにやら弁解じみたことを述べている。

柏田は、手をのばして僧衣に隠された角を探ってみた。意図的に造られたものなのか、あるいはもともとの岩が持つ偶然の産物なのか、どちらともいいがたい。柏田は、右手の指先で探りながら、左手で自分の額に触れていた。

柏田の額に角はない。何度も鏡を見ていて、それは確認済みである。しかし、ちょうど同じ位置に、褐色の痣があるのだ。そう目立つものではなく、至近距離に顔を近づけなければ、見わけることができないほどの小さな痣。

痣は、見ようによっては、角が折れた跡ともとれる。たくさんの記憶を包含したまま折れて、捨て去られたのだとしたら、過去が茫漠としている理由もわかろうというものだ。

右手の先と左手の先を介して、石像の角と額の痣が一本のラインで繋がると同時に、洞窟の入り口から射す朝日が濃い影を作って石像と重なった。

……汝が我であり、我が汝である。

ウパニシャッド哲学の一文が頭をよぎった。

身体の中に流れができたように感じられた。それは、急激な視点の移動となって現れ、柏田の魂が石像に入るのに応じて、緑色の目が開かれていった。

柏田は今、石像の視点に立って、客観的に自分の身体を眺めていた。

幽体離脱といわれる現象である。

太陽と洞窟の入り口が一直線に結ばれて日差しは強く、自分の姿は真っ黒なシルエットにしか見えない。背後から射す朝日は後光そのものだ。

身体中の細胞がばらばらに溶け、再構築されていくようだった。何万年もかけて蓄積された、生きて、死んだ人々の遺伝情報が混ざり合い、時間をかけて、一本の紐へとより合わさってゆく。遺伝情報を過去に遡れば、縄文時代に生きたひとりの女性に到達できるだろうし、さらに遡れば、四十億年前、海に誕生した原核生命へとたどり着く。一旦、生命の原点に戻り、混沌から発生して光ある方向へと進む道をイメージし、四十億年の時間をかけた意識の進化を追体験したとき、柏田には、ホモサピエンスとしての使命が、理解されてきた。

……宇宙の理を言語によって明晰に記述すること。

天命であることを証明するかのように地鳴りが響き、天井がざわめいて無数の石を降らせてきた。

　衝撃によって、逆転していた魂は元の鞘に収まり、柏田は、取り戻したばかりの自分の視線を岩肌に這わせた。地震かと思われたがそうではなく、足下は盤石である。頭上では、ゴッゴッゴと不気味な音をたてて「力そのもの」が移動していた。岩盤のはるか上から降ってきたエネルギーが、その下の岩を動かしている。

　三原山の噴火を疑って耳を澄ませたが、どうも違うようだ。

石像に正面を向けていた柏田は、洞窟の出口を振り返った。すぐに洞窟の外に出たほうがいいと、本能が告げている。

　両手を水平にのばし、バランスをとったり、頭を守ったりしながら、二歩三歩と歩き出した。駆け出そうとしたが、濡れて滑る足下と震動によって、思うように進むことができなかった。

深奥部から眺める洞窟の出口は、いびつな光の輪となっていた。トンネルの出口、あるいは井戸の縁のようだった。縦穴と横穴の違いはあるが、井戸の底から天を見上げれば、ちょうどこんなふうに見えそうだ。

出口の手前で、光と闇の境界線が外へ外へと引いていた。太陽が昇るのに呼応して、日の当たる範囲が後退している。潮の干満よりはるかに速く、見る間に洞窟の底は闇に支配されていった。

伸びていく影に導かれて前に進もうとしたとき、頭上でひときわ大きな音が轟いた。洞窟の出口付近では、大小様々な石が雨のように降っている。迂闊に飛び出せば、頭に一撃を食らう可能性があった。柏田は、慎重に構えて足を止めた。

洞窟の内側が蠕動する様は、蛇の体内を思わせた。収縮を繰り返すたび、外へ押し出そうとする力が高まり、最高潮に達したとき、巨大な岩が落ちてきて視界のほとんどを覆った。ズシンとした地響きを足下に受け、その震動で柏田の身体はほんの一瞬宙に浮きかけた。

前方から射していた光を失って、真っ暗になったように感じたが、目が慣れてくると、落ちてきた岩の周囲の隙間から漏れる日差しが、細い三日月の形を作っているのがわかった。日蝕のときにできるリングと似ている。

巨大な岩の崩落によって出口を塞がれてしまったという事態が徐々に飲み込めてき

ても、不思議と恐怖は湧かなかった。

巨石の落下をもって震動はぴたりと消え、静寂がとって代わろうとする中で、音もなく岩が割れた。桃に包丁を入れたかのように、縦の一線でぱっくりと裂け、深いV字形の亀裂が中央に現れた。

洞窟の外に出ようとすれば、亀裂を通り抜けるほかない。出口を覆った蓋ともいうべき、厚みのない平坦な岩で、通り抜けるのにさほどの苦労はなさそうだ。

……とりあえず、外に出るんだ。

光の方向に進むのもまた本能的な行動である。亀裂の底に足をかけて上半身を引き上げ、両手、両肘、両膝を交互に動かし、柏田は、這うようにして進んだ。出口までの距離は短く、亀裂の外に顔を出して眺めると、砕けた波しぶきを顔に受けた。崩落した岩がコンクリート製の遊歩道を押し潰したために、真下が磯になっていた。

岩肌に張り付いて横に移動するのは不可能である。海面まで二メートルばかりの距離を垂直に降り、一旦、身体を海中に沈めなければ、脱出できそうになかった。この格好では、頭から降りることになってしまう。狭い亀裂の内部で前後を入れ替えるのは不可能である。一度後退して、体勢を入れ替えるほかない。

柏田は、ゆっくりと後退して洞窟に戻り、今度は足のほうから先に入れて、あとじさっていった。目の先にある護摩壇と祠、そのずっと向こうの役行者像……、みな沈黙の中で柏田を見守っている。

出口にたどり着き、両足をぶらぶらさせて足場を探り、腰を抜いて、両手で上半身を支えたとき、柏田は、亀裂のすぐ先の闇に浮かぶ女の顔を見た。

女の顔ははっきりとした輪郭を持っていたが、その下の上半身は闇に溶け込んで消えている。

そのままの姿勢で動きを止め、柏田は目を見開いた。

……これが幽霊というものか。

初めての体験だった。洞窟内に他の人間がいないことは状況から明らかである。いないはずのところに人影があるとすれば、それは幽霊と呼ばれる存在である。

女は整った白い顔をして、慈愛のこもった目を柏田のほうに向けていた。表情には、恨み、憎しみの類いがなく、恐いとは思わない。それどころか、古風な顔立ちに懐かしさを覚えた。どこかで会ったことのある女性だろうかと記憶の通路を過去に遡っても、何も思い出すことはできない。記憶機能の欠陥を自覚させられて、無駄骨に終わっただけだ。

間違いなく、自分と関わりのある女なのに、実体をつかむことができず、もどかしくてならない。

女の容貌に変化が現れた。少しずつ若返っていき、最後に、少女の面影をわずかに漂わせたところで、岩肌に吸い込まれるように、消えてしまった。

あとに残されたのは、胸をくすぐる甘い匂いだった。

もう一度出てきてほしいと願ったが、暗く湿った空気が顔に変化する兆しは見られない。

中途半端な体勢を取り続けるのもこれが限界だった。両手両足が痺れ、力が抜けてくる。一歩二歩と足場を探りながら降りようとしたところ、岩が崩れて爪先が空をかいた。落下が避けられないと判断して、柏田は、両手で強く亀裂の縁を押し、足で蹴ってえび反りになった。

真下の岩場に落下する事態だけは防がなければならない。猫のように身体を丸めた姿勢で尻から海に落ち、一回転した後、水面を破って顔を出した。

立ち泳ぎをしながら、柏田は、しばらくその場に漂っていた。見上げた先には、今、自分がくぐり抜けたばかりの、亀裂が縦に走っている。

思った以上に海水は温かく、浮かんでいるうち、大きなものに抱かれている安心感が湧いてきた。

行者窟に入って出るまでの、行動の一部始終を脳裏に再現し、今、浸っている気分の源を考えたとき、自分の身に下されたイニシエーションの意味をはっきりと理解することができた。

……再生の儀式。

母の胎内から生まれ出るとき、胎児には意識もなければ、記憶もない。狭苦しい闇の中、胎動に促され、無理やり押し出されるだけだ。

ところが、柏田は、はっきりと思考力を持った状態で出産を追体験させられた。希有（けう）な体験であり、特別な意味が込められているはずである。

西から大島にぶつかる黒潮の歪流（わいりゅう）を受け、海水はゆったりと渦を巻いていた。うねりに翻弄（ほんろう）されて身体が上下し、産湯に洗われるようだった。

柏田は、産湯を口に含み、たっぷりと潮辛さを味わったところで空に向かって吐き出した。霧状に散った海水は、朝日をきらめかせて宝石の粒となった。ラッコのように浮かび、背中を丸めてから思いっきり四肢をのばしてみる。海中では自在に身体を動かすことができた。動かすたびに感じる水の抵抗は、生きているという実感を届けてくれる。

4

何度か繰り返して満足を得た後、柏田は、両手両足を使って岩にはりつき、行者浜のほうへと身体を移動させ、石の上に四つん這いになって陸へと上った。

波浮港を見下ろしつつ大島一周道路を進み、交差点を右折したあたりから、道路標識や電柱に、差木地という地名がちらほらと見受けられるようになってきた。

左手に現れた港が差木地漁港だろうと見当をつけ、レンタカーを手頃なスペースに停め、柏田は、車を降りて道路を渡り、山のほうへと歩き出した。

五十メートルも歩かないうちに、目当てとする民宿が見つかった。広い敷地に大きな二階建て木造家屋が建ち、木製の門には「山村荘」という看板が掲げられている。門をくぐった先の広いスペースが駐車場になっていた。

柏田は、腕時計に目をやった。午後の二時を過ぎたばかりである。チェックインするにはまだ早いかもしれないと、躊躇していたところ、うしろから声をかけられた。

「なにか……」

振り向くと、そこには老人が立っていた。隣接する家庭菜園から引き抜いたばかりなのだろう、彼は左手に人参を持っている。

『リング』には、志津子の従兄弟にあたる人間として、敬という人物が描かれている。七十代と見える外見といい、年齢的にはぴたりと合う。

山村敬と思われる老人に向かって、柏田は、尋ねた。

「今晩、泊まりたいのですが、お部屋は空いてますか」

老人は相好を崩し、「そう、お泊まりですか」と呟きながら、門をくぐり、玄関先から顔を突っ込んで家の奥に声をかけた。

「おーい、お客さんだよ」

老人は、柏田のほうに振り返って、両手で棒を握る仕草をする。

「釣りですか？」

この季節、男のひとり旅の目的は、釣りが多いらしい。まさか、行者窟の探索に来たとも言えず、柏田は曖昧に笑って、

「あちらに車を停めてあるんですが、ここに移動して構いませんか」

と、話題を変えた。

「どうぞ、どうぞ。ここはそのための場所です。ご自由にお使いください」

口ぶりからして、宿泊は決定事項として扱われているようである。今晩の宿は決まったという確信を得て、柏田は、車を移動させつつ、山村荘に戻ってきた。

老人は、玄関内へと柏田を案内した。

「お入り用なら、いつでも釣り船を出しますよ。今日は、特に変わった風景が見られるかもしれない」

漁師と民宿を兼ねているためか、老人は、熱心に釣りを勧めてくる。

「いえ、釣り目当てじゃないんです」

「ほう、では、三原山登山とか……」

「そうですね、明日にでも、登ってみようかと」

てきとうに相槌をうっているところへ、廊下の奥から中年の女性が現れ、「いらっしゃいませ」と明るい声で挨拶をしてきた。

「娘の昌子です。宿の切り盛りは、ぜんぶ、こいつに任せてありますから、なんなりと申し付けてください」

昌子は、住所氏名など必要事項を記入してほしいと、柏田の前に宿帳を広げてきた。上がり框に腰を下ろして記入している背後で、老人は、興奮した口調で娘に語り始めた。

「今、港で、源じいと会ったんだが、どうも、行者窟でたいへんなことが起こったらしい。源じい、今日の昼ごろ、行者浜の沖合に船を浮かべて、漁をしていたんだが、どうも、いつもと様子が違うっていうんで、岩場に船を近付けたところ、崖の上から転がり落ちた大きな岩が、行者窟の入り口をすっぽりと覆っているって言いやがるんだ。今、漁港はその話題で持ち切りよ。わざわざ見物のための漁船を出すぐらいなんだから。大きな、黒い岩だとさ。源じいの奴、船に乗って沖合から眺めると、成長して大きくなった行者さまが、洞窟から出てきて、入り口のあたりに、でんと居座っているみたいだと、ぬかしやがる。しかし、行者祭りが終わったばかりでよかったよなあ。祭りの最中に落ちてきたら、目も当てられねえ」

聞きながら、昌子は、「いやだ」「怖い」「悪いことが起こる前兆かしら」と言葉を挟むものの、どこか他人事といった風であった。

ほんの数時間前に体験した現象が、島民の知るところになろうとしていた。

背後で飛び交う会話を聞きながら、柏田は、申しわけない気持ちになってきた。巨石の崩落は、天の導きによって、自分のために為された儀式に違いなかった。それによって、島民たちにとって大切な場所が壊され、浜から行者窟へと至るルートが奪われてしまった。足場の悪い岩場から崩落した岩を取り除いて遊歩道を復旧させる作業は、困難を極めるだろう。

宿帳への記入を終えても、柏田は、頭を垂れたままだった。

書き終わった宿帳を見て、昌子は、「さあ、どうぞこちらへ」と柏田を二階に案内した。

両側に手摺のある階段を上がった先の踊り場に等身大の鏡があり、柏田はなぜかその前で立ち止まっていた。亀裂の奥に浮かんだ女の顔が脳裏をよぎったからだ。

鏡に映っているのは、自分の姿のみだった。頬を覆う無精髭の間に白く潮が浮いていた。

「すぐ、風呂に入りたいんですが」

海から上がって、着替えはしたものの、潮を洗い流してはいなかった。自分の姿を見て、むしょうに風呂に入りたくなった。

「わかりました。すぐ用意します。沸いたら、声をかけますから、部屋で休んでいてください」

昌子は、階段を上がった正面のドアを開けて、柏田を案内するとすぐ、階下に降りて風呂の準備を始めた。

殺風景な八畳間で、縁側もなければ、トイレも流しもなかった。西向きのせいか、部屋はむっとするほど暑く、窓枠の上に設置されたエアコンを作動させて、柏田はガラス戸を開けた。

下に広がる庭から視線を上げると、漁港が見え、その先には海があった。

この家で、山村貞子は高校を卒業するまで暮らしたのだ。どの部屋を自室としていたのか知らないが、この風景を眺めながら、貞子が幼少期を過ごしたのは間違いない。

前前世で、高山竜司は貞子が持つ不思議な力の作用を被って死に、前世にて、その遺伝子を引き継いだ二見馨は、新たな使命を託されてこの世界に戻って、柏田となった。貞子がいなければ、柏田は、死と再生を繰り返すという、数奇な運命を辿ることはなかった。

貞子にしても、自身の意志と関係なく、母の志津子から力を受け継いだだけである。志津子も同じだった。意志とは無関係に力を授けられてしまった。

元を辿れば、すべて役小角に行き当たる。発端はすべて行者窟にあった。

一連のできごとの原因となった行者窟の出入り口が、巨大な岩で塞がれたという事態をどうとらえればいいのか……。

存在理由がわからないでいる柏田へのイニシエーションという以上の、社会的な意味が込められているのかどうか……。古代から、岩が、生命の宿る場所と考えられてきた事実から鑑みて、歴史的な意図を感じるのだ。

役小角が誕生した経緯もまた、伝説めいている。母の白専女は、性行為がないまま、奇妙な夢を見て子を宿し、役小角を産んだ。神性を高めるための脚色が為されていたとしても、その事実から、貞子の弟の誕生が連想されてならなかった。

『リング』には、貞子が生まれた数年後に、弟が生まれ、生後四か月で死んでしまったという記述がある。父親は不明であり、死因が何なのかもわからない。いや、それ以前に、生まれたかどうかの確証すら得られていなかった。

畳の上に座って窓枠に肘をかけ、柏田は、ガラス戸の間から外の景色を眺めて様々な疑問を思い浮かべていた。顔を上げると、顎をのせた二の腕の部分がびっしょりと汗をかいている。

そのまま、海に投げていた視線を手前に戻し、ほんの少し山側にずらしたとき、鬱蒼とした木々の合間に点在する墓石が見えた。

山村荘の門を出て、小道を山のほうに辿った寺の境内に、墓地があった。至近距離であることを考えれば、そこが山村家の菩提寺である可能性は高い。風呂が沸くまでにはまだ時間がかかりそうだ。墓地まで行って帰る余裕は十分にあると考え、柏田は出かけることにした。

散歩に出る旨を伝え、山村荘の門をくぐり、柏田は、小道を右手へと折れた。二十メートルばかり歩くとすぐ、龍丹寺という寺が現れ、垣根の隙間を入ったところが小さな墓地となっていた。

入り口に立って眺めただけで、墓石の配置に規則性があるのがわかった。向かって右側が古い墓石で、左側が新しい墓石である。

山村家は、旧家に入ると判断し、右側から順にたどったところ、奥から三つ目に、「山村家の墓」と刻まれた墓石を発見した。

柏田の注意を引きつけたのは、墓石の横にしるされた墓誌であった。彫り込まれた戒名の数は多く、墓石の横一面が文字で埋まっている。

柏田は、その中に、志津子の名前を発見した。三原山の火口に飛び込んで自殺した志津子は、遺体もないまま埋葬されたのか、難なく名前を発見することができた。

その隣には、貞子の名前があった。『リング』によれば、井戸の底から拾い上げられた遺骨は、浅川という男の手によって山村敬に渡されている。戒名、没年とも、事実と矛盾するところがなかった。まちがいなく、墓石の下には貞子の遺骨が安置されている。

死んだ順に並べ替えれば、貞子の弟、志津子、貞子となるはずだった。志津子が自殺する直前に、貞子の弟は死んでいる。志津子の自殺は、息子を失ったのが主原因とされていた。

ところが、志津子没年の直前に、それらしき男の子の名前はなかった。十一年を遡(さかのぼ)ったところに、女性と思われる名前の記載があるだけだ。敬と志津子にとって祖母にあたる人だろう。

柏田は顔を上げ、見落としがないよう注意して、もう一度、ゆっくりと墓誌を確認した。

貞子の弟にあたる人物の記載は、やはりどう見てもなかった。

もし、墓の記載が真実だとしたら、導かれる事実はふたつに絞られる。

貞子の弟など最初から存在しなかった……、あるいは、生まれて四か月後に死んだという事実が間違っている……、そのどちらかということになる。

生まれたにもかかわらず、死んでいないとすれば、今も、彼は、どこかで生きている可能性がある。

突如、柏田の耳元で蟬の声が響いた。

驚いて横を見ると、灌木の幹にはりついている一匹の蟬が見えた。

蟬が鳴く季節にはまだ少し早い。

幼虫のまま長い地下生活を経て、数度にわたる脱皮をおこなって地上に出てきた蟬は、全身全霊をこめて腹腔を震わせ、存在を主張していた。待ち切れぬ思いを抱いて、メスを呼んでいるのだろうか。

聞いているうち、蟬の声は特別な意味を持ち始めてくる。

……貞子の弟は生きている。

その事実を訴えるかのように、蟬は、声をふり絞っていた。

5

柏田のグラスにビールを注ごうとした山村敬の手がぴたりと止まり、しばらく後、指先が細かく震え始めた。

怒りのせいなのか、それとも、神経の病気を抱えているせいなのか、どちらとも判然としない震え方だった。

墓地の近辺を散歩して山村荘に戻り、のんびりと湯に浸かった後にビールを所望したところ、グラスと瓶ビールを盆に載せて二階に上がってきたのは、昌子ではなく敬のほうだった。

「一杯どうです」

そう言ってグラスを勧めると、敬は、ペコンと頭を下げて立ち上がり、階下に向かって声を上げた。

「おーい、グラスをもうひとつ持ってきてくれ」

かなりいける口らしく、二杯三杯とグラスを重ねるうちに口が滑らかになり、ここぞというタイミングで志津子と貞子の母子の話題を振ったところ、突如、敬の態度が変わったのだった。

「そんなふうには見えなかったんですがね」

敬は、ビール瓶を一旦盆に戻してから、額の汗を拭った。

意味がわからず、柏田は、グラスを掲げたまま目をしばたたかせた。

「いや、ここ二年ばかり、その手の宿泊客がぱたりと来なくなり、せいせいしていたところなんで。電話予約を受ける段階では、見分けようがなくてね。でも、当日、玄関先で外見を見ればすぐにわかった。ああ、この人たちの目当ては、貞子だなって。たいがい、若いカップルか、四、五人のグループでした。興味本位で、山村荘見物を決め込み、夜中になると肝試しと称して大騒ぎですわ。お客だし、無下に断るわけにもいかず、扱いに困っちまいましたよ。でも、あなたは、まったくそんなふうには見えなかった」

柏田には容易に想像がついた。『リング』は単行本、文庫本合わせて数万部程度を売り上げたに過ぎない。映画化の企画が持ち上がったもののいつの間にか立ち消えとなり、たいして話題にならないまま、忘れ去られてしまった。それでも、コアなファンはいるらしく、貞子が生まれ育った家を遊び半分で訪れては、夜な夜な大騒ぎをしたのだろう。

「興味本位で来たわけではありません」

柏田は、神妙に頭を下げた。午前には、天啓を受けてやってきた行者窟で再生の体験をさせられたばかりだった。行者窟からほど近い山村荘は、自分の出自と大きく関わる場所であり、自分が今この世界にいる理由を解明したいという切実な思いに、何らかの答えをもたらしてくれる可能性があった。遊び半分ではない。

「そいつぁ、なによりです」

敬は、半信半疑の表情でビール瓶を持ち上げ、柏田のグラスにビールを注いだ。

「ところで、山村さんは、例の本を、お読みになりましたか」

「まあ、ざっとね」

「どう思いました」

「荒唐無稽(むけい)と一刀両断できればいいんですが、そう簡単にはいかない。どこまでが事実で、どこからが虚構なのか、さっぱりわからねえ。明らかに時間がズレているところがあって、これまた、扱いに困っちまう」

まだまだ敬には知らないことがたくさんある。「南箱根パシフィックランド」、ビラ・ロッグキャビンB―4号棟下の井戸に潜り、貞子の遺骨を拾い上げた者こそ我なりと宣言してやろうかと、柏田はふといたずら心を起こしかけた。高山竜司が死んでいるという事実が浸透するにつれ、眼前にいる男が幽霊と見えてくるに違いない。

今、この場で、相手を混乱させるのは得策ではなかった。欲しいのは正確な情報である。そのためには共感を得たほうがいい。

「貞子さんの遺骨をあなたに届けた、浅川という男を、覚えてますか」

訊かれて、敬は頷いた。

「もちろんです。何年か前の秋のことでしたか……、遠路はるばる、遺骨を届けてくれたのですから、よく、覚えてますよ」

「浅川は、ぼくの友人でした」

嘘ではなかった。高山竜司にとって浅川は、かけがえのない友人であった。

「ほう」

敬は、声の響きを少し変えてきた。浅川に対して好印象を持っていると読み、柏田は、彼との関係を強調した。

「友人どころか、唯一の親友と呼べる男でした。だからこそ、一連の出来事に関心があるのです」

「そうでしたか」

「先ほど、あなたは、『リング』に書かれている内容の信憑性に疑問があるとおっしゃいましたが、ぼくにとっての疑問は、今のところ、ひとつに集約されます」

疑問は多々あったが、山村敬によって解決される問いをひとつに絞り込むべきだった。

「何です」

「貞子の弟の存在です」

心が動揺すると身体の動きを止める癖があるらしく、敬は、口に運ぼうとしていたグラスをぴたりと顔の前で止めた。

「貞子の弟……、志津子にとっての長男。確かにそんな記述があったような気がするが、わしにとっては、何のことやらさっぱり……」

「本の中では、生後四か月で死んだことになっています。『リング』の中では、ところどころ、生まれたばかりの赤ん坊の描写が挿入されているのですが、なぜか、異様なまでに生々しい」

ビデオテープに映し込まれた赤ん坊の描写は、脳のひだに絡みつくような粘着性を持っていた。

実際にテレビ画面で映像を見た者は、おおよそ次のような印象を抱くようである。

画面いっぱいに広がる赤ん坊の顔といっしょに聞こえてくる産声は、スピーカーからというより、見る者の顎のあたりを舐めるようで、自分自身が赤ん坊を抱いているような気分になってくる。そんな感触を補強するかのように、画面の両端には赤ん坊を抱く両手が見え隠れする。左手を頭の下に入れ、右手を背中に回して大切そうに抱えているうち、手にぬるっと濡れる感触を覚える。羊水、あるいは血を連想させつつ、両手はしっかりとした肉の重みを受ける。赤ん坊の顔だけでは男なのか、女なのかわからない。力をふり絞って泣くときの震えが股間に伝わって初めて、ちょこんとついている小さなモノが揺れているのがわかる……、という次第だ。

赤ん坊の性別はまちがいなく男だった。そして、映像を見た者は、男の子を自分の手で抱いているような錯覚を覚えるのだ。

果たして、敬はこのくだりに気をとめているのだろうか。

敬は、首筋を流れる汗を台ふきで拭い、ビールを喉に流し込んだ。

「そうですか。本の中では、確かに、男の子が生まれ、すぐに死んだことになっているんですか。しかし、わしには、どうも腑に落ちない。四十年近く前のことで、記憶があいまいでな。言われてみれば、一度か二度、赤ん坊を抱いている志津子を見かけたような気もするという程度で……。あの頃、わしは、遠洋漁船に乗っていて、陸の上に長く腰を落ち着けることがなかった。志津子は志津子で、大島と東京を行ったり来たりの生活で、根無し草のようなものだ。そもそも、貞子にしたところで、父親知らずの子じゃねえか。こんな小さな村で、世間体は悪く、あまり出歩くなとやっかい者扱いでしたよ。この島に、志津子の居場所はなかった。男の子を産んだというのなら、父親にしたところで、どこの馬の骨ともわからねえ輩でしょうが……、ま、はっきり言って、志津子が、人知れず子を産んだとしても、そんなこたあ、知ったこっちゃねえわけで」

敬の言い方には、これ以上触れられたくないというニュアンスが込められていた。

志津子は、結婚もしないまま、次々と身ごもり、だれが父親とも知れぬ子を抱えて故郷に舞い戻ってきた。閉ざされた、小さな村だけによけい、一族にとっての鼻つまみ者であったに違いない。

「もし、本当に、志津子さんが、男の子を産んでいたとすれば、戸籍に記載があるはずです」

「とっくに死んでいるんでしょ。となれば、除籍処分されてるはずだ」

「入手してもらえませんか」

「名前も知れぬ赤ん坊の、除籍抄本をかね」

「そうです」

「何のために」

「事実を知りたいんです」

「あんたが、なぜ」

柏田は、無意識のうちに、左手を額に当てていた。

「志津子さんが産んだ男の子は生きていると思われるからです」

「なぜ、そう思う」

「先ほど、龍丹寺まで散歩し、山村家の墓をお参りさせていただきました。しかし、墓誌には、志津子の長男らしき人物の記載がありませんでした。あの墓の下に、男の子の遺骨は、ない」

「うーむ」

敬は、深く溜め息をついた。志津子が産んだ男の子について、これまでまったく気にとめたことがなく、墓誌に記載されていないことに疑問すら持たないできたのだ。

「はっきりさせたいのです。あなたも同じでしょう。志津子さんの子が生きているとしたら、お会いしたくはありませんか」

「別に、今さら……」

敬は吐き捨てるように言った。

「血をわけた親族になるんですよ」

「忘れたいってわけじゃない。ただ、あまりに昔のことなんで、もはや、どうでもいいってだけですよ」

血を分けた兄弟ならともかく、従姉妹(いとこ)の子となれば関係は遠く、興味が薄れるのも当然だろう。

柏田にとっては最大の関心事であっても、相手が同調してこなければ、話は先に進まなくなってしまう。

柏田は、渋面を作ってビールを口に含んだ。ぬるくなっていて、うまいとは感じられなかった。

ふたりの間に流れる沈黙がビールの味をまずくしていた。

耐えきれず口を開いたのは敬が先だった。

「そんなに興味があるんなら、源じいに訊いてみたらどうかね」

「源じい……、源次さんのことですか」

志津子の幼馴染み(おさななじ)で、行者像を海から拾い上げるのを手伝ったのが、確か、源次という名前の漁師だったはずだ。

「ああ、ふたりは、小さい頃から仲がよかった。東京に出て、おかしなことにならなければ、源じいと志津子は、たぶん一緒になっていただろうな。志津子が自殺したときの第一発見者であり、遺書を託されたのも、源じいだった」

「第一発見者……、志津子さんは、三原山の火口に飛び込んだと書かれてますが」

「ああ、志津子は、煮えたぎった溶岩に身を投げて、自らの身を消滅させた。第一発見者といっても遺体を発見したわけではない。火口付近に残されていた志津子の遺留品を持ち帰ったというだけだ」

「墓誌には志津子さんの名前が記載されていました。骨壺（こつつぼ）には何が入っているのですか」

「空だ。何も入っちゃいねえ。眼鏡でもかけてりゃ、入れただろうが」

おそらく、墓石の下には骨壺さえ入っていないだろう。墓誌に名が刻まれているだけで、志津子に関わるものは何もない。空だ。

敬は、志津子が、煮えたぎった溶岩に身を投げて死んだと言ったが、正確には、マグマであって、溶岩ではない。溶岩は、火口から噴出した後、地を這（は）うように流れている状態にあるものをいう。噴出前に、火口に溜まっているのはマグマだ。地下の岩石が融解したマグマは、千度前後の高温を保っている。そんな中に身を投じれば、人間の身体は一瞬で溶けてあとかたもなく消えてしまうだろう。あとには何も残らない。

三原山は、今から十年近く前に噴火している。カルデラに溶岩が流れ出て、内輪山の縁にあった茶屋を焼失させた数日後、北西の山腹から割れ目噴火が始まった。元町まで数百メートルの距離に溶岩が迫る前には、全島避難が決定され、約一万人の島民たちは船で脱出して一か月に及ぶ避難を余儀なくされた。

そのとき、かつて志津子であった肉体の細胞は溶岩とともに宙に飛び散り、溶けた岩となって山肌を伝ったはずである。志津子の抱えていた怨念と悲しみは、黒衣を纏った真っ赤な相貌を呈し、多くの住民が住む元町まであと少しという地点まで迫ったのだ。

今日の午前、行者窟に崩落した岩の隙間を抜け、振り返ったときに見た女の顔を、柏田は思い出していた。火成岩の洞窟内に浮かんだ顔が、志津子のものではなかったかと思われてくる。

しかし、顔の表情からは怨念や憎しみの類いを読み取ることはできなかった。逆に、慈愛に満ちた穏やかさが浮かんでいた。

あるいは、その穏やかさは仮面であり、生け贄を身近に呼び寄せるための罠だったのだろうか。

柏田は、もう一度洞窟内に戻りたいという誘惑に駆られ、女のほうに手を伸ばしかけた。十分な距離にまで呼び寄せたところで、女は獲物を両手で搦め捕り、そこで初めて仮面を取り去る。仮面の下から現れるのは、黒々としたかさぶたを付着させて真っ赤にただれている顔……。

柏田は、ビール瓶に手を伸ばして、指先で水滴を拭い、表面をつついた。爪先で弾くと、涼しげなガラスの音がした。風鈴に似た音であっても、脳内に生じた熱を冷ますことはできない。

「かつて、三原山は、自殺の名所として有名でしたね」

「わしが高等小学校に入ったばかりの頃だった。東京からやって来た女子大生が、ふたり続けて火口に飛び込んでね。それがきっかけとなって、わんさか、押し寄せたよ。結局、その年だけで、三原山に身を投げた人間は、百二十九人にのぼった。もはや、過去の話だがね。今や、名誉ある地位は、富士の樹海に譲ることになった」

敬はそう言って、力なく笑った。

「源次さんに会って、お話をうかがってみようと思います」

柏田が話題を変えるのとほぼ同時に、敬は、窓から身を乗り出して、漁港に目をやった。

「ほら、ここからでも見える。漁港の坂を上って、すぐ左手の家だ」

ちょうどそのとき、敬が指差す方向に、坂道を上ってくる老人の姿があった。

「噂をすれば何とやらだ。あいつが源じいだ。船頭の腕は鈍っちゃいねえが、ちょっと惚けちまって、たいした話は聞けないかもしれないが……」

源次と思われる老人は、坂の途中で立ち止まり、背伸びをしながら、今やって来た漁港の方に顔を向けた。自分の船がしっかり舫われているかどうか、確認している様子である。

敬と昌子の会話を聞いた限りでは、源次は今日の昼頃、行者窟の沖合に船をとめて、巨大な岩の崩落を発見している。

崩落の第一発見者であると同時に、火口に飛び込んで自殺を遂げた志津子の第一発見者でもある。

すぐにでも話を聞きたい衝動を覚え、柏田は立ち上がっていた。

6

トンネルに入って電波の受信状況が悪くなったせいなのか、カーステレオから流れていた管弦楽曲が急に途切れた。

記憶の底にしまわれていた風景が、音楽という釣針に引っ掛かり、釣り上がろうとしていたにもかかわらず、何処へともなく消えてゆこうとしていた。柏田は、アクセルを噴かして一気にトンネルを抜け、売店の駐車スペースに入れた。

トンネルを出ても受信状況は一向に改善されず、さっきまで流れていた曲を取り戻すことはできなかった。

……幻聴だったのだろうか。

どこかで聴いたばかりのメロディが車内に響いたこと自体、幻のように思われてくる。

柏田は、気分転換をはかろうとして車から降り、山の斜面を見下ろす丘の端へと移動した。

斜面と逆方向に目をやれば、半円形に口を開いたトンネル上部に刻まれた「鷹ノ巣トンネル」の文字が見えた。

柏田は、トンネルに入るタイミングで消えた音楽の出所を明らかにするために、今日と昨日に起こった出来事を逆に辿り始めた。

一時間前に、熱海駅でレンタカーを借りたとき、カーラジオのチューナーには一切触れず、あらかじめ設定されていた番組が流れるがままにしておいた。大島から熱海までの高速船の中では、デッキに立って進行方向に目をやり、波音に身を任せていた。今朝、山村荘で起きて朝食を取ったとき、テレビには連続ドラマのシーンが映っていて、バックには軽快なサウンドが流れていた。

昨夜は、無音の中で床に就いて夢を見ることもなく眠った。夕食として、魚介類を中心とした料理を味わった後には、二度目の風呂に浸かった。

夕食前の風景を頭に思い描こうとして、柏田は、音源を探り当てた。

……そうか、源次の家から聞こえてきた音楽だ。

山村敬に伴われて、夕飯前に訪れた源次の家には、いかにも漁師然としたたたずまいがあった。

広過ぎる玄関にはかつて民宿を営んでいた頃の形跡が残り、壁のあちこちには、年季の入ったロープの束が吊るされていた。束のひとつが、壁に張り付いてとぐろを巻く蛇のように見えたとき、非現実的な臭いがぷーんと漂ってきた。漁港の生臭さとも異なる乾いた鱗の臭いで、海というより、原生林に覆われた山奥の茂みが想起された。ロープの先端が、足で踏み潰されたマムシの頭のようにほつれていたからかもしれない。

「この人に、昔話でもきかせてやってくれ」

敬は、宿泊客へのサービスのつもりで柏田を源次の家に届け、二言三言世間話を交わしてから、「志津子について知っていることを教えてやってほしい。ちょっと興味があるらしくてな」と、頼み込んでくれた。

初夏にもかかわらず、江戸時代の火消し装束に似た長袖を羽織った源次は、首に手ぬぐいを巻きながら土間を横切り、

「ま、座んなさい」

と、上がり框を指差してきた。そこには、柏田の来訪を察知していたかのように、

厚い座布団が敷かれていた。

「じゃ、あとはよろしく」

軽く手をあげて山村荘に戻る敬のうしろ姿を見送った後、源次は、土間の隅にあった椅子を引いて正面に座り、遠慮会釈もなく柏田に顔を近づけて、しゃっくりをふたつした。

瞳孔が開くのがわかるような見つめられかたをされ、柏田はいたたまれなくなり、思わず上半身を引いた。

「あんた、東京から来たのかい」

「ええ、東京からです」

「以前、どこかで、お会いしたかね」

「いえ、初めてです」

「はあ、そうかい」

納得しているふうではなかった。しかめ面のまま首を傾げ、源次は、必死で思い出そうとしていた。暗い洞窟を懐中電灯で照らして手掛かりを探すかのように首を左右に振ったあげく、諦めの嘆息を漏らした。

「名前を訊いてもいいかね」

「柏田誠二といいます」

「柏田誠二……、歳は？」

　年齢を訊かれるのが苦手だった。自分で自分の年齢が把握できていないのだから無理もない。柏田の戸籍年齢は、実年齢と異なっている。

「三十六歳です」

　正確な数字を言う必要のない場面であり、柏田はいつも使っている無難な数字をあげた。

「三十六……、三十六……」

　しかし、源次は口から出まかせの数字に異様なこだわりを見せて、うわ言のように何度も呟いた。

　これ以上、尋問じみた問答につきあってもいられず、柏田は先を急かした。

「よかったら、志津子さんについて、お話を聞かせてもらえませんか」

「あ、ああ」

　頭に流れていた想念が断ち切られ、源次は苦しそうな呻きを上げた。だが、話すこと自体、気がすすまないというわけでもなさそうだ。

「志津子か……、ずいぶん昔のことで、あらかた、忘れちまったよ」

　忘れたと断りながらも、源次は訥々と語り始めた。ところどころ記憶が飛んでいるらしく、思い出そうとして、言葉を詰まらせ、中断して考え込んでしまうことが多かった。立ち止まり、話を再開するたびに、方向が少しずつズレていくのがわかった。源次の記憶もまた斑模様になっているようだが、柏田よりも相当ましな部類に入る。柏田の場合、記憶のズレというより、完全な欠落というべきだ。

源次が語る志津子の物語は、ノスタルジーに富んでいた。思い出のワンシーン、ワンシーンを選別して、手触りのよさそうなものだけを拾い上げているため、可もなく不可もない内容だった。

柏田が知りたいのは、もっと生々しく、切実な現実であった。志津子が男の子を産んだのなら、その子の父親はだれなのか。出産してしばらく後、志津子は、三原山の火口に飛び込んでいる。自殺の理由は男の子の死とされていた。しかし、墓誌に名前はなく、男の子が死んだという確証は得られてはいない。仮に、生きているとすれば、自殺の原因は消滅する。では、なぜ、志津子は自殺したのだ？

柏田が望んだのは、源次の話を聞くことによって、疑問点が解決されることであった。しかし、源次は、若かりし頃の思い出話に花を咲かせ、心地よさそうに回想の世界に浸るばかりだ。

差し障りのない思い出と戯れる態度が、むしょうに柏田を苛立たせた。

「志津子さんが産んだ男の子の名前を教えていただけませんか」

話の腰を折られ、源次は言葉を空回りさせた。喋っていた内容はしりすぼみになり、もごもごと口の中で小さくなって、深く考え込む仕草に取って代わった。

　こういった思考の中断が、曖昧（あいまい）な記憶によるものなのか、喋りたくない秘密を胸に抱えているためなのか、柏田には、判断がつきかねた。七十歳を超えて過去を振り返れば、どんな思い出にも多少の脚色が入るものだ。語られる内容がすべて真実という保証はどこにもない。聞いている柏田自身が、真偽を選別する基準を持たなければならなかった。

「お願いします」

　急かすでもなく、懇願するのでもなく、柏田は、控え目な願望を言葉に込めた。

「志津子が産んだ男の子か……」

「実際に、生まれているのですね」

　念を押され、源次は上目遣いに柏田を見た。

「ああ、生まれた。そいつは間違いない」

「その子の、正確な情報が欲しいのです」

　源次は「うーん」と唸（うな）って立ち上がり、「ちょっと、待っててくれ」と言い残して奥に消えた。

　源次がいなくなり、広い土間にひとり取り残されるとすぐ、二階奥のほうから音楽が流れ落ちてきたのだった。源次と話していたせいで音に気づかないでいただけなのか、たった今、家のだれかが音楽をかけたのか、そのどちらかだろう。

ゆったりとした旋律をもって耳に残ったが、柏田はそのとき、曲のタイトルやメロディをはっきりと意識したわけではなかった。漁師が去った後の空間に鳴る不釣り合いな響きが、心の底に薄く刻印されたというに過ぎない。

手にファイルを抱えて戻ってきた源次が、土間に降りようと上がり框に手をついたちょうどそのとき、玄関先の電話が鳴って、そのまま音楽はかき消された。

源次は、ファイルをその場に置いたまま電話に出て、柏田のほうに背を向けた。ファイルに挟まれているのは志津子に関する資料に違いなかった。目を落とすとそこには「遺書」という文字が見えた。あたかも盗み見てくださいと言わんばかりのタイミングで、電話が鳴ったのだ。天の配剤なのか、あるいは罠なのか……。いずれにしても、好奇心を抑えることはできなかった。

目の端で源次の背中をとらえながら、柏田は、ファイルから古びた紙の束を抜き出していた。一番上にあったのは、源次の手に残された志津子の遺書であり、冒頭部分にはひらがなで「さようなら」の文字があった。その下には戸籍謄本があった。取得して優に数十年が経過したと思われる古い紙質で、記載事項が手書きされている。末尾には、哲生という名前があった。続柄は志津子の長男であり、父親の欄は空白のままだ。生年月日は、昭和29年4月17日。思った通り、除籍の記載はない。

……山村哲生。１９５４、４、17。

志津子の長男の名前と生年月日を、頭にたたき込んだところで、源次が電話を切る気配を見せた。

受話器がフックに戻される音が聞こえたときには、紙の束をファイルに戻して、柏田は涼しげな顔を玄関先に向けていた。

柏田は、数年後に、人間のＤＮＡに刻まれている全遺伝情報（ヒトゲノム）が解析されることを知っている。しかし、脳内に生起する記憶のメカニズムが解明されるまで、この先何十年かかるか、予想もつかなかった。百年かけても不可能かもしれない。それほどまでに、記憶は複雑な動きを見せる。

喉（のど）の渇きを覚え、ポケットに小銭を探りながら、自動販売機に歩み寄ると、その横に、この付近一帯の地質的な特徴を紹介する案内板があった。板に描かれた簡単な地図には、蛇行して走る丹那（たんな）断層が太い線で示されていた。図を眺めるだけで、足の下に断層が走っていると、頭で理解することができる。しかし、眼前に広がる丹那盆地の底の田畑をいくら凝視しても、箱根山山麓（さんろく）から南に延びる断層の筋は見えなかった。地層の連続的な繋（つな）がりが途切れているのは地中深くであり、草に覆われた地面は何ごともなく連続を装っている。

脳内の構造は、地球内部よりはるかに複雑であり、予想もつかない動きを見せる。

柏田は今、源次の家で聴いた音楽をはっきりと思い出していた。メロディを口ずさむこともできるし、曲名も、作曲者も言うことができる。

曲は、ボヘミア出身の作曲家の手による有名な交響詩だった。

記憶の断片と断片は、同時性をもって結びつきがちである。頭の中に交響詩が鳴り出すと同時に、山村哲生という男の姿がぼんやりと浮かんだ。顔の造作がわからないため、バックグラウンドミュージックと共に浮かぶ姿は黒いシルエットに過ぎない。

源次がなぜ山村家の戸籍謄本を所持していたのかと、今になって疑問が湧いてきた。原則として、家族の人間以外は、戸籍謄本の申請はできないはずだった。おそらく、四十年ばかり前、志津子によって取得された謄本が、源次の手に渡ったものと思われる。その経緯を考えると、哲生という男性の父親が、源次である可能性を取り沙汰(ざた)したくなる。当時、志津子が置かれていた環境からみて、考えられないことではなかった。敬の口ぶりから、志津子は、親戚(しんせき)からも遠ざけられ、地域内で孤立していた。唯一の理解者である源次にとって、志津子は初恋の女性である。男女の仲に発展して、なんら不思議はなかった。

男の子の父親に源次を据えたいのは、志津子が神聖受胎したという神秘に抗(あらが)いたいからでもある。身の回りに起こる現象は、理解が及ぶ範囲に収めておきたいと望むものだ。

柏田は、冷えた炭酸飲料を飲みながら、視線を三島方向に巡らせた。ゆったりとした谷間が駿河湾のほうにのびていたが、海ははるかに遠く、この位置からでは見えない。

手前の、畑と道路の境目のあたりに、横長の看板が背伸びをして立っていた。長方形の顔を持つろくろ首のように柄の部分が長く、灌木から垂れた葉に上縁部が触れていた。

看板には、白地に黒く「南箱根パシフィックランド」と書かれている。

柏田は、二歩三歩と、看板のほうに引き寄せられていった。

「南箱根パシフィックランド」は、まさにこれから向かおうとする別荘地である。看板は、周囲の緑に不調和な色合いを投げかけつつ、ことさらに存在を主張していた。

山村貞子は、別荘地内の貸別荘、ビラ・ロッグキャビンB―4号棟の下にある井戸に投げ込まれて死んだことになっている。

大島から熱海経由で東京に戻ろうとするついでに、その場所を見ておこうと考えるのは、ごく自然な成り行きであった。

柏田は、回れ右をして車に戻ってエンジンをかけ、県道を下り、看板の案内に従って農道へと乗り入れた。

道は狭く、両側から張り出した草が車のドアを舐めてきた。そのたびに、柏田は、自分の腹がくすぐられる気分を味わった。

7

理絵と連れ立って病院ロビーを抜け、昇りエスカレーターに乗っているときだった。下りエスカレーターに乗った男性医師が、すれ違いざま、笑みを浮かべて会釈をしてきた。

三十代とおぼしきハンサムな男で、初めて見る顔だった。はっきり医師とわかる白衣の襟のあたりには清潔さが漂っていた。

降りていく男性医師を振り返ろうとして、耳元で理絵に囁かれた。

「大橋先生よ。新しく春菜の担当になられた……」

理絵の言葉から、柏田は、大橋という名の医師が会釈をしたのは、理絵に対してであることを理解した。

エスカレーターで上がった先の二階ロビーには、売店とレストランが並んでいた。昼過ぎの時間帯とあってどちらも混んでいる。入院患者と見舞い客が半々といったところだろう。

　春菜を見舞う前に、病状について説明をしておきたいという理絵の要望もあって、先にランチを取ることになった。

　テーブルに向かい合って座ってようやく、柏田は、予備校の外で理絵と会うのが初めてであることに気づいた。ランチといえばいつも、半地下の階段に並んで食べる菓子パンばかりだった。食事らしい食事を一緒に取るのも初めてである。

　といっても、なんら疚しい思いはなかった。予備校は遠く、関係者と遭遇する確率は低い。

　メニューを指さしてパスタランチを注文し終えると、理絵はグラスの水で唇を湿らせた。

「大島は、どうでした？」

　春菜との共同作業によって通信文を受信し、大島の行者窟という特定の場所が指定されたのだ。現地で柏田が体験したことに、理絵が、興味津々なのも無理からぬことだ。

「岩が崩れた」

　大島で何が起こったのかと訊かれたときの、もっとも簡略な答えである。

「岩が、崩れたのですか」

「ニュースになるような事件ではない。しかし、大島の人にとっては一大事だった」

そう前置きして、柏田は、行者窟での体験を、なるべく具体的に語った。

海岸遊歩道を降り切った先にある行者浜、垂直な断崖を削って作られたトレイル、白波に洗われる磯の前でぽっかりと口を開ける洞窟……。

理絵は、柏田によってもたらされた洞窟内の描写から、映像を克明に思い浮かべることができた。奥行き三十メートルほどの洞窟の最深部に立ち、高さ一メートル弱の石像に触れたところ、巨大な岩が崩落して出口を塞いで、薄く差していた日差しが一瞬で閉ざされた……。

目をとじて、何度も心に情景を思い浮かべるうち、理絵には、「古事記」の「上つ巻」で描かれるシーンが連想されてきた。

理絵は、日本の古典全般に造詣が深く、古事記には特別な思い入れがあった。

「先生は、古事記を読まれたこと、ありますか」

理絵に訊かれ、柏田は首を横に振った。

「いや」

知識の大半を書物から得ている柏田は膨大な読書量を誇る。しかし、日本の古典にまではなかなか手が回らなかった。古事記の成立時期や概略は知っているが、中身を原文で読んだことはない。

古代より語り継がれてきた神話を、稗田阿礼に語らせ、太安萬侶が編纂して文章にまとめた古事記は、日本最古の歴史書である。上、中、下の三巻から成り立ち、歴史書としての体裁が整うのは中巻の途中からで、それ以前の記述は神話であり、ファンタジーとしての色合いが強い。

元明天皇の勅命によって七一二年に編纂されたが、企画自体は天武天皇の頃よりあった。役小角が大島に流されたのは、その二代後、文武天皇の時代である。古事記成立の時期と、役小角が生きた時代は、ぴたりと重なっていた。古事記に記述のある最後の天皇、舒明天皇の在位中に役小角は生まれ、文武天皇の時代に大島に流されている。

天地開闢以来の、造山活動から潮の満干、植物の生育などの自然現象を語る壮大な物語の始まりに登場するのは、伊邪那岐神と伊邪那美神だった。国を整えるために天から遣わされた、夫婦神である。

火の神を産み出す途中で死んでしまった妻の伊邪那美神を蘇らせるべく、夫である伊邪那岐神は、黄泉の国（あの世）を訪れる。しかし、妻を再生させることに失敗して、地上に戻り、日向の海に入って死の国のけがれを浄めていると、身体の一部から、天照らす大御神、月読命、速須佐の男の命の三神が生まれてきた。

その後、父である伊邪那岐神の怒りを買って追放された速須佐の男の命は、姉である天照らす大御神を訪れようとするのだが、姉は、なにかと評判の悪い弟が、謀反を起こして暴れるのではないかと危ぶんだ。

そこで弟は、謀反の意図がないことを証明するために、「子を産んでみせましょう」と申し出る。

しかる後、描かれる展開が、「天の岩戸」の章である。

理絵は、「古事記」における「天の岩戸」のくだりを、ほぼ完璧に暗記していた。

……しかして速須佐の男の命、天照らす大御神に白したまひしく、『我が心清明ければ我が生める子手弱女を得つ。これに因りて言はば、おのづから我勝ちぬ』といひて、勝さびに天照らす大御神の営田の畔離ち、その溝埋み、またその大嘗聞しめす殿に屎まり散らしき。かれ然すれども、天照らす大御神は咎めずて告りたまはく、『屎なすは酔ひて吐き散らすとこそ我が汝兄の命かくしつれ、また田の畔離ち溝埋むは、地を惜しとこそ我が汝兄の命かくしつれ』と詔り直したまへども、なほその悪ぶる態止まずてうたてあり。天照らす大御神の忌服屋にましまして神御衣織らしめたまふ時にその服屋の頂を穿ちて、天の斑馬を逆剝ぎに剝ぎて堕し入るる時に、天の服織女見驚きて梭に陰上を衝きて死にき。かれここに天照らす大御神見畏みて、天の石屋戸を開きてさし隠りましき。ここに高天が原皆暗く、葦原の中つ国悉に闇し。これに因りて、常夜往く……。

速須佐の男の命が産んだのは女性の神々であった。だからといって、謀反の心がないことの証とはならず、逆に、天照らす大御神の危惧は現実のものとなる。速須佐の男の命は「自分の心が清いので女の子を産むことができた」とうぬぼれ、田に糞を撒いて荒らし、神の衣装を織る忌服屋に皮を剝いだ馬を投げつけて殺してしまう。そんな弟の暴挙に怒った姉の天照らす大御神は、とうとう天の岩戸という洞窟に引き籠もって、巨大な岩で出入り口を閉ざす。

その結果、すべては闇となり、国には多くの災いが降りかかったという。

弟の暴挙に怒って洞窟に閉じこもり、出入り口を巨石で塞いだ姉のエピソードのほかにも、さらなる類似が見られると、理絵は、説明を加えた。

「この国に降り立った最初の神は、伊邪那岐神と伊邪那美神という、夫婦神でした。夫婦は、国土を産み、次々と神々を産みます。おもしろいことに、糞尿や吐瀉物からも、神が産み出されてくるのです。たくさんの神々が生まれ、死んでいくのですが、蘇ることもよくあります。たとえば、火の神を産もうとして大火傷を負った伊邪那美神は、それが原因で亡くなって、黄泉の国へ旅立ってしまう。夫である伊邪那岐神は、最愛の妻に先立たれ、悲しみにくれ、黄泉の国に出かけて、妻を生き返らせようと試みます。

何度、読み返しても、おかしくて、古事記の中では、わたし、『黄泉の国』の章が一番好きです。

伊邪那岐神が黄泉の国に行き、御殿から出てきた妻と再会を果たしたまではよかったのですが、夫が妻に、帰ってきてほしいと頼むと、伊邪那美神は、帰るためには、黄泉の国の神様に相談して許可をもらわなければならないから、その間、外で待っていてほしいと答え、絶対に御殿内部に入ってきてはならないと、注文をつけるのです。似たシチュエーションは、ギリシア神話にもありますよね。音楽家のオルフェウスは、蛇に嚙まれて死んだ妻、エウリュディケを生き返らせるために冥界を訪れます。すると、神々は、地上に帰り着くまで振り返らないのであれば、という条件をつけて妻の再生を許します。

こんな場合、なぜか男は、必ず禁を犯してしまうのです。

御殿の外でずっと待っていればよかったのですが、伊邪那岐神は、亡き妻が、なかなか現れないことに苛立ち、堪え切れず、約束を破り、御殿の中に入っていき、そこで、世にも恐ろしい光景を目にします。愛する妻の腐った肉体からは無数の蛆が湧き、頭、胸、腹、陰部、左手、右手、左足、右足、八つの部位に、それぞれ雷が落ちていました。

あまりの凄まじさに驚き、恐怖に駆られ、伊邪那岐神は一目散に逃げ帰ろうとする。妻の変わり果てた姿を見て動転してしまう夫が、わたし、なんだか、情けなくて、読むたびに、笑えるやら、腹立たしいやら……。夫に、しっかり踏み止まってほしいと願うのが、妻の立場ですから。

でも、妻のほうも黙っちゃいません。よくも恥をかかせたわねと憤り、悪魔のような女たちを駆り立て、あとを追わせるのです。伊邪那岐神は、ブドウやタケノコ、モモを投げて攪乱しながら、ほうほうの体で逃げまどい、とうとう、あの世と現世との境界である、黄泉比良坂までやってきます。でも、そこで、伊邪那美神に追いつかれそうになり、妻の追跡を邪魔しようとして、巨石を落として道を遮断してしまう。

昔から、男と女の関係って、こんなものなのでしょうか。

酷い仕打ちに対して、妻は激怒します。巨石を間に挟んで夫と対峙し、あなたがこんなことするなら、わたしは、あなたの国の民を一日に千人殺すと脅し、売り言葉に買い言葉で、夫のほうは、だったらおれは一日に千五百人の子を産む、と言って対抗するのです」

理絵が引用した古事記のエピソードは、巨石の崩落にふたつの意味を与えている。一方は、洞窟の出入り口を塞ぐため、もう一方は、あの世と現世を結ぶルートを遮断するため。ふたつとも、弟の暴挙に怒る姉、執念深い妻の追跡を断ち切ろうとする夫、といった具合に、事象の裏には男女の愛憎関係が潜んでいる。

理絵の解説は微に入り細を穿って、イメージの湧出を容易にしてくれる。ところどころ挟まれる、女性ならではの意見が微笑ましく、柏田の頬は緩んでいた。

ところが、古事記から得られた情景が絡まり合って、一週間前の実体験に重なろうとしたとき、頬の緩みは徐々に引いていった。

一週間前、熱海から戻るついでに、柏田は、「南箱根パシフィックランド」に寄っている。

土の臭いが鼻孔に蘇ると、目の前のテーブルに置かれた理絵のパスタが、ミミズのように見えてくる。暗い地面には、確かに、何匹か蠢いていた。

縁の下の摩訶不思議な空間にいたときは、地中から放たれた湿気が、肌にまとわりついてきた。今、近代的な総合病院のレストランで情景を思い出したとき、記憶が促すのは、冷たい発汗作用だった。

手を当てなくても、柏田には、首筋を伝っていく汗の玉がはっきりと感じられた。

行者窟に岩が崩落した翌日の午後……。

柏田は、レンタカーを「南箱根パシフィックランド」の駐車場に入れて、歩いて坂を下った。

百メートルも歩かないうちに、ガードレールは途切れ、ゆったりとした谷の斜面に建つ貸別荘の棟々が見えてきた。谷の最深部にあるせせらぎは、丈の高い草に水面が隠されていた。

一目見ただけで、ビラ・ロッグキャビンは、貸別荘としての機能を終了しているのがわかった。管理室のドアには外側から頑丈そうな錠がかけられ、その背後の傾斜地に点在する棟々の窓はベニヤ板で覆われていた。ざっと眺め渡しただけで、廃業して二、三年が経過した頃だろうと見当がついた。

柏田は、B―4号棟を目指して、草のはえた斜面を下った。

斜面に建つキャビンのため、縁の下の構造は、真横からは三角形と見え、正面からは、バルコニーの下にある長方形の間口が広いと感じられた。

他の棟と比較して、B―4号棟の密閉度は際立っていた。隣の棟の縁の下が隙間だらけなのに、B―4号棟だけは、一分の隙もなくベニヤのロングスカートを穿いていた。執拗に隠そうとする行為が、侵入者の破壊衝動に火をつけるらしい。進入路らしき箇所は、ベニヤ板が何枚も重ねられ、かさぶたとなって膨らんでいた。これまでに幾度となく、破壊と遮蔽が繰り返されてきたのがわかる。

柏田は、最も弱そうな部分からの侵入を試みた。側面にその箇所を探り当てるや、両手を板の隙間に差し入れ、体重をかけて手前に引いた。腐った四隅が裂け、べりべりと音をたててベニヤ板は剝がれていった。明かり取りとして、二畳ほどのスペースを余分に剝がした後、柏田は、縁の下に潜って中央へと進んだ。

懐中電灯で照らすまでもなかった。中央から屹立する出っ張りは、薄暗い中で、黒い影を作っていた。石が積み上げられた筒状の側面は遠目には長方形と見えたが、目が慣れてくるにしたがって丸いカーブを描いているのがわかってくる。石と石の隙間には草がはえ、表面は苔で覆われ、井戸の全身は緑色に濡れていた。井戸の上部を覆うのは安普請の床板だった。その上にあるリビングルームの片隅には、テレビとビデオデッキのセットが置かれているはずだった。

数年前、高山竜司と浅川が力を合わせ、コンクリート製の重い蓋をずらして持ち上げ、落としてあったため、井戸の丸い縁は、まさにテレビのある場所に向かって、ぽっかりと口を開いている。

柏田は、自分が開いた穴の縁に寄って、中を覗いた。

立ちのぼってくる強烈な湿気と冷気に抗って、顔を下に向けると、そこには、完璧なまでの暗黒があった。かつてこれほど深い闇を見たことがなかった。底無しの闇からあふれ出る妖気は、火山の噴火と似て非なるもので、凍えるほどの冷気で肌をざわめかせてくる。

浅川は、この狭い空間に降りて汚水と戯れ、貞子のしゃれこうべを抱き上げたのだ。

そのようにして、貞子の隠れ家は暴かれ、遺骨は山村荘にほど近い龍丹寺の墓地に納められている。母の志津子は、火の神に誘われるように千度に熱せられた火口に飛び込み、一瞬で身を消滅させた。

姉の居場所も、母の居場所も知れている。ただ、唯一残された、弟の哲生は、今、どこにいる？

速須佐の男の命は、田に糞尿を撒き散らし、馬の皮をひん剝いて投げつけて暴虐の限りを尽くし、姉は、弟の悪逆に憤って洞窟に身を隠して岩の蓋をした。

山村哲生は、過去に何か酷いことをしたのかもしれない。だから、世間的に死んだことにされ、だれひとり触れようとしなかった。

……奴は、何をしでかしたんだ？

いや、過去の出来事と言い切ることはできない。弟の暴虐がいよいよこれから始まるという事態だって考えられる。

井戸の縁から立ちのぼる冷気が悪の種を孕んでいるとしたら、今さら蓋を閉めても手遅れだろう。怪しげな気配はベニヤ板の隙間から外に漏れ、空気中に飛散していた。派手な爆発ではなく、灰の底でくすぶる熾のように、じわじわと放出し続けていたのだ。上空に拡散したものを元に戻すのは不可能である。

しかし、蓋を開けて解き放ったのが高山竜司だとしたら、閉めるのもまた竜司でなければならない。

災厄の雨を降らせ、世界を暗黒に導こうとする陰謀にストップをかけるのが、自分の役目なのかもしれないと、柏田は意識し始めていた。

急に黙り込み、目を爛々と輝かせ始めた柏田を尻目に、理絵は、スパゲッティミートソースの最後の一本を口に吸い込み、赤く染まった唇をナプキンで拭っている。

理絵によってもたらされたヒントは大きかった。この世界では、なぜ、似たようなことが繰り返し起こるのだろうかという疑問の答えが、導き出されようとしていた。

古代の出来事は、神話として語られ、非現実と思われがちだが、そうではない。実際に起こった出来事が、語り継がれるうちに、虚構の衣を纏って、類型化されていくというだけである。中心にある共通の物語は、容易に消すことのできない記録板に、象徴として刻印される。多くの場合、記録板の役割を果たすのは、岩だ。

岩に刻まれた類型的な物語が、その時代時代で、形を変えて現実化されるため、似たようなことが繰り返し起こっていると錯覚するのだろう。根本を為す容貌は同じまま、その都度、表情が変わるというだけだ。

……おれは、気づかされた。

柏田は悟っていた。理絵と春菜のコンビを通して天からの声を聞き、行者窟に出かけて遭遇した巨石の崩落は、古代から連綿と受け継がれてきた男女間の物語を、象徴するものだった。

ヒントが理絵から与えられたのはよしとして、問題は、春菜の役割だった。柏田と一面識もなく、山村家の面々とも無関係であるはずの春菜を、一連の出来事の中、どう位置づけていいのかわからなかった。

柏田が、今日ここに来た理由はまさにそこにある。春菜に会って、とりあえず、人物を見る。奇病に冒された身体の症状を観察する……。

柏田が今日の目的を再認識する前で、理絵は、ナプキンを口に当てたまま、もう一方の手を顔の高さに上げ、指を広げようとしていた。動作から、柏田の背後に合図を送っているらしいと見てとれた。

それとなく振り返ると、モスグリーンの衝立の向こうが、病院スタッフ用の食堂となっているのがわかった。セルフサービスらしく、白衣を着た男女が両手でトレイを持って動き回っている。

ふたつ並んだ衝立の隙間に、白衣を着た男性の半身が見えた。コーヒーカップを片手に持ち、理絵のほうに笑みを投げていたのは、つい先ほど、エスカレーターの途中ですれ違った大橋医師であった。

8

大橋と名乗る医師は、理絵に請われて隣の席に座り、柏田のほうに軽く会釈してきた。

……この方はだれですか。

大橋の心の声が届いたのを受け、理絵は、柏田を紹介した。

「こちら、柏田先生。わたしが通っている予備校で、数学を教えてらっしゃいます」

数学という科目を聞いて、大橋は、驚きと興味の両方を、表情に出してきた。

「大橋です。今度、新しく、春菜さんの担当になりました。数学が苦手だったんで、精神科を選んだのですが、今になって、もっとしっかり勉強しておけばよかったと後悔しているところです」

「ほう、精神科の治療で、数学を使うとは」

「ときどき必要になりますね」

「どんな数学ですか」

一概に数学といってもその範囲は広い。代数、幾何、解析、微分、積分など、ジャンルは豊富だ。

「ふだんは、滅多に使いませんが、患者さんに薬を投与する場合、投与量と結果の因果関係を知る必要が出てくるのです」

「データをもとに、方程式を作る……」

「そうです」

「なるほど、規則性が発見できれば治療がやりやすくなるというわけだ」

「ええ、関係が、線形で表現されるのであれば、なんら問題はないのですが、そう簡単にはいかない。投与に対する反応は、突如、制御できないほど増大したりして、解析学の手法ではお手上げとなってしまう。非線形方程式を扱うのは、わたしにとって、難し過ぎて……」

原因と結果の因果関係が、時間軸に沿った直線（線形）で表現されるなら、簡単である。X軸にひとつの値を入力すればY軸の値はひとつに決まる。つまり、未来が予見できるのだ。薬の投与量の多寡が、未来の症状にどのような影響を及ぼすのかがわかって、治療は容易になる。

ところが、不規則性が出てきて、複雑な動きを見せるとなれば話は別だ。未来が予見できず、現在何を為すべきかがわからなくなり、効果的な治療が困難になる。

「神経疾患の薬物治療において、カオスが出現することがあるのですね」

「薬の服用に対する反応を時間ごとに測定した値を、ローレンツの相空間にプロットしてみたところ、8字形のアトラクターが出てきました」

「ひとつの解に収束することはないと……」

「ええ、その通り」

「なぜ、そんなことが起こるのでしょう」

「さあ。あまりに複雑怪奇。神のみぞ知るといったところでしょうか」

「数学を扱っていて、ぼくも、同じ印象を持つことがあります。事象の不規則な振舞いの向こうに、突如、神、あるいは悪魔が顔を出す。背後に、人智を超えた存在を想定しなければ、納得しかねることが多くて……」

初対面でいきなり、数学を話題に意気投合する柏田と大橋に、理絵は戸惑いを隠せなかった。話に加わりたいのだが、数学の勉強を始めたばかりの理絵にはまだ無理であった。

理絵の顔に、話題についていけない不満が現れる頃になってようやく、大橋は、春菜の症状へと話題を変えてきた。

柏田にとっても、それは歓迎すべきことであった。今、大橋から聞きたいのは、数学うんぬんではなく、春菜の病気についての情報である。

柏田と一面識もない春菜が、山村家の面々と深く関わる出来事の案内役を演じる理由の第一には、罹患している奇病の影響力が考えられる。春菜を見舞おうとする前に、新しく担当になった大橋医師から、症状について概略が聞けるのであれば、こんなありがたいことはなかった。

「これまで、皮膚科、整形外科、内科と、病院中をたらい回しにされて精密検査を受けてきたのに、春菜には、病名すら与えられなかった。でも、大橋先生は、すぐに病名を見つけてくれました」

理絵が、これまでの不安と、これからの希望を口にすると、大橋は、やんわりと謙遜した。

「病名がわかったというわけではありません。症状は相変わらずです。以前に見た映画のワンシーンから着想を得て、遠い昔、似たような症状を起こす病気があったことを、思い出したというだけです」

「でも、以前と比べれば、数段マシ」

理絵は、口をとがらせた。

「そう、買いかぶらないでください。症状が似ていると気づいただけです」

「症状とは？」

柏田は単刀直入に訊いた。

「パーキンソン症候群です」

パーキンソン病という病名なら、柏田も聞いたことがあった。しかし、症候群となると、どこがどう違うのか。数学者としての習性から、柏田は、パーキンソン病はパーキンソン症候群の部分集合であると考えたくなる。

大橋は簡単に説明を加えた。

「パーキンソン病は、五十歳以降に病状が出始めることが多く、四肢のふるえ、硬直、動作緩慢、歩行の異常が出て倒れやすくなったりする病気です。今のところ、対症療法しか治療法はなく、完治は不可能。薬物の投与によって進行を遅らせるのがせいぜいという難病です。パーキンソン症候群とは、パーキンソン病と類似の症状を見せる病気の全般を指します」

「ようするに部分集合ですね」

「そう考えて差し支えありません。老齢になってからの発病が多いのですが、稀に、若年性のものもあります。しかし、春菜さんの症状と似ているのは、若年性パーキンソン病ではなく、嗜眠性脳炎発症後のパーキンソニズムというものです」

「嗜眠性脳炎……」

初めて聞く病名にもかかわらず、理絵は、正確な漢字を当てはめることができた。漢字から、睡眠との関わりが予想できるだけで、病気の全容はまったくわからない。柏田も同様、病気に対する知識は一片も持ち合わせていなかった。

「スペイン風邪をご存じですか」

「ええ、知ってます」

大橋に訊かれ、理絵はすかさず首を縦に振った。

「お若いのに、よくご存じですね」

「大正年間を時代設定とする小説を読んでいて、よく出てくるのです。『愛と死』のヒロインが亡くなったのも、島村抱月が亡くなったのも、スペイン風邪が原因です」

「スペイン風邪が世界的に流行したのは、一九一八年の秋から翌一九年の春までの、半年にも満たない期間です。そんな短期間にもかかわらず、世界中で二千五百万人以上が罹患して死亡しています」

半年で二千五百万人の命が奪われたとは、恐るべきパンデミックである。人類にとって、中世に大流行をみた黒死病（ペスト）以来、最大のウィルス禍であった。

「スペイン風邪は、理絵さんがおっしゃる通り、小説の中にも描かれていて、多くの人が知っています。しかし、まったく時を同じくして世界的な大流行をみせた、嗜眠性脳炎のことはあまり知られていない。数年前に映画で扱われ、わずかにスポットライトが当たったというだけです」

「言葉の響きから、眠った状態が続くようなイメージを受けるのですが」

理絵は、「嗜」という漢字に「むさぼる」という意味が込められていることを知っていた。

「その通り。英語ではＳＬＥＥＰＩＮＧ　ＳＩＣＫＮＥＳＳというぐらいですから、眠り病といって構いません。嗜眠性脳炎の世界的流行は、一九一六年から一七年頃にかけて始まり、一九二七年になって突如終焉を迎えます。十年間で、五百万人の方が罹患して亡くなってます。

スペイン風邪と嗜眠性脳炎、両方の死者数を棒グラフで表すと、どうなると思いますか？ 十年間に及ぶ流行中、嗜眠性脳炎での死者数が五百万人。そのど真ん中のたった半年間にスペイン風邪で亡くなった患者が二千五百万人。年次ごとに、死者数の合算を棒グラフで表すと、完全な、逆T字形となります」

柏田と理絵の脳裏には、同時に、Tを逆様にした形が浮かんでいた。

「両者とも、ウィルスに起因する病気ですが、種類はまったく異なります。しかし、流行時期が見事に重複している事実からみて、両者の因果関係は明らかです。にもかかわらず、医学的な解明は為されていません。今もって、闇の中……」

「一九二〇年代以降の流行はあるのですか」

柏田が訊いた。

「スペイン風邪と同種のウィルスによるインフルエンザの流行ならあります。ほぼ無力化され、死亡者はほとんど出ません。しかし、嗜眠性脳炎の流行は、一九二〇年代以降、皆無です」

「ウィルスは死滅したのでしょうか」

「そう願うばかりです。死火山ならいいのですが、休火山となれば、いつまた、爆発するか知れたものじゃない」

「それほど、恐ろしい病気なのですね」

「致死率は二十パーセントですが、運良く、命を取りとめたとしても、本来の健康を取り戻すことはありません。酷い後遺症に苦しめられます。痙攣、ひきつけ、筋固縮など、無数の不随意運動を伴い、患者さんは、生きることへの欲望を失っていきます。一日中、身じろぎもせず、言葉を発することもなく、眠ったような状態になります。意識はあるのですが、動くことはなく、あたかも生きる銅像のようになって、何年もの間、じっとしています」

「回復した例はあるのでしょうか」

おそるおそる理絵は訊いた。

「一時的に目覚めることはあっても、完治した例はありません」

「大橋先生は、どうお思いですか。春菜さんは、嗜眠性脳炎に罹患したとお考えですか」

「症状が似ているというだけです。ウィルス性のものとは考えられない。流行の兆しなんてどこにもないですから。肉体の内部に、独自に、ウィルスをひねり出すなんて、不可能ですよ」

大橋医師が、冗談めかしてそう言う横で、柏田と理絵は、顔を見合わせて、ごくりと唾を飲み込んでいた。

「それとも、春菜さんは、アフリカの奥地とか、訪れていますか」

理絵は首を横に振った。

「いいえ。アフリカどころか、春菜は、一度も海外旅行をしたことがありません」

「日本から一歩も出てないのに、嗜眠性脳炎に感染するはずありません」

大橋が断言する一方で、柏田と理絵は、またしても、同時に、似たような映像を思い浮かべていた。現物を見たことがないにもかかわらず、ふたりが心に抱いたイメージはそっくりである。

それは、両手を水平に伸ばして立つ女性だった。扇形の顔は異様に大きく、切れ長の目は吊り上がり、濃く太い眉が鼻のところで繋がり、頭髪は蛇となってとぐろを巻いていた。雷鳴を受け、縄文時代から手懐けてきた蛇を世に解き放っても、女性の土偶は、ガラスケースの中で同じポーズを取り、会心の笑みを浮かべていた……。

柏田と理絵は、無言で目配せをして、今、両者の心に浮かんでいる疑問を、医師である大橋に告げるべきかどうか、互いの腹を探り合った。迂闊に喋れば、笑われた上、非科学的な人間であるという烙印を押されかねない。柏田は、今後、大橋と会うことはないかもしれないが、理絵は、春菜の看病を通して交際は続く。

喋りかけた理絵を制し、柏田が解説役を買って出て、二年前の春、長野県の井戸尻遺跡で、春菜が体験したことを、できる限り克明に語った。理絵からの受け売りであっても、なぜか我が事のように説明することができた。

縄文時代の女性土偶の頭部から解き放たれた蛇は、ＤＮＡ二重らせんと同じ形状をしていて、ウィルスの象徴のように思われる。有史以前、あるいは人類が誕生する前から存在し、雷となって空に昇り、人間を怯（おび）えさせるもののシンボルだった。

柏田と理絵は、大橋によって笑い飛ばされることを望んでいた。「ははは、無関係ですよ」と一蹴（いっしゅう）してほしかった。

しかし、春菜の経験談を聞くにつれ、表情は真剣味を帯び、相槌（あいづち）を打つ頻度が減っていった。

話を聞き終えると、大橋は、小首を傾げてこう言った。

「偶然なのかな。ヨーロッパで、嗜眠性脳炎という病気が、なんと呼ばれてきたか、ご存じですか」

柏田と理絵は、首を横に振った。

「千の頭を持つヒドラ、です」

「ヒドラって……」

理絵の問いに答えたのは柏田だった。

「ギリシア神話に出てくる九つの頭を持つ蛇……、速須佐の男の命が、八岐大蛇（やまたのおろち）を退治したのと同様、ヘラクレスによって退治されましたが……」

柏田が述べたのは、願望に過ぎない。実体のある蛇ならば、たとえ化け物であっても、退治することは可能だろう。しかし、世に蔓延しようとしているのが、目に見えない怨念だとしたら、そんなものとどう闘えというのか……。

霧状になって井戸から放出された怨念を回収することなどできそうになかった。

一方、大橋が抱くイメージは、闇の中で無数にゆらめく紐の形をしていた。

「千の頭を持つヒドラとは、言い得て妙です。なにしろ、嗜眠性脳炎は底知れぬ不気味さを漂わせている。目に見える事象の裏で糸を引く悪魔のような病気です。ただのインフルエンザでしかなかったウィルスに、悪魔的な威力を与えたものこそ、嗜眠性脳炎ウィルスではなかったかと思われてならないのです。十年間という流行期間のど真ん中にインフルエンザウィルスを配置し、活性化させ、悪魔の所業を演じさせたウィルス。穏やかな人間を、突如、凶暴な容貌に変える仕掛人ともいえるウィルス……」

海草のようにゆらめく無数の蛇は、確かに、嗜眠性脳炎のイメージと合致する。

サンドイッチのように、前後から挟みこむウィルスが、もし、ペストであったなら、被害者の数はいったいどれほどにのぼっていただろうか。

あるいは、天然痘ウィルスが、ステージに祭り上げられたとしたら……。

そのとき柏田が、天然痘ウィルスを連想したのは、『リング』の中にその記載があったことを思い出したからだ。

9

これまでになく心が乱れていた。血を流したこともなければ、激痛を味わったこともなかった。異性に対して欲望がかきたてられたこともなければ、食欲が刺激されたこともなかった。短い期間ではあっても、この世界にきてからは、心をずっと平穏に保ってきた。

今、胸に渦巻く感情は、柏田にとって初めて経験する類いのものだ。

春菜の病状を目の当たりにした後、柏田が覚えたのは、憐れみでも悲しみでもなく、恐怖にほかならなかった。

予定よりも早く病室から退出したのはそのせいだった。理絵は、柏田のあとから廊下に出て、ようやくロビーのところで追いついてきた。

「先生、どうしたんですか。顔色が悪い」

柏田の動悸は激しかった。自分にとって、何が恐怖であるのか、はっきりと悟ることができた。狭い空間に閉じ込められて出口を塞がれることだ。たった今、会ったばかりの春菜は、生きながらにして、肉体という石室に閉じ込められ、出口を塞がれようとしていた。しばらく同じ部屋にいて、同じ空気を吸っただけで、柏田にはそのことがわかり、いたたまれなくなって外に飛び出たのだった。

病院ロビーの壁際に置かれたソファに腰をおろして、柏田は呼吸を整えた。

「先生、何か、飲み物を買ってきましょうか」

立ったままの理絵に訊かれ、柏田は答えた。

「じゃ、冷たいウーロン茶でも」

売店横の自動販売機に走る理絵の背中を眺めつつ、自然と大きな溜め息が漏れた。

空気が抜けて、身体が縮んでいくようだった。

なぜ恐怖に駆られるのか、柏田は、理由を考えた。行者窟で巨石の崩落と遭遇したときも、ビラ・ロッグキャビンの縁の下に潜って井戸を覗いたときも、心はこれほど乱されなかった。平然と、客観的な立場を維持して、対象を観察することができた。

……そうか。

柏田の脳裏に、「客観」の反対語が想起されてきた。

……主観が犯されているシーンを目の当たりにしたからだ。

身じろぎもせずベッドに横たわる春菜は、生きながら石像になろうとしていた。表情は能面のように凍りつき、仮面を取ってもその下からは同じ顔が出てきそうだった。柏田の眼前に物理的に存在しているにもかかわらず、春菜は、幽霊のように実体がなかった。

主観そのものが、石化した容器に閉じ込められる事態を想像しただけで、柏田の身は震えた。肉体が自由であれば、少なくとも、閉所から脱出しようと試みることはできる。外部に対して闘いを挑むことはできても、内部に対しては不可能である。単体としての意識は、完全な無抵抗を強いられることになる。

前世で似たような体験をしているのか、あるいは、未来に起こることを先取りしているためなのか……。強い発汗に襲われ、背筋を冷たい汗の玉が伝い降りていった。

膝(ひざ)に両手をついて上半身を持ち上げ、顔を前に向けると、買ったばかりのペットボトルを手に持って近づいてくる理絵が見えた。

彼女の姿が徐々に拡大されると同時に、その周囲の視界もまたクリアになってきた。柏田の視線は理絵から逸(そ)れて、彼女の背後にいる車椅子の女性に吸い寄せられていった。

病院の入院患者とみられる若い女性は、五、六メートル先に置かれたソファの端に車椅子を寄せ、両手を車輪に載せて肩を落とし、首から胸にかけて力を抜き切っていた。首の上には、端整な白い顔があって、涼しげな瞳(ひとみ)を前方に向けている。

柏田は女の顔に見覚えがあった。

「はい、先生。ウーロン茶」

突如、頭上から降ってきた理絵の声に驚き、柏田は背筋を伸ばした。正面に立つ理絵の身体はいつになく大きく、黒い影となってのしかかってきた。

意図したわけでもないのに、ぐらりと上半身が横に揺れ、柏田の視線は、再び、車椅子に座った女をとらえていた。

女の陰に隠れるように、脚をぶらぶらさせてソファに座る幼女がいた。二、三歳くらいのかわいらしい女の子で、ふたり並んでいるところから、母娘であろうと見当がついた。入院中の母を見舞う幼い娘という構図からは、痛々しいほどの悲哀が匂い立っている。

女は、診察を待っているふうではなく、ぼんやりと時間を潰しているようだった。

「先生……」

差し出したウーロン茶に反応しない柏田に、理絵は受け取るように催促してきた。

右側から差し出されるペットボトルと対称的に、左側から一人の男が近づいてくるのが見えた。五、六メートル先を歩くその男は、遠近法の中でペットボトルと同じ大きさであったが、現実には、柏田と一緒の背丈と見えた。

男は、車椅子の女性のところまで歩き、彼女の肩に手を置いて身をかがめ、耳元になにごとか囁き始めた。女は驚いたようにビクンと身を震わせ、その拍子に視線を柏田のほうに向けた。

柏田と女の視線がぴたりと合うと、男もまた女の視線を辿って、柏田と目を合わせ着ている服は異なるし、髪形も違っている。しかし、その距離からでも、はっきりとわかった。男と柏田は、同じ顔をしていた。似ているのではない。身長も身体つきも、まったく同じだった。

……もうひとりの自分がそこにいる。

相手の男もまた同じ認識に至ったようだ。驚愕の表情を顔に浮かべて、柏田のほうに視線を固定させた。

柏田は、喉の渇きを覚え、ペットボトルに手をのばそうとして、そのまま動きを止めてしまった。あと数センチで指先がペットボトルに届くのに、その距離を縮めることができず、逆に開いていく。無理に摑もうとして、そのまま前のめりになって椅子から転げ落ち、床に左肩を打ちつけた。

理絵は、短い悲鳴を上げ、反射的に飛び退いていた。

自力で起き上がろうともがくうち、柏田の身体はあお向けにひっくり返っていった。床に尻をつけ、両手を背後に置いて支え、腰を上げようとするのだが、足は空をかくばかりで何ひとつ芳しい働きをしてくれなかった。

そのうち、上半身を支える片方の手に痙攣が走り始めた。

呆然と見下ろす理絵は、以前に一度、似たような光景を見たことを思い出していた。

キャンパスで久しぶりに春菜と会ったときのことだ。春菜もまた腰をすとんと落としたまま、足は空をかき、自力で起き上がることができなかった。そして、その日の夜、彼女は病院に運ばれた。

まさに同じことが柏田の身体に起ころうとしていた。

柏田はすがるような目を理絵に向けた。

……まさか、そんなはず、ないよな。

必死でそう訴えかけるのだが、焦るほどに、身体の動きはぎこちなくなるばかりだった。

……違うと言ってくれ。

言葉を発しようとして、喉の奥が締めつけられた。口からはよだれが垂れるばかりで、出る音といえば、鼻から漏れる豚の鳴き声だけだ。

いくら立ち上がろうとしても、重力に逆らうことができない。しゃくとり虫に似た動きでじりじり前に進むのが精一杯だった。

柏田の目に浮かぶ怯(おび)えは、あっという間に理絵に伝染して、彼女の動きもまた封じられていった。

理絵が何を考えているのか手に取るようにわかった。今、生じている事態が、嗜眠(しみん)性脳炎のウィルスに起因するものであるのなら、次の犠牲者は間違いなく彼女だった。

そのことがわかっているがゆえ、理絵は、柏田を助け起こすことができないでいた。今さらウィルスを遠ざけたところで手遅れとわかっていて、身体が動かないのだ。

一方、柏田は、自分の身を襲いつつある異変が、嗜眠性脳炎とは別物であると理解しつつあった。歴史上、一度たりとも記述されたことのない病気であるのは間違いない。存在しなかったか、あるいは、過去に存在したとしても、言葉を発することもなく感染者が全て死に絶えたせいで、記述されるチャンスが奪われてしまったのか、そのどちらかだ。

脳内にとぐろを巻いた蛇が、大脳皮質を直に締め上げてくるようだった。痛みならまだ我慢できたが、舌先で襞(ひだ)の隙間を舐(な)められるようなくすぐったさが耐えられない。痛痒(つうよう)の、痛みの部分を拡大させようとして、柏田は、頭を振って床に打ちつけた。そのたびに揺れる視界の中で、車椅子の女とその横に立つ男は、じっと柏田を観察していた。男はいつの間にか背筋を伸ばし、柏田に正面を向けていた。

柏田の視野は、徐々に狭くなりつつあった。視界の両側から黒い壁がせり上がって、高さを増していく。内壁が高くなるにしたがって、身体が井戸の底に落下していくように感じられた。

拷問による死以上に怖いのは、意識が石化した肉体に閉じ込められることであった。意識のみ、井戸の底に落ちて永遠に幽閉されることを思うと、「殺してくれ」と叫びたくなる。

視野が狭まり、筒状に照準が絞られていく先には、車椅子の女の顔があった。

井戸の縁と同じ、丸い空間に浮かぶ顔を、以前どこで見たのか、はっきりと思い出していた。巨石に塞がれた行者窟を振り返ったとき、暗闇を背景にして浮かんでいた上半身のみの幽霊だった。

視界は、さらに狭まり、光の漏れている小さな円までもが、閉ざされようとしていた。ゴッゴッゴと音をたてて石の蓋が横から張り出し、光を遮蔽していく。

満月は半月になり、三日月に変わり、光の筋となり、摑もうと手を伸ばしたが果たせず、やがて完全な暗黒に支配された。

どこからともなく、メッセージが届けられたのはそのときだった。

……今度は、あなたの番よ。

ほんとうは大声で叫びたかった。

しかし、叫んだとしても、悲鳴すら、井戸の外に漏れ出ることはなかっただろう。

第三章　双頭の蛇

1

病院ロビーに並んだソファの前で、しゃくとり虫のようにのたうちまわる男の身体に、川口徹（かわぐちとおる）の視線は引きつけられていった。

距離にして七、八メートル先の光景であったが、川口は、男の目から生気が消えていく瞬間を逃さずとらえていた。

それまで生きていて、機能していた眼球が、ガラス玉に変化していくかのようだった。以前、身近な者が同じ症状を呈して倒れるところを見ているだけに、彼は、すぐに事態を悟っていた。

症状の類似以上に川口の注意を引いたのは、男の顔が、自分とそっくりであるということだ。いや、そっくりという表現は当てはまらない。十メートル四方にも満たない空間に、同じ人間がふたりいるといったほうがいい。

自分がもうひとりの自分を見てしまう現象は、ドッペルゲンガーと呼ばれ、古今東西、多数の例が報告されている。

日本においても、江戸時代には「魂が離れてしまう病気」と言われ、死の予兆であると恐れられた。……今まさに、その現象と相対しているのか。

川口は、夢遊病者のように、男のほうに歩き始めていた。

周囲に視線を巡らして状況を確認しつつ、眼前で起こっていることの意味を考えた。頭をフル回転する必要があった。ここで間違った判断を下すと取り返しのつかないことになる。

片足で力なく床をたたく男が、ここ数年、捜し求めてきた人物であるのだとすれば、やるべきことはひとつ、即座にここを出て、ふたりだけになれる場所を確保する。時間の猶予はなかった。病院理事長と懇意であるとはいえ、医師の手に男を渡してしまったら、やっかいなことになる。ここは、毅然とした態度で身柄の確保をはかるべきだ。

男に付き添っていた若い女性が、「大橋先生を呼んできます」と言い残して、その場から駆け去るのを見て、チャンス到来とばかり、川口は、男の元に駆け寄り、傍らに屈み込んで耳元に囁いた。

「立てるか？」

男の四肢の先端には、自力で立ち上がりたいという意思が表れていた。左足の踵は小刻みに床をたたき、両肘を必死に動かして椅子に戻ろうともがいている。

試しに脇の下に手を入れると、肘をギュッと締めてくる強い力を感じることができた。手の平も、指先も、しっかりと動いている。上半身の力は十分に保持されているようだ。

「さあ、立て。歩いてごらん」

川口は、男の耳元でそう囁き、両手で抱き起こした。

男は反抗することなく、川口の指示に従った。今、すべきことが何なのか、本能的に悟ったのかもしれない。

ふたりの身長と体重はまったく同じである。男の体重の半分を肩で支え、前に足を出すと、男は同じ動きで応えてきた。思った以上に歩行は軽やかで、のしかかってくる重みは意外なほど少ない。不自然な身体の動きや歩行困難は、心的要因から発しているのであって、肉体の機能が根本的に失われたわけではないとわかる。

川口は、何食わぬ顔を装い、男同士肩を組んでロビーを抜け、出口に向かって歩き出した。

自動ドアを抜けた先にはタクシー乗り場があり、空車が二台並んでいるのが見えた。

川口は、脇の下に回した手を下げ、男の尻ポケットを探り、手早く財布を抜き取っていた。チラッと見ただけで、カード類が差し挟まれているのがわかった。

男をリアシートに押し込めてから、その隣に滑り込み、財布から抜き取った免許証に記載された現住所を読んだ。川口が住んでいる場所からそう遠くない住所が記載されている。表記から判断して、男の住んでいるところはアパートの一室らしい。

「どちらまで？」

ドライバーから行き先を催促され、川口は、咄嗟に自分が住んでいる家の住所を告げていた。一戸建て借家という、広さを優先させた結果だった。

タクシーはロータリーを半周してから、住宅地の小道へと出た。

病院ロビーで男を助け起こしてから、タクシーに押し込めて走り出すまで、二分もかかっていなかった。大橋という医師を呼ぶために立ち去った若い女性が現場に戻っても、ロビーに男の姿はなく、狐につままれたような気分を味わうに違いない。

走るうちに、光を求めるかのように、男の上半身は右ウィンドウのほうに寄っていき、いつの間にか右頰をガラスに接していた。車の外を流れる町並みが、見えているのか、いないのか、男の目はうつろだった。顔を上向き加減にして、口からよだれを垂らしていた。ときどき短く息を吐き出しては、喉の奥を鳴らしている。

「風景が見えているのか？」

そっと耳元で囁いても、返事はなかった。今、この男の意識はどんな具合になっているのかという疑問と同時に、この男個人への興味がかきたてられ、手に持っていた財布の中身を探ってみた。

一万円札が二枚、千円札が四枚、免許証のほかに、保険証、予備校講師の身分証、クレジットカードが入っていた。

そこで初めて、男の名前を認識した。

……柏田誠二。

車の免許証、保険証、身分証、クレジットカード……、財布の中には、川口が欲しいものが全て収まっている。どこで見つけてきたか知らないが、筋のいい戸籍を入手したのは確実だった。彼が手に入れた、「川口徹」という粗末な戸籍とは比較にもならないほど、有効なものだ。

住宅地の小道を抜け、大きな交差点にぶつかって右折すると、タクシーは、それまでの倍の速度で幹線道路を疾走し始めた。急な加速を受け、ふたりそろって上半身がリアシートに押しつけられたとき、ルームミラーに映ったタクシードライバーと、目が合った。

ドライバーの目にはちょっとした驚愕が浮かんでいた。

まったく同じ顔の男がふたり揃って肩をすぼめ、リアシートにもたれている姿をミラー越しに見て、奇異なものを感じ取ったに違いない。

一卵性双生児以上に、ふたりは同体だった。

前々世で、高山竜司として生きた男は、前世からこの世界に来る途中、生体情報を読み取って再生するシステムに手違いが起こり、重複が生じてしまったらしい。生命の根本は情報であり、複製などは簡単に創れてしまう。原型を高山竜司とするデータはふたつに分裂し、ふたりの人間として生きている。不法に戸籍を取得して、片方は「川口徹」、片方は「柏田誠二」という名で生きているというだけだ。両者とも、現世における仮の姿だった。

川口は、自分を悩ます記憶障害の原因が、生体情報は正確にコピーできたにもかかわらず、記憶量は、相応に分担する形で伝わったことにあるのではないかと、推測を立てていた。肉体はふたつ、しかし、記憶量は両者合計してようやくひとつ、というわけだ。

記憶が保存される場所は、大脳辺縁系の一部、海馬であり、その部位が受け持つメカニズムは極めて複雑だった。記憶という概念が解明されないまま、再生のミッションが実行に移され、当然のごとく、手違いが生じたのかもしれない。

両者とも言語、思考、運動など、日常生活を行うための領域に支障はなく、分裂してしまったのは、家族、友人などとの会話や行動など、いわゆる「思い出」と称される領域だった。一般的に記憶喪失といわれる症状と同じである。

川口が、柏田の身柄確保に躍起になった理由がここにある。

コミュニケーションを交わし、情報をやりとりすることでしか、失われた思い出を補完する方法はないと思われた。

しかし、それも、コミュニケーションが成り立つと仮定した上での話だった。

自転車をよけようとしてタクシーは右に膨らみ、遠心力を受けて、柏田の上半身がもたれかかってきた。

視線をちょっと横にずらしただけで、もうひとりの自分の目と出会った。彼は、能面のように無表情で、半開きの唇を細かく動かしたまま、右手を胸の前に上げてぴたりと止めている。生きようとする意欲の失われた身体から、「マネキン人形」「幽霊」「銅像」などの言葉が連想されてきた。

ぞっとして、相手の身体を窓際に戻したとき、思わず、「ゾンビ」という言葉を連想しかけた。

2

病院で倒れてからの時間経過を把握するのは困難だった。

数か月のようにも、数日のようにも感じられる。ほんの数分前の出来事と言われても、柏田は信じざるを得ない。時間を計る物差しの一切が消えてしまったのだ。

永久に目覚めることのない夢の中にいて、考える時間は腐るほどあった。柏田は、暗黒の底に身を浸しつつ、考え続けた。

……自分の身に何が起こったのか。

問いに対するもっとも簡単な答えは、「死」であったが、今、どっぷりと浸かっている情景は、これまで書物で語られてきた死後の世界とあまりにかけはなれていた。

書物の中で描かれる、死後の世界、臨死体験と呼ばれる現象には、ほぼ一定のパターンがある。生から死への移行によってもたらされるのは、恐怖、絶望、苦しみの類いではなく、恍惚、甘美、忘我という言葉に代表される感情だった。

死に際に立てば、胸の内に喜びと幸福感があふれ、厳かな雰囲気に全体が包まれてくる。しばらく後、空気がざわめくような音を感じ、浮揚した魂が、自分の身体を見下ろしていることに気づく。いかなる場合であっても、魂はより高い俯瞰を手に入れ、展望台にいるかのように絶景を眺めている。視覚と聴覚は研ぎ澄まされ、死につつある自分の身体を取り囲む人々の、行動が見え、会話が聞こえてくる。やがて、プリズムのように輝く光が天上から降りてきて、この世のものとも思われぬ美しい音楽を奏でて、心を優しく慰めてくれる。天国の牧場とも呼べる楽園が、境界である川の向こうにあって、しきりに誘惑してくる。そして、誘いに乗って、渡るか否かが、生死を分かつ境界線となる……。

描かれるどのシーンも、死の暗黒面を帳消しにする甘美さにあふれ、肉体の呪縛から解き放たれた魂は、自由を謳歌（おうか）しつつ高みに昇る。

しかし、今、柏田が陥っている状況はそれと真逆の、地獄だった。

書物に書かれた描写が死の実相を忠実に伝えているのだとしたら、柏田が現在陥っている状況は、死とはほど遠いものだ。

何度思い出しても、ぞっとするのは、井戸の底にたたき落とされ、唯一の出口をコンクリートの蓋（ふた）で閉ざされる瞬間の、救いのない絶望感だった。

望めば望むほど、光は無慈悲に細くなっていった。縋（すが）るほどに、天上から垂れている糸は、指の先から離れていくようだった。

そして訪れた完全な闇……。

目を閉じることによって出現する世界とは、次元が異なっていた。両目を閉じても、耳は周囲の音をとらえることができる。海辺に出れば、波の音、風の音を、楽しむことができる。海水を舐（な）めれば潮辛いと感じ、磯に足を入れれば液体特有の抵抗力と冷たさを感じ、潮の香りを嗅（か）ぐこともできる。性器を愛撫（あいぶ）されれば快感を得ることもできるだろう。

しかし、柏田を襲ったのは、五感のすべてを失うという事態だった。思考力だけは、何の損害もなく残され、純粋な意識体になろうとしていた。

死が肉体からの飛翔（ひしょう）であるとすれば、柏田が被った、思考する意識が肉体という牢（ろう）

獄に閉じこめられる症状を、一体なんと表現すべきなのだろうか。

……自縛霊。

この状態が永遠に続くと思うと、柏田は、狂いそうになった。錯乱することができれば、まだ楽になれるだろうが、細胞のない、完全な意識体ゆえに、痛むことも、病むことすらできない。泣こうとして涙は出ず、叫ぼうとして声も出ない。

土中を這い回る地虫に肉を食まれたり、閻魔大王から拷問を受けるほうがまだましだった。少なくとも、そこには動きがある。ここは、狭く、暗く、じめじめとして、まったく動くことができない。

……なぜ、こうなったのか？

「死」という安易な解釈を押しやった先に思い浮かぶのは、春菜の身に生じた嗜眠性脳炎ウィルスに感染したのではないかという推測だった。しかし、熟考するほどに、その答えにもまた短絡的という烙印を押さざるを得ない。

ウィルスは、相手を選ばず、同時に不特定多数を襲うという特性を持つ。しかし、今、柏田が陥っている状況は、多分に個人的条件がその原因となっていると思われてならない。

行者窟で岩が崩落したのも、直後に訪れたビラ・ロッグキャビンB―4号棟下に潜って井戸を覗いたことも、今回の事態の予兆ともとれる。個人の体験、記憶と関係ありと考えるべきだった。

ウィルスに感染したのではない。ピンポイントで狙われたのだ。

……だれに？

柏田は、病院で倒れ、五感に蓋がされる直前、意識の表層に女の声が響いたことを思い出していた。

「今度は、あなたの番よ」

その言葉が意味を持つのだとしたら、これは、何者かの復讐と考えられやしないだろうか。人に恨まれる正当な理由があるにもかかわらず、思い出せないでいるだけなのだ。

古代から、天上界と交渉し、現世における怨念を実行に移す者は、女性と限られている。

自分への恨みを抱いている相手として思い浮かぶのは、ひとりだけだ。彼女の顔を思い浮かべれば、疑問はさらに深くなる。

……貞子は、なぜ、おれを恨むのか？

3

玄関前に立ち、カギを出そうとしてポケットを探っても見つからず、軽くジャンプしたところ、背負っていたリュックの中からこもった金属音が聞こえ、ごく自然に、初めてこの家にやって来たときの光景が思い出されてきた。

三年前の夏も終わろうとする頃、いつまでも名無しのままではまずかろうと、自殺の名所として有名な樹海に出かけ、彼は、手頃な戸籍をひとつ持ち帰ることになった。戸主が住んでいたのは、海に近い郊外に建つ、六畳二間にキッチンとバストイレ付きという粗末な物件である。

もともと洒落(しゃれ)た家など望むべくもなかったが、遺留品の中身から推測していたイメージよりも悪かった。玄関前に立っただけで、ここに住みたいという意欲が完膚なきまでに奪い去られるほどに……。

玄関ドアと呼ぶことさえためらわれるほど、磨(す)りガラスがはめ込まれた木製の引き戸は弱々しく、侵入者を防ぐ役には立っていなかった。入ろうかどうしようかと迷っているうち、違和感が湧き上がってきて、一歩下がって全体を見渡すと、引き戸を収めた木枠自体、いびつに歪(ゆが)んでいるのがわかった。斜めに細長くできた隙間から、三和土の奥が覗けてしまうほどの歪みである。

その横にかけられた腐りかけの表札には、「川口徹」と黒く名前が彫られていた。

ポストからあふれたチラシや督促状の束は、雨に濡れて頭を垂れ、中に入ってスイッチを入れても、電灯が点らないのは明らかだ。

その日の午後、昼なお暗く、磁石の針も狂うと噂される樹海の、苔の生えた岩の上で、彼は、川口徹の遺留品を発見したのだった。モスグリーンのリュックサックの中を覗いてみると、免許証をはじめ、保険証、預金通帳、手帳、カギ束などが入っていた。免許証と保険証から、川口徹の年齢が現在四十一歳であると知れた。不景気で職を失い、失業給付で食いつなぐ様子は、預金通帳の残高に如実に表れていた。帳じりを合わす苦労を滲ませつつゆっくりと下降し、ここ二、三か月ばかりはすっかり底をついて、にっちもさっちもいかなくなっていた。

手帳には、小さな字で日記がつけられ、ちょっと読んだだけで、几帳面な性格がうかがえた。その日その日に購入した食材の金額がこと細かに記載されている。量は、常にひとり分であり、独身で、身よりもなく、孤独な生活を垣間見ることができた。

できる限り借金を返済し、死の決意をして、樹海の中に迷い込んだ事情を、リュックサックに残された遺留品の数々が物語っていた。

リュックサックの横の、きちんと揃えられた靴から判断して、川口なる人物が、見える範囲の木の枝にぶらさがっていてよさそうであったが、その身体はどこにも発見できなかった。

得られたのは彼の遺留品のみである。しかし、それで十分だった。

最初、この家にやって来たときの、家主がほぼ間違いなく自殺を遂げているという嫌な雰囲気には参ったが、慣れてしまえばどうってことはなく、暮らす上で不自由はなかった。

川口徹として生きた三年間、「死に切れなかった」とぼやきながら彼本人が帰って来ることもなければ、親族や知人が訪ねてくることもなかった。

家賃、電気代、水道代の未納分を振り込み、生きる環境を整え、この世界で生きるための足場を得られたのも、必要な品だけをその場に置き、痕跡もなく消えてくれた川口のおかげである。

彼は、三年前と同じ要領で、鍵穴にカギを差し込んで回し、引き戸を開けた。

三和土の先には、台所と、風呂トイレが向かい合っていて、その間を抜けた先に六畳間が二つ続いていた。

柏田は、二間続きの和室中央に置かれた椅子に座り、右手を軽く開いて顔の高さに掲げ、左手をテーブルの端に添えてじっとしていた。

テーブルには、普段、ワープロが陣取っていたが、今は、ベッドの上に移動させられて、そこには何もない。

彼は風呂で水を浴び、着替えて人心地をつけた後、グラスに半分ばかり水を入れて氷を浮かべ、テーブルの上に置いた。

柏田は、左手のすぐ先に置かれたグラスには目もくれず、顎を斜めに突き出す格好で首をひねり、じっと中空の一点に視線を投げていた。踵を上げたまま無理な姿勢を保っているため、高下駄を履いて座る役小角に似て、膝の位置が異様に高い。視線の方向を辿っても、そこは壁の一点というだけで、意味のある対象物は何もなかった。

完全に人形と化してしまった、もうひとりの自分がここにいる。

生きているのは間違いなかった。自発的に呼吸をするし、尿意を覚えればトイレに立つこともできる。腹が減れば食事を口に運んでゆっくり咀嚼し、喉が渇けば変わった動作で水を飲む。行動は恣意的で、滑らかさに欠き、ぎこちなかったが、生きるための基本行為を取るに別条はないようだった。意識的に行われているかどうか、外面からは知りようがないというだけだ。

病院から連れ出して、この部屋で共に暮らし始め、三日が経とうとしていた。

三日間というもの、いかにしてコミュニケーションを交わそうかと、その方法ばかり考えてきた。ソファベッドに横たえ、椅子に座らせ、近所を散歩させたりして、じっと行動を観察し、手掛かりを得ようとした。耳元で喋(しゃべ)っても、ペンの先で皮膚をつついても、何の反応も返ってこなかった。ペンライトで瞳孔(どうこう)を照らしても、まばたきひとつせず、共通の趣味であるはずの音楽を鳴らしても、喜ぶ素振りを見せなかった。ワープロのキィボードに手を載せて自由に打たせれば、意味のない文字列を並べるばかりだ。

言葉を届けることもできなければ、言葉を引き出すこともできない。五感のすべてに働きかけ、どんな信号を送ってもなしのつぶてだった。意思の疎通をはかろうとして、大きな壁にぶつかっていた。

昨日は、免許証に記された住所を訪れ、合鍵でアパートに入って、部屋を物色した。蔵書から知識の傾向を探り、書かれた文章から思考の癖を知ることはできたが、こと、個人的な思い出に関することになると、ほとんど得るところがなかった。住んでいる部屋を眺め回し、引き出される情報量はたかが知れている。

もともと言葉を交わす手段が閉ざされているのだとしたら、彼の記憶と、自分の記憶をすり合わせ、吟味し、共有するのは不可能になる。部屋に連れ込んだ行為自体、無駄骨に終わってしまう。

何か方法はないかと調べているうち、ドーパミン促進剤を投与してみてはどうかというアイデアを思いついた。

彼は、リュックの中から白い封筒を出し、中から出てきた錠剤を小皿に載せ、グラスの横に置いた。

懇意にしている病院理事長に頼み込み、今日の午後、融通してもらった薬剤である。飲めば、脳内におけるドーパミン分泌が促進されるはずだ。

嗜眠性脳炎の後遺症に苦しむ患者が、ドーパミン促進剤の投与によって一時的に覚醒した例はいくつも報告されていた。しかし、薬剤を使用した場合、幻覚や震えなどの副作用が生じる可能性が大きく、予後は芳しくない。前世において医学生であった身には、投与すべきか否か、迷うところだった。

相対している人間が、他人ではなく自分そのものであるという意識に、そんな迷いは払拭され、テーブルに置かれたグラスと、その横の錠剤がクローズアップされてきた。

三度目に投げ入れた水が溶けかかり、グラスの表面は水滴で覆われている。かれこれ一時間近く、柏田は、水を飲んでいなかった。そろそろ喉が渇いてくる頃合いである。

水を飲もうとするとき、彼は、グラスを手に持つのではなく、緩慢な動作でグラスに顔を近づけていき、テーブルに頬を接するばかりの姿勢を取る。なんとなく、蛇が獲物を狙うときのポーズと似ている。そこで上向きに口を開き、グラスを斜めにして、水を流し込む。そのタイミングを逃さず、口に錠剤を放り込むつもりであった。

強引な錠剤の投与が、吉と出るか凶と出るか、やってみなければわからない。不随意運動が激しくなって、ひとりでトイレに立てなくなる場合も有り得るのだろう。

川口は、じっとそのときがくるのを待っていた。命令は何の意味も為さず、本人が自発的に水を飲む瞬間を狙うほかない。

さらに一時間が経過する頃、柏田の踵が徐々に下がっていき、床に接地すると同時に両膝を激しく震わせ始めた。無理な姿勢を保ち続けたせいで、骨と筋肉に負担が蓄積していたようだ。

膝の震えが治まるにつれて上半身は傾き、以前に観察したときよりも速い速度で頬をテーブルにつけ、右手を広げて、ひらひらと頭の横で振り始めた。これまでになく、奇妙な行為に目を見張っていると、左手で一気にグラスをなぎ倒して、「うっ」と低い呻きを上げた。

咄嗟に手を伸ばしたが、間に合わず、川口の両手は冷たい水に濡れ、そのまま柏田の左手に重ねて、テーブルの上に置かれた。

そこで初めて、異変に気づいた。これまでと違う感触があった。

ほんの一瞬、相手の声が聞こえたような気がしたのだ。

いや、声が聞こえたのではない。真っ暗な牢獄の奥にぼうっと浮かび上がる魂のゆらめきを垣間見た、というほうが近い。

あまりのおぞましさに、思わず手を引いたとき、幻覚は消えた。

さらに三十分ばかり経過する間、ドーパミン促進剤を投与するという選択肢を保留したまま、思考と観察にますます集中力を注いでいった。水を飲もうとして、グラスを倒したとき、ほんの一瞬、相手の心の中が見えたように感じたことの意味を考えなければならない。単なる錯覚なのか、それとも打開するためのヒントが込められていたのか、見極める必要があった。

手と手が触れたためという解釈は成り立ちそうもない。これまで、手を握ったり、頭や首筋を手で撫でたりしたが、効果はまったくなかった。

ためしに、テーブルにこぼれた水を雑巾で拭き取った後、手を握ったり、頭を撫でたりしてみたが、同様のことが再現される兆しはない。

今、柏田が取っているポーズをなんと表現すればいいのだろう。

前腕をテーブルの角に接し、手の平を上向きに広げ、首を傾げている。いついかなる場合も、顔がまっすぐになることはなく、絶妙な角度でひねりが加えられていた。両手で、何かを抱き抱えているポーズというのが、ぴたりとくる。抱えているのだとして、それが何なのかは、知りようがなかった。

意識とは何か、記憶のメカニズムはどうなっているのか……、解明するためのヒントを握る男が、目の前にいて、凍っている。

午後の七時を過ぎてもまだ薄明かりが残っていた。遠くから、高架を走る電車の音が聞こえてきた。東側には黒々とした湾が広がっているはずだが、平屋建ての窓から海面を見ることができない。航行する船の汽笛や、潮の香りから、海を感じるだけだ。

汽笛を合図としたかのように、柏田は、上に向けていた手の平を横に向けて止めた。綾取り(あやと)をするポーズである。

行動を起こす前の兆しとみて間違いなかった。

柏田は、両手の平を下に向けながら手前に引いてテーブルの端を掴(つか)み、そのまますっと、背のびをするかのように立ち上がった。

右足を半歩下げ、踵(かかと)でくるりと九十度回転し、そのまま歩き始めた。向かう先にはトイレがあるので、小便をしたいのだろうと予測がついた。

背中を丸め、つんのめるような格好で小走りに進み、立ち止まって背筋を伸ばし、しばらく後、また小走りに進む。何度か繰り返してトイレに辿(たど)り着くと、柏田は、前屈(かが)みの姿勢で放尿を始めた。

放尿を終え、ランニングシャツの裾(すそ)をトレパンにたくし込み、流しの前に手を差し出して、水道の蛇口をひねった。

流れ出る水に手をかざしたまま、柏田はじっとしていた。

配管が詰まり気味のせいで、水位は徐々に上がっていった。水はシンクの表面を洗いながら渦をつくり、縁からこぼれそうになっても、柏田は微動だにしなかった。思わず駆け寄って、水道の蛇口をひねろうとして、シンクの水たまりに片手を突っ込んだとき、一時間前に抱いたのと同じ感覚を抱いた。この男の心に触れたような感覚……。

地中に穿たれた円筒形の穴の底にうずくまる男の姿が見えた。そこは、無味乾燥とした動きのない空間だった。

……そこにだれかいるのか。

不意に男の声が意識に届けられた。

心と心の交流に、何が作用したのか、明白だった。水の作用であることを、彼は確信していた。

4

それまでぴたりと止まっていた空気が動きだす気配があった。

無味乾燥とした窮屈な容器の中が、異物で満たされていくようだ。異物といっても、刺々しくはなく、しっとりと滑らかになじんでくる。新しい媒体が注がれ、そこかしこに小さな対流ができて渦になろうとしていた。渦が奏でる音楽は徐々に、意味を持ち始めていた。

最初のうち、自問の声が心の中に響いたとばかり思って無反応を決め込んだが、意思に反して、幾度も、同じ問いが繰り返し降ってくる。ひょっとして、外部からのメッセージが届いているのかもしれないと、胸に問いを浮かべてみる。

「そこにだれかいるのか？」

……いる。おまえのすぐ前に。

「神か、それとも悪魔か？」

……どっちだと思う？

「わからないから訊いている」

……おれは、おまえ自身だ。

「なんだ、やはり、自問自答しているだけか」

……そうじゃない。文字通り、おれとおまえは同じってことだ。一卵性双生児どころではない精度で、DNAの遺伝情報は一致している。おれたちは同じところからやって来た。この国の言葉で、黄泉の国、常世国とでも呼べるところだ。

「蘇ったのか」

……そう言って構わない。ただ、境界を越えようとするとき、ちょっとしたミスが生じて、データが重複し、片方がもう片方の世界に紛れ込んでしまったらしい。おかげで、おれとおまえ、同じ人間がふたり、できてしまった。

「データが重複……、聞けば聞くほど、混乱するばかりだ。まず、おれ自身のことを教えて欲しい。おれは、今、どんな状況にある？」

……病院で倒れたのは知っているな。おれはたまたま、近くに居合わせた……、たぶん、それも偶然ではないと思うが。おれがおまえを助け起こし、タクシーに押し込んでここに、連れてきた。

「ここは、どこだ？」

……おれの家。古く小さな、借家だ。

「おれの身体は、どうなっている」

……外見ってことか？

「そうだ」

……身体の機能は損なわれていないが、凍りついたように固まっている。

「生きているのか」

……もちろん、だから、こうやっておれと、意思の疎通ができる。

「どうしてこうなったと思う。嗜眠（しみん）性脳炎ウィルスに感染したのか」

……ウィルスが関与しているかどうか、正確なことはわからない。ただ、おれは、違うと思う。

「おれも同じだ。ウィルスの、不特定多数への攻撃が、たまたま当たったのではない。周到に仕組まれた上で、おれひとり、狙い打ちされたとしか思えない」

……狙い打ちか。だれに？

「ここがどんなところか、わかるか？　暗く狭い地の底で、出口が塞がれ、身動きがまったくとれない。井戸の中にそっくりだ」

……貞子か。

「ほかに思いつかない」

……貞子が、なぜ、おまえをそんな目に遭わせる？

「恨みだ。復讐される理由があるにもかかわらず、忘れてるだけかもしれない」

……そう、おれたちは、忘れていることが多すぎる。思い出すためには、情報交換が必要だ。そのためにはおまえの力が必要であり、やっとのことで、ここまでこぎつけた。

「同じことはおれにもいえる。知りたいことがたくさんある。ところで、今、おれたちはどうやって言葉をやりとりしているんだ？　おれは、口を使って、喋っているのか。そして、おまえの声を耳で聞いているのか？」

……そうではない。水という媒体を通して、直接に、意思をやりとりしている。

「水か」

……人間の身体はほとんど水でできている。心、意識とは、脳内におけるニューロンの神経回路を飛び交う電気信号の作用によって生起されるものではない。その周囲を満たす水分子が奏でるハーモニーが、意識の本体にほかならない。今、おまえの両手は、大きなタライ状の容器に満たされた水に浸かっている。おれの両手もまた、同じ容器に浸かっている。おれたちはまったく同じDNAを持ち、固有振動数は同じだ。だから、互いが奏でるハーモニーを共有することができる。長さの等しい弦楽器が共鳴するのと同じだ。運よく、ふとしたきっかけで発見できた。試行錯誤の結果、水温をほぼ体温に保ち、ナトリウムを混入するのがもっとも効果的であることもわかった。どうだ、置かれている状況が理解できたか。

「直接に、思考のかたまりをやりとりしているわけだな」

……思考のかたまりといっても、それは言語化されている。

「以心伝心、テレパシーと近い。便利な上に、的確だ」

……宇宙にもっとも多く存在する水素原子の振るまいは、生命や意識、記憶の形成など、様々な謎を解き明かすヒントを含んでいる。

「卑近なところでは、貞子の井戸がそうだ。貞子の怨念が、あれほど強大になったのは、ひょっとして、井戸の底にたまった水が影響してやしないか」

……ナンセンスと一笑に付したいところだが、可能性は捨てきれない。世界は、水を媒体にしてひとつにつながっている。

「とにかく、問題の根がどこにあるのか、はっきりさせる必要がある」

……これまで、おれたちは別のところにいて、それぞれに体験を重ねてきた。前世では、ひとかたまりであった思い出は、分断されてしまった。さあ、語り合って、溝を埋めようじゃないか。時間はたっぷりある。

「思い出に浸るという、快楽を味わうのは、何年ぶりのことだろうか」

……おれも同じだ。

「まず、何からいこうか」

……愛する者のことだろう。

「恋の類いか？」

……家族、恋人、身近に接した者たちとの共通体験。思い出といえば、それに限る。

「おれは、恋をしたことがあるのか」

……ある。前世に恋人がいて、ふたりの間には、子どもが生まれている。

「元気に、生きているのか」

……そう望みたいところだ。そのためにこそ、われわれは、この世界に来たのだから。

彼はそこで言葉をとめ、自分に愛するひとがいて、ふたりの間に子どもがいるという事実を味わおうとした。ほんの少しでいいから、甘い感情を抱いてみたかった。

感傷に浸ろうとする彼に構わず、声は降りてくる。

……われわれがやって来た前世が、どんなところなのか。そして、この世界にやって来たわれわれの目的が何なのか、おまえは知らなければならない。おい、聞いているのか？

5

一階集合ポストから取り出した柏田宛封書の裏に、「山村敬」という送り主の名を発見したとき、その場で封を切りたい衝動に駆られたが、なにも焦る必要はないと思い直し、手に握ったまま二階に上がって部屋のドアを開けた。

柏田の部屋にはもう十回ばかり訪れている。まだ泊まったことはなかったが、来るたびにしっくりと馴染(なじ)んで、何年も前から住みついてきた部屋のように感じた。もとをただせば自分の臭いだった。

ドアを開けた先の小さな玄関スペースに漂う臭いも、気にならなかった。カラーボックスの横には本が束ねられ、乱雑な収納のしかたにも、癖が現れている。

靴を脱いで部屋に上がり、壁側からせり出した書棚に触れぬよう、身体を斜めに進んで部屋の明かりをつけた。ちょっと触れただけで、崩れ落ちそうなほど、書棚から本があふれている。

ざっと見渡しただけで、学問的な守備範囲が一致しているのは一目瞭然(いちもくりょうぜん)だった。数学、物理、生物などの科学分野から、歴史、文化人類学に至るまで、興味の対象が見事に似通っていた。思考のスタイルもほぼ同じであろうと予想がつく。

今後、柏田誠二として生きたとして、何の不都合も生じないだろうと、試しに、今日一日、柏田になり切って過ごしてみたのだが、果たして、疑われる場面はひとつもなかった。

朝に、この部屋にやって来て身繕いをし、予備校に行って授業を行い、ランチタイムには由名理絵という名の女子生徒からの質問攻めに遭った。突然、病院から姿を消したのでものすごく心配したと憤るのを、どうにか宥(なだ)め、うまく言い繕って切り抜け、午後の授業をこなして、今、柏田のアパートに戻ってきたところだった。

手紙をテーブルの上に投げ置き、まずはトイレにいって小便をした。手を洗い、窓を開けて風通しをよくしてからエアコンのスイッチをオンにする。たぶん、柏田も、部屋に戻ってきて同じ手順を踏むはずだった。ベッドの端に腰をおろし、手を伸ばした距離に小型の冷蔵庫が置かれてあった。これも、彼の部屋の配置と同じだった。冷蔵庫のドアを開け、ウーロン茶のペットボトルをラッパ飲みしながら、山村敬から手紙が届いた理由について、思考を巡らせてみた。

柏田が大島差木地の民宿、山村荘に泊まって、志津子と貞子の母娘を始めとする家族関係について、あれこれ尋ねた経緯は、本人から詳しく聞き及んでいた。柏田が気になったのは、自殺する数か月前に志津子が産んだとされる男の子の存在だった。志津子の従兄弟（いとこ）である敬の記憶では、志津子に赤ん坊がいたかどうかさえあやふやであったが、幼馴染みの源次が保管していた古い戸籍謄本によって、志津子は間違いなく男の子を産んでいて、名前が哲生であることが確認されていた。

しかし、となると、少々おかしな事態になってくるのだった。

志津子の戸籍謄本の附票に記載されている住所は、山村荘となっているはずである。哲生が小学校に入学する年齢となったとき、成人式を迎えるとき、選挙が行われるときなどのタイミングで、大島の町役場から、様々な通知が届くのが普通である。

ところが、山村敬は、そのことにはまったく触れていなかった。町役場から通知が届いていたとすれば、当然、敬の記憶に残るはずである。失念していたというより、哲生に関する通知が届いていなかったのではないかと思われてならず、柏田は、大島から戻った翌日、改めてその旨を手紙にしたため、山村敬に送っていた。

今、手にしている封書は、その返事にあたるものであろうと、簡単に察しがついた。

封を切るのをためらうのは、宛名にある柏田誠二という名前のせいだった。

前々世で高山竜司という名前で生き、前世から戻ってきた者にとって、柏田でも、川口でも、名前など気にする必要もなかった。高山竜司と呼ばれるのが一番しっくりとくる。

彼は、高山竜司として、山村敬からの手紙の封を切り、文面を読み始めた。

案の定、手紙の中身は、哲生の出生とその後に関するものであった。

内容を要約すれば、以下の通りとなる。

志津子が戸主である戸籍の現住所は山村荘であり、そこに哲生の記載がある以上、成長の節目節目で、町役場から通知が来ないのは確かに変である。

柏田から指摘されて初めて疑問を持ち、山村敬は、重い腰を上げて確認作業に乗り出したという。

二十年以上もの間、消息不明となり、一族の間で死んだと思われていた貞子の遺骨を持って浅川という男が現れ、ようやく貞子の死は確定され、敬は、町役場に貞子の除籍届を出した。

しかし、そのとき彼は、志津子の戸籍謄本を見たわけではなかった。

昭和二十二年に法改正があって、三代に渡る表記が禁止されたため、志津子の戸籍には、志津子、貞子、哲生の三人の名前のみ記載されている。もし謄本を見れば、志津子と貞子には、死亡を示す、ばってんがつけられているはずだった。

従兄弟である敬には、戸籍謄本を取得する権利はなく、表記事項を確認しようとすれば奥の手を使うほかなかった。

敬は、「奥の手」ともったいつけて表現したが、なんのことはない。町役場に勤める友人に事情を話し、こっそり教えてほしいと持ちかけたというにすぎない。

役場の戸籍係は、仕事上知り得た情報を他人に漏らすことはできず、違法がバレれば罰則を受けることになる。しかし、島民同士のよしみもあり、敬の頼みをきいてそっと戸籍の附票をのぞき、哲生の生年月日をはじめ、記載事項を知らせてくれた。

それによって判明したのは、志津子が自殺する一か月ばかり前に、哲生だけ、現住所からの転出届が出されていたという事実だった。

戸籍係は、この点に関して、首を傾げざるを得なかったという。住所を他に移動させる場合、転出届と相前後して転入届が出されるのが普通だ。それによって、旧住所から転出して、新住所に転入されたという文章の記載が可能になるのだが、哲生の場合、転出の記録があるだけで、離れた場所に転入された記録が一切ないというのだ。

ようするに、生後二か月ばかりの乳児にもかかわらず、哲生は、山村荘という住所から追い出され、行方も定まらぬまま、住所不定の境遇になってしまった。

そして、今もその状態は続いている……。

なぜ転出届が出されたのか、考え得る理由はひとつしかない。

志津子は、哲生を、生物学上の父のもとに届け、身を託した上で、自殺を果たそうとしたのではないか、という解釈である。

哲生の父がどこにいるのか、附票等から辿っても、行方は一切わからないというのが、町役場に勤める戸籍係の意見である……。

山村敬の手紙を読み終えて、川口は考えた。

柏田は、哲生の父が源次ではないかと疑っていたが、どうもその線は薄いと思われてきた。源次は山村荘と目と鼻の先に住んでいる。もし哲生が彼の子だとして、その存在を見守ってほしいと志津子が望んだならば、敢えて転出させる理由はなかった。

そのとき貞子は七歳となっていたが、自殺を決意した志津子は、貞子の住所に関しては移動させることなく、そのままとどめてある。貞子の父が伊熊平八郎であるのは疑いのない事実である。結核に罹っていたといっても、その頃はまだ存命だった。貞子と哲生、両者とも公平に扱おうとするなら、貞子もまた、伊熊平八郎のところに転出させるのが筋である。にもかかわらず、志津子は、哲生のみを別住所にあずけ、準備万端整えた上で、三原山の火口に飛び込んで身を消滅させていた。

哲生の転入先さえわかれば、その住所を追って現在の居場所がわかる可能性はあったが、四十年間も住所不定が続いているラインを辿るのはまず不可能だった。消息を割り出すのは極めて困難と言わざるをえない。

山村敬からの手紙には、貴重な情報が含まれていたが、同時に、哲生の消息を辿るルート開発の困難を仄めかすものでもあった。

6

柏田のアパートで手に入れた戦利品を持って家に戻ると、戦果を報告すべき相手は、ソファに横たわって、軽く万歳の姿勢を取っていた。手みやげを歓迎するかのようなポーズを見て、川口は、思わず笑ってしまったが、笑い声が相手に伝わることはなかった。

水を介在させない限り、柏田に声が届くことはない。彼の声もまた聞こえない。しかし、一旦、交信が始まれば、とどまるところを知らず、会話は延々と続く。沈黙は許されない。終わらせようとすると、柏田は、激しく嫌がって抵抗するため、退き時を失ってしまう。

外部とつながる唯一のチャンネルをずっとオンにしておきたい気持ちは理解できても、しょうじき身がもたなかった。意識の直接交流は、膨大なエネルギーを使うらしいのだ。柏田はともかく、生身の肉体とつながっている者にとって、神経の疲弊は激しく、迂闊に交信を開始するのがためらわれるほどである。

開始する前に、会話を継続させる時間を決めておいたほうがよさそうだ。時間内に有効な会話を交わそうとすれば、話すべきテーマも決めておくべきかもしれない。

今宵は何を話そうかと考えながら、彼は、準備を整えた。

和室の窓を開け放ち、縁側の下に水遊び用のプールを置き、ポンプで膨らませ、円形の容器が完成したところで、ホースを伸ばして水を満たしていった。部屋にタライを置いて手を入れると、長時間無理な姿勢を強いられる上、水の後始末に苦労する。少しでも楽なほうがいいだろうと、今日の午後、デパートで買ってきたビニール製のプールだった。

半分ばかり水が入ったところで蛇口を止め、湯を混ぜて適温になるよう調整して準備万端整え、柏田の身体を縁側へと導いて畳の上に座らせ、両足の踝までを水に浸した。

三メートルばかり先に板塀が迫り、風景は遮断されていた。腐りかけた板塀の手前には、庭として使える長方形の小さなスペースがあったが、前の家主の伝統を継いで、ゴミ置き場の役目しか果たしていなかった。もう少し綺麗にしておけばよかったと後悔しても遅く、粗大ゴミの列を観賞しながら語るほかない。

川口は、柏田の隣に腰をおろして、同様に、踝までを水につけた。

水につかったとたん、待ってましたとばかり声が降ってきて、脳内が言葉で満たされていった。

川口は、今回の持ち時間は一時間のみと宣言してから、柏田のアパートに山村敬からの手紙が届いていた件を語り、その流れで、哲生の姉である貞子へ、さらに生きる目的は何かという問題へと、話題はシフトしていった。

……その部分に関して記憶は薄く、ずっと悩んできた。なぜ、この世界に来たのか、理由がわからないのは、すごく辛いことだった。貞子に象徴される、固定化をもたらすウィルスをシャットアウトすることが目的だったとしたら、おまえの働きによって、既に、為されてしまった。

「確かに、ウィルスが蔓延するように増殖をはかる、ひとりの女の怨念を封じ込めるのに、大きな労力はかからなかった。ポイントを絞り込んで先回りし、処置することによって、事態はあっけなく収束していった。拍子抜けするぐらい、抵抗力は働かなかった」

……ミッションとして、あまりに簡単すぎたというのか。

「そうだ、だから、どうにも腑に落ちない。深淵な目的が、別にあるのだと思う」

……神になることか。

「やはり、おまえもそう思うのか」

……おれたちは、この世界において、特殊な境遇に置かれている。普通の人と比べれば、欠陥品であり、出来損ないだ。人としての、平凡でまっとうな、幸福、快楽など望むべくもない。神のように振る舞ってはじめて、この世界に存在する理由を、説明できる。ヒントは、役小角だ。知ってるよな、彼のことは。

「もちろん。山村志津子に不思議な力を授けた張本人として、『リング』の中で描かれている」

……実に興味深い人物で、おれはいろいろと調べてみた。高下駄を履き、右手に錫杖を持ち、左手に金剛杵を持って座る石像は、全国に広く分布している。奈良の吉祥草寺に生まれ、葛城山、大峯山を修行の庭としつつも、霧島、阿蘇、出雲、讃岐、近江、三河、伊豆、相模、出羽三山と、活動の場は近畿地方のみにとどまらず、北海道を除くほぼ全域をカバーしている。歩く以外に移動手段がなかったあの時代、ほぼ同じ時期に、別の場所にいることが、可能だろうか。

「つまり、役小角もまた、複数人存在したと、そう言いたいのか」

……最低、ふたりはいたと思う。おれたちと同じようにな。

「南米に伝わるビラコチャ伝説にも似たような形式が見られる。海の泡という意味を持つビラコチャは、どこからともなく現れ、文明を持たない土地の人々に、様々な恩恵を与えて、去っていく。農業、牧畜、灌漑、建築など、よりよく生きる方法を教え、喧嘩を諫め、病気を治し、善い行いを奨励し、慈愛を説き、何処へともなく去っていく。単独の神ではなく、集団としてとらえたほうがいいだろう」

……世界各地に伝わる神話には、似通った形式があるからな。

「このような神々は、日本では、古来『まれびと』と呼ばれてきた。『まれびと』とは、ある日に遠方から来臨し、しばらくするとまた去っていく。役小角は、歴史書に記載された最初の『まれびと』なのかもしれない。彼らがやって来るのは、海の彼方にある理想郷であり、常世国と呼ばれるところだった」

……漂泊し、遊幸する魂のふるさとは、常世国と呼ばれる。

「魂……、魂とは何だ。身体から浮遊して、あちこち、行ったり来たりできるものなのか」

……少なくとも、おれの魂は、今、牢獄に閉じ込められている。逆もまた可能だとしたら、肉体の外に、飛翔し得るのではないか。

「意識、心、記憶、思い出……、これらをひとまとめにして、魂と呼ぶべきなのか。肉体の外に滲み出ることができるのか」

……今、おれが陥っている状況は、全身麻酔の逆バージョンということができる。手術で全身麻酔をかけられると意識は消滅する。そいつは、どこに飛ばされるのだ？今のおれは、飛ばされた意識のみの存在なのか。

「前にも言った通り、そもそも意識、心とは、ニューロンの電気信号の集積によって生起されるものではない。ニューロンのひとつひとつは、コンピューターと同じように、オン、オフ二進法で成り立ち、その集積は線形で表現される。個々は決定論的に動きながらも、脳というシステム全体としては、非線形行動を示す。脳は、複雑系の代表だろう」

……そこから間違いが生じた。

「だれが間違った」

……われわれをはじめ、われわれをここに送ろうとした者たちだ。

「なぜ、間違ったのか」

……たとえば、頭を地球にたとえれば、頭蓋は地殻ということになる。地殻の下には上部マントル、下部マントル、外核、内核が層を成していて、マントル内におけるウラン、トリウム、カリウムなどの放射性物質が核分裂することによって熱が供給され、数千度という高温に保ちつつ対流が行われている。地表では、昼に太陽からの日差しを受けて気温を上昇させ、夜にはその熱を放散させ、恒常性を保ちつつ大気を循環させている。熱を作ったり、受け取ったり放出したりする、エネルギーの流れの中で、水との相互作用を無限に繰り返してようやく、マイナスのエントロピーを持つ生命が発生する。

さて、頭蓋を地殻にたとえたとき、意識はどこにあるといえるのか。核やマントルの中にあるのか。どうも、違うような気がする。地殻の内側ではなく、外にはみ出した、地表にあるのではないか。

意識とは、空に浮かぶ雲であり、風のそよぎであり、海面を渡る波のようなものだ。いつも穏やかなばかりではない。ときに怒って、雷を落とし、暴風雨を起こすこともある。それらの、水が織り成すダイナミックな大気の流れが、意識であると思わないか。

意識とは、頭蓋の中だけで生起されるものではない。

「確かに、地球の内部をいくら精査しても、大気の動きは理解できないだろう」

……生命も同じだ。生命とは何かを定義する条件のひとつに、外部と隔てる殻を持つことという項目がある。細胞には細胞膜があり、われわれの身体には皮膚がある。しかし、皮膚に囲まれた内部の生体情報をすべてかき集めてコピーしたとしても、ひとつの個体を再生することはできない。生命も、意識や心と同様に、細胞の内外に染み出すようにして存在する、プラスアルファの部分がある。細胞や器官の内外に広がって浮遊する、薄いベールのようなものだ。昔から魂と呼ばれてきたものには、このニュアンスが込められているのではないか。肉体に閉じ込められているのではなく、外に向かって広がっているととらえるべきだろう。

「だから、おれたちが生まれてしまった。一個体の生体情報を綿密に集積してコピーしたとしても、意識や心のレベルまでカバーすることができず、不具合が生じてしまったってわけか」

……そうだ。

「となると、疑問はますます深くなる。なぜ、おれたちは、この世界に来てしまった？　この世界はどのようにできている？」

……われわれは、大きな思い違いをしていたんだ。

「人類の歴史は、思い違いの積み重ねだ。昔々、世界は平面であり果てにいけば海水が滝のように落ち、その下ではドラゴンが口を開けて待っていると思い込んでいた。その昔、われわれは宇宙の中心にいて、太陽をはじめとする天体が地球の周りを回っているのだと思い込んでいた」

……世界は、われわれが思ったままの姿で、ずっとあり続けるわけでは、ない。

「近い将来、ぐにゃりと形を変えることがあると、覚悟していなければならない」

……少なくとも、今、おれたちがいるのは、コンピューターシミュレーションの世界ではないだろう。そのような世界から、意識は生まれない。

「人工生命から意識は生じない。意識とは生命に特有のものなのか」

……機械は、自己組織化しない。

「自己組織化できるプログラムは可能だ」

……子を産むことはないだろう。

「次世代を生み出すプログラムは可能だ」

……無理だ。人工生命は個体の外に染み出しはしない。再生しようとしても、染み出した部分は、取りこぼされてしまう。

「なぜ、そうなるのだと思う」

……人工のプログラムは水と相互作用しないからだ。

「本物の水のことを言っているのか」

……そうだ。

「確かに、コンピューターは水と相性が悪い。水をぶっかければ、すぐに壊れてしまう」

……熱のやりとりをする循環系の中で、水と相互作用を繰り返してきた歴史の上に、生命は成り立っている。人工生命には、試行錯誤を繰り返しながら、未知の領域に枝を伸ばしてきたという、四十億年の歴史がない。原初の細胞から引き継いで、積み重ねられてきた思い出、集団の記憶の先端にようやく、意識という花が咲く。時を超えて流れる潮流のようなものだ。

「潮流か……」

……おれは、大島の行者窟に行って、この目で、役行者の石像を見てきた。そして、摩訶不思議な体験をした。神話の時代から古代、古代から現代までの数千年の歴史を経て、受け継がれてきた血の流れのようなものを、肌で感じることができた。

この世に誕生して生きて死んだ、何億何兆という人間が、せっせと受け渡してきた情念のかたまりを、見せられた。偉大な思想、犠牲心、向上心、思いやり、理想など、いい感情ばかりではない。欲望、懺悔、恥辱、非道、恨み、怨念など、悪の観念とも一体となった情念のかたまりを、ほんの一瞬、垣間見せられたのだ。そして、連綿とした流れの切断面には、象徴としてなのか、世代を超えて変化する女の顔が浮かんでいた。

「女の顔……、唐突だな」

……見た。はっきりと。

「顔をイメージできるか」

……やってみよう。できる限り、明瞭に。どうだ。伝わったか。

「ぼんやりとではあるが、おれの脳裏に、女性の顔が浮かんだ。年老いた女から若い女へと、めまぐるしく移り変わってゆく女の顔だ」

……どうやら、意図した通り、伝わったらしい。

「ただ、表情からひとつの感情を読み取ることはできなかった。しかし、なぜ女なのだろう」

……行者窟は、胎内洞に似ていた。亀裂となった出口を抜けた先には海があった。

ここから何をイメージする？

「母だ」

……そうだ。おれたちは、常に、母胎から生まれてくる。母を介して、この世に生き、思い出をつくり、次の世代に渡して、死んでいく。

「この世界に来て四年が経とうとしているのに、おれたちは、自分の生みの親である母に、無関心できた」

……不思議だと思わないか。

「今も、高山竜司の母が健在でいるのかどうかも、知らない。せめて、もう少し、興味を持っていいはずだ」

……記憶がないことが、無関心の原因なのだろう。

「親不孝なことだ」

……おまえ、訪ねてみてはくれないか。高山竜司の母の家を。

「会って何を話す？　死んだ息子が蘇ったのを見て、喜ぶと思うか？」

……喜ぶだろう。常に、母は、息子の帰りを待っている。

「そう願いたいところだ」

7

エレベーターを七階で降り、ホールを抜けて廊下に出ようとしたとき、こちらにやって来る車椅子の女性が目に入り、理絵は、ふと足を止めていた。なぜ、足を止めてしまったのか……、常識的に解釈すれば、恐怖心が作用したというべきだろうが、怖がらなければならない理由が思いつかない。

車椅子の女性は、前に一度、春菜の病室付近で見かけた入院患者だった。憂いを含んだ顔は異様に白く、瑞々しく艶やかな黒髪がいつも手入れよく整えられていた。藁にもすがる思いで春菜の病室を訪ねる癌患者である可能性は十分にあった。

すれ違いざま、理絵は、軽く会釈したが、むこうは人がいること自体、目に入らない様子で、空ろな瞳をまっすぐ前方に向け、片手でハンドリムを回しながら通り過ぎていった。

女性が過ぎ去った付近には残り香が漂っていた。これまでに嗅いだことのない、薬剤臭とも異なった不思議な匂いだった。敢えていえば、鉄分を含んだ血の臭いと似ている。

理絵は立ち止まったまま、ゆっくりとした彼女の進行に合わせて振り返った。

車椅子の背に背中が隠れ、背後から見える皮膚はうなじの部分だけだった。ふたつに束ねられた髪を両耳の下に流していて、うなじは、鋭角を頂に持つ山の形をしていた。そのせいか、透明な白さがさらに際立っていた。

エレベーターホールまで進んだところで、女性は、直角に進路を変え、横顔をちらっと見せた後、壁の陰に消えていった。

姿が見えなくなって初めて、理絵は、呼吸まで止めていたことに気づき、大きく息を吐き出した。

歩きながら何度か深呼吸するうち、女性患者の面影は薄くなり、いつの間にか、春菜の病室の前に立っていた。

理絵は、ノックして耳を澄まし、ドアをそっと開けた。

病室にいるのは春菜ひとりだった。いつも通り、窓際に置かれたベッドに横たわり、顔を天井に向けている。

「どう、調子は」

返事がないとわかっていて、理絵は、来るたびに声をかける。

一歩部屋に入って口を開いたとたん、鼻孔の奥がさっきと同じ臭いを探り当て、薄れかけていた面影が一気に蘇った。

廊下よりも、病室のほうが残り香は強く、血の臭いというより、土の臭いに近いと感じられる。

ついさっきまで、車椅子の女性患者がこの部屋にいたのは間違いなさそうだ。

理絵は、枕もとに進んで春菜の顔を覗き込んだ。

「わかる、春菜、わたしよ」

一言でも多く喋ろうと努力しつつ、理絵は、今日一日の出来事を手短に語り、季節の変化を語り、最新のニュースを語った。言葉の刺激を与えなければ、理絵がこの部屋にいることすら感知されない恐れがある。

理絵は、春菜と意思の疎通ができたときの喜びを覚えていた。小鳥の嘴を介して届けられたメッセージは、極上の音楽のようにリズミカルで、ノートに書きとめながら、心の中が洗われるような快感を味わった。書き終えたあとの心地いい疲労感が忘れられなかった。

足しげく病室に通うのも、もう一度同じことが起こってほしいという願いがあるからだ。

「不思議だわ。春菜からもらったメッセージが、大島の行者窟という、特定の場所を示していたなんて、思いも寄らなかった。だって、わたしとは無関係なところなんだもの。でも、柏田先生にとって、その場所は意味を持っていた。どうして。なぜ、あなたは、柏田先生にメッセージを伝えようとしたのかしら」

喋りながら、理絵は、大島の行者窟を訪れて以来、柏田の人格が変わってしまったことに気づいた。数日前、この病室で春菜に会わせたときは、怯えたように態度を急変させ、ロビーで倒れかかったかと思えば、突如姿を消してしまった。おととい、予備校で授業を受けたときは、教え方の癖が以前と違い、授業終了後にそのことを指摘すると、しどろもどろになってしまった。なんとなく、別人になってしまったような印象を受けるのだ。

「なぜなの。ねえ、どうして？」

張本人である春菜に疑問をぶつけ、肩のあたりに触れてゆさぶりをかけてみた。

上半身が揺れ、頬の肉が震えるように動いて、歯ぎしりの音が漏れた。

もとより、反応など期待していなかったが、彼女の口は、みるみる開いていった。そして、直後に、目尻に皺を寄せて、口はふたたび閉じられていった。理絵には、春菜があくびをしたように見えた。

眠りながらあくびをすることを奇妙と思い、顔を近づけた理絵の鼻先で、春菜はまた口を開けて、閉じた。今度こそ、間違いなくあくびと認識できた。眉根が寄せられ、目尻から涙を流し、春菜は唇を舐めていた。

彼女の両目はしっかりと見開かれている。それまで、一点を見つめたまま動くことのなかった瞳に輝きが点り、唇がリズミカルに動き始めた。

「春の小川はさらさら行くよ」

美声の上、しっかりした音程でうたわれたワンフレーズだった。春菜の口をついて出たのは、昔からある唱歌の一節である。

理絵は、部屋の空気が涼しくなる気配を感じ、全身に鳥肌を立てた。

「春菜……、あなた、今、うたった？」

感動とともに、澄み渡った春の空の下を流れる小川の風景が目に浮かんできた。

小学生の頃、郊外の川べりを歩いていて、春菜の口から同じフレーズが口をついて出たときの情景をはっきりと覚えている。古い唱歌にもかかわらず、つい口ずさんでしまうのは、歌詞の始まりに名前の一文字が含まれているからだ。

うたい終わって、彼女は言ったものだ。

「これ、わたしのテーマソング」

理絵は、春菜の枕に手をついていた。低反発の素材らしく、握った手がみるみるめりこんでいく。

今、春菜の脳裏には、小学校の頃に見た、同じ風景が広がっているのが、はっきりとわかった。だから、うたったのだ。イメージが真っ暗に閉ざされたまま、ふたりが共有する思い出の歌が、うたわれるはずがない。

「うたって、もう一度」

唱歌のワンフレーズを口ずさんだことを、気紛れ、偶発と、とどめておきたくなかった。心がうたいたいと望んだとき、いつもうたえるという状態に持っていってあげたかった。

……とりあえず、大橋先生に報告しなくちゃ。

春菜が自発的な行動を起こしたことを、すぐに担当医に知らせるべきと思いつき、インターホンに手をのばしかけたとき、理絵は、ふたたび血の臭いを嗅いだ。

インターホンのあたりに強く漂う臭いに触発され、ふたつの事象がごく自然に結びつけられていった。

……車椅子の女性がついさっきこの部屋を訪れていること。

……春菜が初めて歌をうたったこと。

車椅子の女性の影響によって、春菜の症状に変化が現れたのだとしたら、それはいいことなのか、悪いことなのか……。

インターホンにのばした手に迷いが生じたのは、そんな疑問が頭に浮かんだからだった。

8

小田急線を相模大野で降り、大通りをまっすぐ進んで住宅街の小道に折れてすぐ、コンビニの看板が見えてきた。それが目印だった。コンビニの角を曲がった先からは、ことさらゆっくりと一戸一戸表札を見ながら進み、三軒目で「高山瑞穂」という名前を発見することができた。

『リング』の中には、「百坪ほどの敷地に建てられた、これといって特色のない家」と記述されていたが、ひとつだけ特色があった。塀の内側に植えられた枇杷の実が、たわわに実って道路の上にまで張り出していることである。

おそらく、季節が異なればこの特色は失われてしまうだろう。

川口は、取って食べたい誘惑に駆られ、手頃な一つに手を伸ばしかけた。

昨夜に持たれた会話が思い起こされてくる。

……世代を超えて受け継がれてきた個人的な記憶が、ふとした拍子に蘇ることがあり、それは無意識の行動となって現れる。

竜司もまた、この家に住んでいる間、毎年、初夏になると、枇杷の実をつまんで食べていたのかもしれない。

枇杷に伸ばしかけた手を引っ込め、彼は、二、三歩下がって、家の全体を見渡した。路上にまで張り出した枇杷の木を除けば、確かに、何の変哲もない二階建て木造家屋である。

道路から見る限り、二階にはひと部屋しかなく、窓にカーテンが引かれていた。ここ数年ずっと閉ざされ続けてきた澱(よど)みを、布地にべっとりと染み込ませ、重く垂れ下がっている。

そこは、竜司が十五年近く自室として使っていた部屋に違いなかった。

両目を閉じると、部屋の内部がはっきりと浮かんできた。和室の、二畳ぶんのスペースを使ってカーペットが敷かれ、その上に勉強机が置かれ、壁一面が書棚となっている。飾り気のない殺風景な部屋だった。唯一、陸上選手として活躍したことを証明するトロフィーが、華の役割を担っている。

雲が動いて日差しが遮られたのを受け、すぐ横のほうから、ドスンと物が落ちる音が響いてきた。部屋を眺め回す視点は一気に吹き飛ばされ、振り向くと、そこには、六十代とおぼしき女性が、呆然(ぼうぜん)とした表情で立っていた。

両手を口に当て、驚いた様子で目をつり上げている。

女性の足下には、マーケットで買った物を詰めたエコバッグが落ちている。驚きのあまり、思わず、手に持っていたものを落としてしまったという構図である。

「竜ちゃん」

女性は、そう言って眼鏡を取り、何度も目をこすっている。

竜ちゃんと呼ばれたことから事情を察し、とっさに笑顔を作って、ぺこりと頭を下げた。

「こんにちは」

「まさか、あなた、竜ちゃんじゃないわよね」

「いえ、違います」

「もう、びっくりしたじゃない。竜ちゃんが帰ってきたかと思っちゃった」

「すみません。驚かしてしまって。竜司くんの幼馴染み（おさななじ）で、柏田といいます」

「あなた、さっき、枇杷の実、取って食べようとしてたでしょ。そのときの格好、竜ちゃん、そっくりなんだもの。あの子、いつも背のびして、実を取っていたわ。庭からではなく、わざわざ道路に出て」

女性が話す中身から、状況を把握することができた。

高山竜司は、四年ばかり前に亡くなり、司法解剖に付された後、この家で葬儀が持たれている。今、目の前にいるのは近所の住民で、幼い頃の竜司を知っているのだ。たぶん、葬儀にも参列したのだろう。だから、死んだはずの竜司が戻ってきたような錯覚を覚え、動転してしまったのだ。

まずは疑念を払うのが先決だった。

「子どもの頃から、よく遊びに来ていたんですよ、この家に。用事があって、近所に来たついでに、懐かしくなって、ちょっと寄ってみたんですが」

そう言いながら、手みやげを持ち上げて見せると、女性は、ぴしゃりと言い放った。

「いないわよ、だれも」

「留守なんですか」

「そうじゃなくて、ひとり息子の竜ちゃんが亡くなられてから、瑞穂さん、なんだか人が変わっちゃって……」

「と言いますと……」

「二十年ばかり前にだんなさんを亡くしたときは、かえって元気になったぐらいだったけど、さすがに息子さんのときは憔悴が激しくて、そのせいかどうか、癌が再発して、病院通いをしていたんだけど、ある日を境に、ぷいといなくなってしまった」

「消息不明ということですか」

「そうなのよ」

「困ったな」

彼は思いっきり、渋面を作った。もう少し手掛かりを得なければ、来た意味がない。

「だれか、消息を知っていそうな方、ご存じありませんか」

初老の女性は力なく首を横に振った。

「こんなこと言うとなんだけど、たぶん、もう、生きていないような気がする。不思議な人だった、瑞穂さん。柏田さんと言いましたっけ、小さい頃から、この家に来ていたのなら、ご存じでしょう。変わってたでしょう、瑞穂さん」

どんなふうに変わっていたのか、気になるところであった。

「そうですね。竜司も変でしたから」

曖昧に相槌を打ちながら、玄関先に掲げられた表札の住所を読んでいた。

両親とひとり息子の三人家族で、父親は二十年ばかり前に亡くなり、戸籍に残っているのは母親の瑞穂ひとりだけのようだ。

現住所と名前だけをもとに、高山瑞穂という女性の人生を割り出すことができるかどうか、気になるのはその一点だけだ。

9

山手線のターミナル駅を降り、歩いて五分もかからない路地に、その事務所はあった。聞いたとおりの雑居ビルの二階で、磨りガラスの上には大きく「リサーチ」という文字が浮かんでいる。

昨夜、ふたりで相談して得た結論が、専門の探偵に依頼しようということであった。川口はともかく、柏田は探偵の有り難みを身に染みて知っている。そもそも柏田誠二という、有益で使い勝手のいい戸籍を手に入れられたのも、探偵に相談した結果だった。専門のブローカーを紹介され、いともたやすく、申し分のない人間に成り代わることができた。樹海で拾ってきた川口徹の免許が、原付に制限されているのに比べ、柏田のそれは、普通免許、大型自動二輪と揃っていて、クレジットカード、パスポートを簡単に取得できる要素を兼ね備えた優れものである。

その柏田が、人探し専門の探偵に依頼したほうがいいと言い出したのだから、意見は傾聴に値した。問題は、費用がばかにならないということであった。予備校の夏期講習を数多くこなせば、どうにか捻出(ねんしゅつ)できない額でもなく、不慣れな人探し役を買って出て膨大な時間を潰(つぶ)すより、自分の専門を活(い)かして稼いだ金で、その道の専門家を雇ったほうが効率がいいと結論を出し、やって来た探偵事務所だった。

先に電話を入れて、アポイントメントを取ってあったため、ノックしてドアを開け、名乗った瞬間からスムースに事は運ばれていった。

四畳半ほどの小部屋に通され、椅子に座って待っていると、中年の女性が入ってきて、冷えた緑茶が注がれたグラスをふたつ、テーブルに置いて出ていった。

一方を手元に引き寄せたところ、グラスの中で氷が溶けてぐるりと回転し、折れたストローがドアのほうを指したのを合図に、男が現れた。それまでに要した時間は、きっかり三分であった。

男は、長身の、ひき締まった身体をして、世間一般が「探偵」という職種から思い浮かべるイメージとはかけはなれていた。濃い色のスーツをそつなく着こなして、清潔感を漂わせ、有能な営業担当といった風情だ。身綺麗（みぎれい）にしていたほうが調査活動をやりやすいのだろう。

如才のない笑みを浮かべ、ぺこりと頭を下げながら名刺を差し出し、男はテーブルに向かい合って座った。

名刺には、「真庭孝行（まにわたかゆき）」と名前が記され、肩書きは「調査員」となっている。

「ご用件をお伺いしましょう」

そう、切り出されたのを受け、名前や現住所などの必要事項を箇条書きにしたプリントを提示しながら、

「この女性について知りたいのです。今、どこにいるのか」

と返すと、真庭は、プリントを一瞥（いちべつ）した後、身を乗り出してきた。

「この人物を探す目的を教えていただけませんか」

なぜ、高山瑞穂という女性を探したいのか、その理由を知りたいという。

「目的を知る必要があるのですか」

質問に質問を返したところ、真庭は、ゆっくりと上半身を引いて、表情を和らげていった。

「信頼関係が大切だからです」

「だれと、だれの、信頼関係ですか」

「依頼主であるあなたと、調査を進めるわたしの、です。偽善者ぶっていると思われるかもしれませんが、わたしは、人の役に立つ仕事がしたいのです。こんなご時世ですから、金さえ積まれれば、ほとんどの探偵は、汚れ仕事だってなんだってこなします。仕事を選んでいたら、食っていけないですから。でも、わたしは、仕事を生きがいとしているのです。依頼主にとってプラスとなる調査をしているという実感があれば、仕事にやる気が出る上、うまくやり遂げたあかつきには、充実感を得ることができる。逆に、調べ出した情報が悪いことに使われそうな恐れがある場合、やる気は失せ、仕事への生きがいをなくしてしまいます」

「情報が悪いことに使われるとは？」

彼はそれとなく訊いた。

「こんなたとえは出したくありませんが……、たとえば、あなたが、高山瑞穂という女性に深い恨みを抱いていたとします。いつか恨みを晴らそうと機会を狙っていたのに、間一髪のところで逃げられ、行方不明となってしまった……、とかね。借金の取り立てに行ったら、逃げられていたなんて、よくあることですよ。逃げたほうだって、やむにやまれぬ事情があったはずです。わたしの調査によって居場所が知れ、その人に危害が加えられる事態にでもなったら、寝覚めは相当に悪い。自分がした仕事の成果が、犯罪に使われるのだけは御免被りたいのです。おわかりいただけましたでしょうか」

どのような仕事であれ、価値を実感したいという気持ちはわかる。しかし、それでも、真庭の真意をはかりかねた。どことなく芝居がかった物言いが、胸に一物を秘めているムードを醸し出すのだ。

開口一番、高山瑞穂の消息を追うべき正当な理由を訊かれるとは夢にも思わず、返答に窮してしまった。

自分の生みの親にもかかわらず、母に関する記憶がまったくない、だから知りたいのだと、正直に打ち明けたい衝動に駆られるのをどうにか抑えた。

調査が開始された場合、まず間違いなく、高山瑞穂の戸籍が不正に引き出されるだろう。そこにはひとり息子である竜司の死亡が記載されていて、辻褄(つじつま)が合わなくなってしまう。

咄嗟(とっさ)に、もっともらしいストーリーをでっちあげようとしたが、何も浮かばない。

一人の女性の人生を解明したいという願望の出所を、矛盾なく相手に納得させるのは、ことのほか難しいと思い知らされた。

真庭の目からは、心の中を見透かすような、冷たい視線が放たれていた。さあ、わたしを納得させ得る作り話を披露してごらんと、たきつけるかのように……。

壁にかけられた時計の秒針に急かされ、彼は、苦し紛れに告げた。

「高山瑞穂は、ぼくの母です」

それを聞いて、真庭の目が輝き始めた。

「生き別れになった母を探したい……、というわけですか」

「そうです」

「いい話ですね。感動的です」

「調査がスタートした場合、まず何から始めますか」

「役所に行って、戸籍謄本、附票、住民票を取ります。人探しにおける三点セットと呼ばれています。蛇の道は蛇、簡単です」

「あなたは戸籍謄本を取って、中身を見ます。すると、そこにはひとり息子である竜司の除籍が記されている」

「除籍の理由は？」

「死亡です」

事情を飲み込んでいくにつれ、真庭の目に浮かんでいた輝きがますます大きくなっていった。

「まさか、あなたが、その、亡くなった息子さんってわけじゃないですよね？」

「その、まさかです」

「実におもしろい。なんだか、やる気が出てきます。さ、続けてください」

なぜこういった展開になるのか、首をひねらざるを得ない。四年前に死んだ息子が現れ、母さんを探してくださいと捜索依頼を出すなんて、荒唐無稽もいいところだ。ふざけるなと怒り出してもいい局面である。しかし、真庭は、笑う素振りも見せず、好奇心を露に、じっくりと聞く構えを取った。

どこまで喋るべきなのか、線引きをする所が重要になりそうだ。喋るだけ喋らせ、十分に楽しんだところで嘲笑おうという魂胆かもしれない。

「実は、ぼくは、四年ほど前、海で溺れ、黒潮に流されて遠くに運ばれたものの、奇跡的に漁船に拾われ、九死に一生を得たという、希有な体験の持ち主なんです。溺死寸前までいったときのショックで、記憶を失ってしまいました。身につけていたのは、海パンのみで、身許を知る手掛かりは何もなし。家では、遺体が上がらないまま、溺死と判断され、除籍届が出されてしまった。ぼくのほうは、就籍届によって新しい戸籍を得、別の人間として生きることになりました。ところが、ある日、偶然、昔からの知り合いと会い、自分が、高山竜司であることを知らされた。先日、四年ぶりに、実家を訪ねてみたんですが、空き家になっていて、だれもいませんでした。だから、母が今いる場所と同時に、どんな人生であったか、その概略を知りたいのです。失われた母の記憶を取り戻すために」

説明を聞くうちに、真庭の目に浮かんでいた輝きが引いていくのがわかった。

三文週刊誌からネタを取ってきて貼り合わせたような作り話を聞かされ、落胆の色を隠せない様子である。真庭は、これまでに聞いたことのない、新奇なストーリーを期待していたに違いなかった。

しかし、彼にとっては、相当な部分、真実を込めたつもりである。一度死んでいること、記憶が失われていること、別人として生きていること……、その三点にポイントを絞れば、正直に告げているというべきだ。その点を考慮して、この話はおしまいにしてほしかった。

真庭は、頬杖(ほおづえ)をついて目を天井に向け、鉛筆の先でテーブルを打ちつけながら、じっと考える素振りを見せた。

「あなたは、一度、死の淵(ふち)を覗(のぞ)いたわけですね」

「そうです」

「恐怖を感じましたか？」

「いいえ」

「死は、怖くない、と」

「死、そのものに対する恐怖は、ないです」

「じゃ、怖いのは、何ですか」

「死によって規定される、意味です」

「意味……、そんなものが大切なのですか」

「どんな人生であったのか、死によって規定されてしまったら、挽回のしようがありません」

「この業界に入ってもう二十五年になるんですよ。当然、アンダーグラウンドとの関わりも、出てくるわけです。あるムショ帰りの人間から聞いたのですが、彼は、ヤクザ者同士の抗争で敵対する組員を仲間たちと共謀して拉致し、なりゆき上、殺さざるを得なくなってしまった。そんなとき、男というのは、愚かなもので、度胸の試し合いをする。仲間うちから臆病者と見なされるのが嫌で、引くに引けなくなり、結果として、残虐性がエスカレートしていくのです。で、結局、拉致した男をじわじわとなぶり殺しにしてしまったと、彼は、微に入り細をうがって、語ってくれました。そんなふうに殺されるのは、どうしようもなく怖いと思うのですが、あなたは、そうではないと」

「死に至るまでの過程が嫌だというだけです。死そのものは、境界線を飛び越える、一種の飛翔ともいえるものです。苦痛は、脳内の化学反応がもたらす電気信号であり、実在しません。麻酔を例に取ればわかりやすいでしょう」

「では、うかがいますが、あなたにとって、もっとも嫌な死に方は何ですか」

「たとえば……、そうですね。幼女連続殺人犯の汚名を着せられ、絞首刑にされることとか」

「なぜ？」

「多くの人間から、呪詛、軽蔑、憎悪、恨みを最大限背負わされた上の、もっとも汚辱にまみれた死に方だからです」

「なるほど」

「無実の罪を着せられたとなれば、なおさら嫌ですね」

真庭は、グラスの緑茶を一気に半分ばかり飲んでから正面に目を戻し、茶封筒からプリントを取り出そうとした。

「わかりました。ひとつだけ確認しておきたいのですが……、高山瑞穂さんは、あなたのお母さんなのですね」

「間違いありません。付け加えれば、ぼくが一度死んでいること、記憶が失われていること、このふたつも事実です」

「電話でお伝えした通り、着手金が必要となります。今日、お持ちいただけましたか？」

彼は、あらかじめ告げられた額の入った封筒を、テーブルの上に置いた。普通のサラリーマンの二か月分の給与に相当する額である。

「お確かめください」

真庭は、紙幣の数を確かめることもなく茶封筒にしまい、代わって、契約書を差し出してきた。

「あなたが欲しい情報を首尾よく得られた場合、別途、成功報酬がかかりますが、よろしいでしょうか」

「もちろん」

「まけましょう」

「まける？」

「成功報酬はけっこうです。ただ、もし、得られた情報にご満足していただけたなら、どうか真実を話してください。あなたについてのすべてです。真心を込めて話してくれるのであれば、それを期待して、わたしもまた、仕事に身を入れます。いかがでしょうか？」

「なぜ、そんなことをするのです。ぼくのことを知って、どんないいことがあるというのですか」

「この世には、金儲けなんかより、よほど重要なことがあります。他の人がだれも知らない、神秘の一端に触れることです。あなたは、この世の者ならざる雰囲気を纏っている。わたしは、その理由を知りたいだけです」

「そんなふうに見えますか」

「見えます」

「初めてですね、あなたが。ほかの人から言われたことはありません」

「無理もないでしょう。人間観察のトレーニング量が違います。わたしからすれば、ほとんどの人の目は、節穴です」

真実を告げれば、成功報酬はただになるという条件は願ってもないことであった。金のためではなく真実のために動くというのが、真庭の信条だとすれば、告白を約束することによって、調査にかけるモチベーションは高まることになる。

「わかりました。成功のあかつきには、すべて真実をお話しします」

いい加減な作り話は通用しないと肝に銘じた上での宣言だった。

たぶん、真庭は、人間にとってもっとも有用なのは、質の高い情報であると心得ている。調査を生業とするだけによけいその意識は高い。だれひとり知らない宇宙の秘密をこっそり教えてもらうためには、出費を厭わないのだ。

つまり、真庭は、正面に座っている男が、「まれびと」であることに、薄々気付いている。

それはまた、真庭の眼力の確かさを証明するものであった。

10

駅前から歩いてロビーに着くまでの間に、シャツの襟元が汗でびっしょりと濡れてしまった。黒いジャケットを着ているため、アスファルトから伝わる熱と相俟って全身が溶けるようだ。

午前にもかかわらず、気温はぐんぐん上がりつつあった。猛暑日になるという予報が当たるのは間違いない。

玄関前のロータリーに並ぶ空車のタクシーを見て初めて、来院するのがあの日以来であることを思い出していた。

病院のロビーで柏田を発見し、家に連れ去ったあの日から、奇妙な共同生活が続いていた。最近、川口よりも柏田と名乗るときのほうが多くなり、予備校講師の仕事も板についてきた。

このまま柏田の意識が元に戻らなければ、何かと不自由な川口徹という存在は抹消させ、柏田になり代わって生きる道を模索し始めていた。そのためには、ふたつに分断されたアイデンティティを、一本に統一する必要があった。

その意図もあって、先週末、川口は、伊豆大島から熱海方面へと旅をして、柏田が見たのと同じ風景を自分の網膜にも焼き付けてきた。

最初に訪れたのは、大島東岸にある行者窟だった。教えられた通りのルートを辿って行者浜へとおりてみると、断崖を削って作られたトレイルは、通行止めの表示が掛けられ、鉄柵で塞がれていた。警告を無視して柵を乗り越え、洞窟まで足をのばした。確かに、崩落した岩で入り口がすっぽりと覆われていた。亀裂から覗き見た洞内は暗く、行者像を拝むことができぬまま、引き返してきた。

差木地では、山村荘に泊まって敬に手紙のお礼を言い、源次に会って山村志津子、貞子母子についてさらに詳しく話を聞いてきた。

元町から熱海に渡ってからは函南に向かい、南箱根パシフィックランド、ビラ・ロッグキャビンB―4号棟の縁の下に潜って、井戸の存在を確認してきた。

こうして、柏田が辿ったコースを追体験し、同じ風景を共有したことにより、ふたりの会話はよりスムースに進むようになった。

柏田として過ごす時間が多くなる中にあり、今日に限って、彼は、本来の、川口という立場で、この病院に来ていた。

以前から懇意にしていた病院理事長から、ある入院患者の訃報を受け取ったからである。

川口は、表玄関の前で立ち止まり、今の自分がだれであるかを言い聞かせてから、一歩を踏みだそうとした。

全面ガラスを通して多数の人間の動きが見え、人いきれから暑さがイメージされてきたが、自動ドアを抜けた先には、思いのほか、ひやりとした空間が広がっていた。エアコンの効きがほどよく感じられた。

薬局の上にかけられた時計の針は、午前十時五分を指していた。連絡を受けてから、一時間もかからず、ここに来たことになる。予備校に休講届を出してから駆け付けたにしては、早いほうだろう。

総合受付で、目的の部屋への行き方を尋ねると、案内係は、ちょっと驚いたふうに目を開き、病院内の見取り図を開いて丁寧に教えてくれた。

指示された通り、彼は、廊下を歩いた。向かう先は、普通の患者が滅多に行かない場所である。進むほどに人影はまばらになり、心なしか天井にはめ込まれた照明の数が減っていくようだ。やがて廊下を歩く人影は、彼ひとりになり、白い蛍光灯は暖色のダウンライトに変わっていった。

汗が乾いて皮膚から熱が奪われたせいか、エアコンが効き過ぎていると感じられる。廊下が行き止まりとなったあたりの体感温度と、外気との気温差はあまりに激しく、見るからに重そうなドアの前に立ったときには、猛暑のことなどすっかり忘れていた。プレートに記された部屋名を見れば、そこが目的の場所であることがわかる。総合受付にいた案内係の、低く抑えた声からイメージされた「冷暗室」が、本来の意味へと変わっていった。

……霊安室。

死者の霊を安らげる部屋なのか、あるいは、遺体から離脱した霊を安置して慰撫(いぶ)するための部屋なのか。現代医学の粋を凝らした大病院の一角から、神秘、霊妙の気配が立ち上っている。

中にだれかいるのは間違いなく、ノックをしてドアが開かれるのを待った。どうにも自分の手で開ける気にはならない。

ドアを開けてくれたのは若い看護師だった。かすかな目礼を受けつつ内側に身を滑り込ませると、重量のせいでドアは自然と閉まっていった。

焚香(たきこう)の匂いが強く鼻をついた。一方の壁にしつらえた祭壇の前では線香が焚かれ、細い煙を天に昇らせていた。

遺体を前にして、ストレッチャーと同じ程度の背丈しかない幼女がひとり立っていた。人が入ってきた気配を感じたはずなのに、みじろぎもせず、ただ、じっと真っ白な布をかけられた女性の顔を見守っている。後ろ姿から、茜(あかね)であることがわかった。

今、この部屋に居る資格があるのは、三歳になってすぐに、天涯孤独の身の上となった茜だけだ。彼女は、母が死んだことをうまく理解できないでいるようだった。緊張と不安が小さな背中に凝集されていて、ひどく痛々しい。駆け寄って抱き締めてあげたい衝動に駆られた。

「さ、どうぞ」

看護師が促してきたのは、抱擁ではなく、焼香のほうだった。

祭壇の前に進んで焼香してから、彼は、遺体の前で両手を合わせた。

祈ろうとして、言葉が浮かばなかった。心の中が無になるばかりだった。ただ静かに語りかけることにした。

……おれたち、もう少し、語り合うべきだったな。

同じ境遇に生まれた者同士、共感を抱いていたのは間違いないにしても、あまりに相手のことを知らな過ぎた。本心がどこにあるのか、摑み切れぬまま真砂子は逝ってしまった。

……正直なところ、おまえが何を考えていたのか、わからなかった。

言いたいのはその点に尽きた。もっと会話の時間を持ちたかったのに、彼女は、普段、ほとんど黙り込んで胸の内を明かすことはなかった。

眼前にある遺体は、近い将来における、自分の運命を暗示していた。ふたりとも、平凡に生きる資格が与えられていないという点で一致している。近い将来、似たような死が訪れるという事態は、避けられそうにない。

　両手を合わせて黙禱(もくとう)している途中、正面から差し込む光の筋を網膜に受け、と同時に、熱風が吹き込んできた。目を開くまでもなく、正面のドアが開かれたのがわかった。

　振り返らなくても、背後に、たった今、入ってきたばかりのドアがあるのはわかる。それとは別に、正面に、もうひとつドアがあるのだ。外の駐車場に寄せられた霊柩車(れいきゅうしゃ)に乗せるべく、遺体を搬出するためのドアだった。

　十畳ほどの部屋にもかかわらず、ドアをふたつ持つという構造を思い浮かべたとたん、今いる部屋が刑場であるような錯覚を覚えた。刑場もまたドアをふたつ持つ部屋だった。

　霊安室の場合、処置室で全身を綺麗(きれい)にされて搬入され、祭壇前に安置されて関係者の焼香を済ませた後、搬出されて霊柩車に載せられる。

　刑場にも、仏像が飾られた祭壇がある。死刑囚はその前に立たされて悔悟させられた後、複数の刑務官に連行されてカーペットの中央へと進み、首にロープをかけられて、最期の瞬間を待つ。刑務官からの合図を受けて、そこだけカーペットのない床が四角に割れ、階下に落下して首の骨が砕け、死刑囚は絶命する。部屋の隅にある排水溝で、汚物にまみれた遺体は水で洗われ、きれいに整えられて棺に納められた上で、もうひとつの出口から運び出されていくのである。

納棺された死刑囚の顔に、自分の顔が重なりかけたとき、どこからともなく、「竜司」と呼ぶ声が聞こえ、妄想は振り払われた。

外側に開いたドアの先に、ひとりの男が立っているのが見えた。

入り口の角に立って、手招きしているのは、昔からの友人だった。

黙禱を終わらせ、ストレッチャーを回り込んで外に出ると、突如、まばゆい光が降り注いできて、彼は、目の上に手の庇を作っていた。冷え冷えとした暗がりから、猛暑への移動は、ネガフィルムからポジフィルムへの反転を思わせた。

待っていたのは、竜司の、医学部時代の同級生である、安藤だった。義父が引退したのを受け、病院理事長に就いたばかりだと、聞かされていた。

「竜司、よく来たな。久し振りだ」

「竜司はよしてくれ。これからは、柏田誠二という名で通そうと思っている」

「柏田……、以前は、別の名を名乗っていたような気がする」

「どうせ、覚えてないだろう」

「おれにとって、おまえは、竜司だ。それ以外の何物でもない」

安藤は、敷地内に入ってきた霊柩車に搬出の指示を出し、彼の背を押して日陰へと導いた。

「今朝になって容体が急変した」

「いつか、こんな日が来ると、思ってはいたが……、で、結局、死因は何だ」

「肺炎だ。肺胞が炎症を起こし、呼吸不全から低酸素血症となって亡くなった」

「死亡時刻は？」

「今朝の午前七時二十四分」

「真砂子は、もともと免疫系に問題があった。それが影響しているのか」

「免疫機能の低下が、免疫不全をもたらした。堂々巡りだよ」

「おれも、同じようになるのか」

「それはなんともいえない。男と女では、ホルモンの分泌が異なる」

「いずれにせよ、天寿をまっとうするなんて、有り得ないだろうな」

「おまえが、天寿をまっとうしてくれないと、困るんだよ、こっちは」

「別に、おれの身を心配して、言ってるわけじゃないだろう」

「親としての祈りだ」

「死の間際、真砂子は苦しんだのか」

「いや、苦痛もなく、安らかに逝った。それは間違いない」

「せめてもの救いだ」

四年という短い歳月を、真砂子は、ほとんど病気と共に過ごした。もともと免疫系統に欠陥があったために、多発性骨髄腫を発症し、腰の骨が溶けて歩けなくなってからは、車椅子が手放せなくなり、ちょっとした感染症にも注意が必要という状態が続いていた。

今朝、肺炎で亡くなったと知らされ、驚きよりも、いつか来るはずの知らせを受けたという実感のほうが大きかった。苦しむことなく、安らかに逝ったのがなによりである。

「ただ、心残りは……」

安藤が顔を向けた先では、遺体を載せたストレッチャーが霊柩車に収納されようとしていた。そのあとをついてよちよちと歩く茜は、霊柩車に乗ってもまだ、母の身に生じた変化を理解していないに違いない。

「茜か」

「おまえ、引き取って育てると、殊勝な心がけを見せたって、いいんだぜ」

「無理だ。まともに育てられるわけがない。おれが、欠陥品であることぐらい、よくわかってるはずだ」

「一応、父親だろうが」

「おまえの子かもしれない」

「いや、有り得ない。計算が合わない」

「頼れるのはおまえしかいないんだ」

「ちょうど、乳児院を併設しようと考えていたところで、ま、なんとかなるが……」

「頼む」

「茜を、われらが乳児院の第一号に迎えるか」

「恩に着る」

「気が変わったら、いつでも言ってくれ。子育てのやりかたを仕込んでやる」

「孝則で経験ずみってわけか。元気か、彼は」

「おかげさまで。下に妹が生まれた」

「家族は増え、理事長にもなって、順風満帆。羨ましい限りだ」

「真砂子のおかげさ。感謝しているよ。おれにとってかけがえのない、大切な存在を再生させるための、母胎の役を果たしてくれた。貞子の全遺伝情報を受け継いだ者にのみ可能な、神業だ」

　高野舞の身体を借りて蘇った貞子は、真砂子という呼び名でこの世界に生きている間、ほとんど子宮としての役目しか果たさなかったことになる。

　黒いボディに真砂子を納めた霊柩車は、コンクリートで囲まれた長方形のスペースから、今、ゆっくりと動き出そうとしていた。

角を曲がって駐車場に出ようとしたとき、ゴンと硬い音が車内から響いてきた。遠心力のせいでストレッチャーがずれ、身体の一部が車内のどこかに当たったように思われた。

肉のぶつかる、柔らかな音ではなかった。

予期せぬ硬質な音に驚いて、ふたり一緒に視線を投げると同時に、霊柩車は視界の外へと消えていった。

「葬儀はどうする」

川口は、このあとの予定を尋ねた。

「真砂子の身よりは茜だけだ。略式で葬儀を済ませ、茶毘(だび)に付したあとは、無縁仏となる」

「無縁仏……、他人(ひと)ごとじゃない」

「葬儀場まで車で送ろう。玄関前のロータリーで待っていてくれないか。車を回すから」

「わかった」

一旦(いったん)、安藤と別れてから、彼は、霊安室を通り抜けて廊下に出て、病院ロビーに戻ろうとした。

迷路の末端から吹き抜けのロビーへと、来たときと逆のコースを進むにつれ、澱(よど)んでいた空気が動き出し、雑音が増えていった。検査室のカウンターを挟んでやりとりする看護師と患者との会話が聞こえ、キャッシュディスペンサーの前に並んで、どのカードを使うべきかとひそひそ話をする夫婦の会話が聞こえてくる。

風景や音が、普通の病院の日常を取り戻したときだった。吹き抜けのロビーに張り出したバルコニーの一角から、軽やかな歌声が降ってきた。

「春の小川はさらさら行くよ」

高く透き通った声でうたわれる季節はずれの歌に、反応したのは川口だけではなかった。会計の列に並んだり、薬が出されるのを待つ外来患者、松葉杖(まつばづえ)をついて歩く入院患者、会話しながら通り過ぎていく医療関係者……、それぞれが思い思いの仕草で、声の主を探して顔を上に向け、頭を左右に振っていた。

見上げるとすぐ、声の主を認めることができた。一階ロビーからエスカレーターで上った先には、透明な手摺(てすり)で囲まれた広場があった。車椅子に座った若い女性が、ロビーを見下ろす位置に寄り、朗々とした声でうたっていた。うしろには、母と思われる中年の女性を従えていた。意気揚々と、頬をピンク色に染めてうたう若い女性の顔と、その背後にある、まったく無表情な中年女性の顔が、斜め下からの角度からは同じ高さに並んで見え、陽と陰、表情のコントラストを際立たせていた。

女性は、歌の先を続けた。

彼女がうたっているのは文部省唱歌「春の小川」、二番の歌詞である。

「えびやめだかや、小ぶなのむれに」という歌詞を口にしたとき、不敵な笑みを浮かべて陛下を睥睨したように感じられた。聴いている自分が、小ぶなの群れの一匹になってしまったと感じたのは、川口ばかりではないだろう。

暑さのせいで頭に変調をきたした、若く美しい入院患者が、朝っぱらから、景気づけにうたっているのだとしたら、その光景は微笑ましい。だが、敢えて高い場所に立ち、天下を睥睨するかのようにうたう構図が、聴かされている者の胸に禍々しさを呼び込むのだ。

女性は、歌の先を続けた。

「今日も一日ひなたで泳ぎ、

遊べ遊べと、ささやきながら」

水の中を自由に泳ぐのも、これっきり、さあ、今のうちに、たっぷりと、遊んでおきなさいと、言外に意味を込めているようだった。

息を詰めているのは川口だけではなかった。ロビーにいる全員が、会話を中断させ、動きを止めたままの姿勢で、固唾を呑んで中二階のバルコニーを見上げていた。

「柏田先生……」

熱風とともに、声が響いてきた。

ついさっきまで竜司と呼ばれていた者の意識に、柏田という名前が浸透するには少々時間がかかった。ゆっくりと振り返ると、そこに、理絵が立っていた。玄関の自動ドアを通り過ぎて、今、入ってきたばかりなのだろう、額にうっすらと汗が浮かんでいる。理絵は驚きの顔で、先を続けた。

「先生、何してるんですか、こんなところで、もう、びっくり。今朝、春菜のお母さんから連絡が入って、来たところなんです……」

そのとき、二階バルコニーの若い女性は、車椅子の上で上半身をのばし、理絵に向かってしきりに手を振り始めた。それに応え、理絵も、手を振りながら、ピョンピョンと軽やかに二度、飛び跳ねて見せた。

「先生、奇跡が起こったんです。春菜が、目覚めたの」

「春の小川」をうたっていたのが、話に聞いていた春菜なのだ。嗜眠性脳炎の後遺症と酷似した症状で、長期間眠っていた春菜が、目覚めたというのか。

偶然だろうか、それとも……。

「いつ、目覚めたんだ？」

「今朝です」

「今朝の、何時何分に、目覚めたのか、わかる？」

「わたしが、お母さんから連絡をもらったのは、七時半過ぎのことでしたから、たぶん、その直前だと思います」

真砂子が亡くなったのは、今朝の、七時二十四分である。時間がぴたりと合っていた。真砂子が死んだ時間と、春菜が眠りから覚めた時間は、一致している。

導かれる結論はひとつしかなかった。

今、ここにいるみんなが聴かされたのは、新たな肉体を手に入れた者の、歓喜の歌だ。

真砂子は、魂の飛翔を果たし、欠陥だらけの衣装を脱ぎ捨て、新しい肉体に入り込んだのだ。いや、入ったのは真砂子の魂ではない。真砂子の肉体を仮の住家とし、虎視眈々と新しい肉体を狙っていた、貞子だ。彼女は、自分に相応しい、若くぴちぴちとした肉体に侵入する機会を狙い、さなぎとなっておとなしくしていたが、とうとう、成虫になるべく脱皮した。

……あたかも、蛇が脱皮するかのように。

たった今、霊柩車で運ばれていった真砂子は、蛇にとっての皮にほかならない。

しかも、春菜は、脳内に千のヒドラを抱えている。

春菜の肉体に忍び込んだ魔は、彼女の細胞を乗っ取ってウィルスを創出し、増殖させ、この世にまき散らす力を秘めている。

古代から連綿と流れる魔の系譜は、時代時代で、様々に形態を変え、そのときどきの顔となって、世に現れてくる。ウィルスに限っていえば、あるときは黒死病、あるときは天然痘、あるときはエイズ、あるときはスペイン風邪、そして、あるときはビデオテープといった具合に……。

理絵は、春菜に呼ばれるまま、中二階に昇るエスカレーターに向かって走り出そうとした。

「待て」

手をのばして、止めようとしたが、理絵は、川口の脇をすり抜けていった。

11

事務所を訪れ、迎え入れられるまでの手順は三回ともまったく同じだった。

ノックをして事務所に入ると、小部屋に通され、冷えた緑茶を飲みながら待つこと三分で、きちんと身なりを整えた真庭が現れ、おもむろに依頼主の正面に腰をおろし、手に抱えた封筒をテーブルの上に広げる。

違うのは、封筒の中身だった。一回目のときに入っていたのは、探偵事務所の規約が書かれた説明書であり、二度目のときは「高山瑞穂」の人生のおおまかな流れが記されたレポートであり、三回目の今回は、竜司が生まれた前後に時期を絞って得られた詳細な情報のはずだった。

真庭は、テーブルに封筒を置き、その上に両肘をついて「うーん」と考え込むように目を閉じていった。

「何か、悪い知らせですか」

表情が曇っているのは、悪いことを告げる予兆ととれた。

「なんと言ったらいいのか、高山瑞穂さんという女性も興味深いが、あなたもまた、実に興味深い。思った通りです」

前回、ここを訪れたとき、真庭は、経過報告として、高山瑞穂という女性が辿った半生の、おおまかな流れを知らせてくれた。

一九二五年に東京の下町で生まれた小田切瑞穂は、終戦の年の大空襲で家族のほとんどを失い、戦後は進駐軍相手のカフェで働いて生活の糧を得、ひとり息子の竜司を産んだ後、国鉄職員だった高山昭三と結婚している。竜司はその後、名門高校に入学し、特に理数系において秀でた才能を発揮してトップクラスの成績を保つ。高校在学中に、まじめ一筋であった父の昭三が、交通事故にあって死亡する。事故の原因は一方的に相手方にあった。多額の保険金と遺族年金を得て、生活費に事欠くという事態はなかったが、瑞穂は、甘んじることなく、職員寮の賄い婦として働いて息子の学費を稼ぐのに躍起となった。その甲斐あって、竜司は、名門大学の医学部に進学。卒業はするものの、医師の道には進まず、専攻を数理哲学に変更して研究者の道を歩み出し、大学講師となってすぐの頃に、変死を遂げてしまう。

瑞穂は、ひとり息子を失ったショックから立ち直れぬまま、乳癌をわずらい、切除後も抗がん剤治療を続けていたが、思うところあってか、自ら通院を止め、行方知れずとなる。

一回目の報告で知らされた高山瑞穂の半生は、幸福なものではなかった。幸福どころか、手塩にかけて育て上げたひとり息子を失うという、母にとって最大の不幸を味わわされている。

瑞穂が現在生きているのかどうか、生きているとすればどこにいるのか、その消息に関する調査は、このあと、継続して行われることになる。

もうひとつ、竜司が生まれた時期に関して、時間の整合性がなく、この点に絞っての調査が必要と判断され、今回は、その結果報告を兼ねての二回目の面談であった。

「では、時間の順を追って、疑問点を解消していくということでよろしいでしょうか」

真庭から念を押され、彼は大きくひとつ頷いていた。どんな結果が出てきても驚かない自信があった。なにしろ、戸籍上、自分は既に死んでいるのだから、耐えられないものは何もない。

「前回、指摘された問題点は、高山昭三は、あなたの父か否か、もし否とすれば、本当の父はだれなのか、というところにありました。戸籍謄本を見れば明らかな通り、竜司が生まれた三年後に、瑞穂と昭三は入籍しています。出産と結婚が逆になるのは、そう珍しいことでもありませんが、ズレが三年となると、ちょっと大き過ぎます。

戸籍謄本からは、竜司の実父を知るのは難しいのですが、記載のされかたから見て、昭三が父であるという線は薄いと判断できました。手書きの戸籍謄本には、過去の痕跡が残り、推測できてしまうのです。というわけで、当時の同僚を訪ね……、といってもJRの職員として退職されている方がほとんどでしたが、話をうかがってみたところ、やはり思ったとおり、生前、昭三は、仲のよかった友人に、息子とは血が繋がっていない事実を打ち明けていたらしいのです。複数からの証言を得ていますので、間違いありません。

つまり、瑞穂は、未婚のまま、相手の認知を得ずに竜司を産み、三年間ひとりで育てた後、竜司とまったく血の繋がりのない昭三と結婚して、戸籍上の父とした。戸籍への記載のされかたが、この事実を裏づけています。

となると、竜司の実父はどこのだれなのか。この件への調査は、瑞穂の知人友人への聞き込みが中心となりました。ところが、瑞穂は、十九歳のときに東京大空襲に遭って、家族親族のほとんどを失っている。戦後、カフェで働いていたときの同僚に当たってみたのですが、思うような証言を得られませんでした。竜司が生まれる前年に絞った場合、男の影がまったくないのです。子を産むぐらいですから、まともに考えれば、深く付き合っていた男がいてもよさそうなのに、浮かんでこないのですよ。となると、考えられるのは、行きずりの男という線です」

「行きずりの男……」

真庭は、母を貶める表現に気を遣うそぶりを見せたが、どこからともなく現れ、消えていく男は、逆に、竜司の父のイメージとしてぴったりくると思われた。異界からやって来て、有益な仕事を終えて帰っていく「まれびと」そのものだ。

「一夜限りの行きずりの男が、竜司の父だとすれば、打つ手なしです。探すことはできないでしょう」

「別に、探す必要はありません」

調査の目的は父親探しではなかった。瑞穂の人生がどのようなものであり、現在どこにいるのかという、二点である。

「わかりました。では、瑞穂に関する疑問点へと移ります。奇妙なのは、出産を境にして、瑞穂の性格が、大きく変わっていることなのです。もちろん、前例がないわけじゃありません。出産を機に、生活習慣を改める女性はたくさんいます。母性に目覚めるというのか、それまでたしなんでいた煙草や酒をやめ、夜遊びを控えるようになったりと……。瑞穂の場合、それがちょっと極端なのです。性格の変化とだけでは、とらえられない側面があります。

いいですか。竜司は、小学生の頃から神童と呼ばれていました。特に、数学の才能は天性のもので、高校一年にして数学教師の能力をはるかに凌駕していたといわれます。母校の先生方から、直接聞いたのですから確かです。

でも、こういっては何ですが、瑞穂は、それほど頭がよかったわけではない。最終学歴は、高等小学校……、いわゆる高小卒です。むろん、戦前のことですから、家の事情その他で、上の学校に進めなかった優秀な児童はごまんといます。でも、瑞穂の場合、そのパターンは当てはまらない。実際、勉強があまり得意でなかった事実が判明しています。もちろん、人間の能力は、遺伝がすべてではありません。環境だって左右するだろうし、鳶が鷹を生むことだって有ります。まあ、この点を保留したとして、わたしには、生活の基盤ががらりと変わっているのが気にかかるのです。

瑞穂は、東京の下町、深川の生まれです。ところが、出産のあとは、多摩、八王子など、東京の南西部地区に生活のテリトリーを移動させている。普通、人間は、住み慣れた地域から遠く離れたがらないものなのです。離れて暮らす場合には、それなりの理由がある。東京の下町に愛着がなかったのか、あるいは、意図して避けているのか、どちらかでしょうね。

ほかにも、エピソードを挙げればきりがありません。出産を境に、人が変わってしまったという印象が拭えないのです。ある人は、出産前の瑞穂は、感情の起伏が激しく、派手で、エキセントリックな性格だったと言います。ところが、打って変わって、出産後は、地味で堅実、息子のために尽くす忍耐強い母のイメージを口にする人が多くなる」

瑞穂の半生に謎が多いとしても、本人を見つけ出し、実際に会って話を聞けば、解ける類いのものだった。

「で、高山瑞穂の居場所について、手掛かりはないのですか」

「状況からみて、殺人、拉致等の、事件に巻き込まれた形跡はまったくありません。人から恨みを買うこともなければ、男関係のもつれや借金もありません。税金の滞納もなく、身辺はきれいなものです」

「警察は動いたのですか」

「このケースで警察は動きません。近所付き合いがほとんどなかったとはいえ、隣家の人だけに、瑞穂は、長期間旅に出ると伝えていったのです。たぶん、孤独死の疑いが持たれて、警察や行政が動くのを嫌がったからだと思います」

「行き先は？」

「どこへ行くとも告げず、出かけてます」

「失踪した時期は、わかっているわけですね」

「昨年の、春です」

「春という季節は、意味があるのかな」

「さあ、どうでしょうか。でも、行動の意味を考えるのは大切なことです。これまでわたしは幾度となく、失踪と関わってきました。失踪を望む人のお世話をしたこともあります。理由はそれぞれです。もっとも多いのは借金苦でしょうね。次が、痴情のもつれというやつです。人生が嫌になって、リセットしたいという人もいます。でも、瑞穂の場合は、ひとり暮らしの寂しい老人が、行き先をだれにも告げず、死に場所を求めて彷徨い出たといったニュアンスが感じられます。

だからといって、探す手掛かりがゼロというわけではありません。瑞穂は、晩年病気がちでした。保険証を持って出られたと思われるため、旅先で使用していれば、場所を調べることができます。役所に行って、国民健康保険のレセプトを見せてもらえばいい。あるいは、NTTに行って、旅立つ直前の利用明細を入手すれば、頻繁に通話していた相手もわかるし、通話先の場所も判明します」

「新興宗教の線はありますか」

「よくあるパターンです。解決するのが相当にやっかいなケースですね。瑞穂の場合、新興宗教に入信していたという事実はまったく浮上してきません。ただ……、伝統的な宗教なら、考えられなくもない。死に場所を求めてということであれば、寺や修道院に身を寄せるという可能性は有り得ますね。そういったところは、衣食住、最低限の生活を保障してくれますから。

瑞穂の居場所に関して、鋭意、調査を進めていきますので、もうしばらく、お待ちください」

この期に及んで、自分にできることは何もなさそうだ。

「お願いします」

彼は、神妙に頭を下げるほかなかった。

「ところで、ひとつ提案があるのですが」

真庭は、改まった口調で顎(あご)を撫(な)でた。

「なんでしょう」

「ご自分でも、少し、動いてみるつもりはありませんか」

「調査を手伝えということですか」

「そうです。欲しい情報がたくさん眠っているとわかっていて、わたしどもでは手出しができない場所が、ひとつだけあるのです」

「どこですか？」

「高山瑞穂の自宅です」

「そうか」

「室内には、アルバムを始め、家計簿、手書きのメモ、日記、様々な施設の利用明細など、ほしいものが無数に保存されているはずです。にもかかわらず、われわれはそこに入ることができない。警察に見つかれば、住居侵入罪に問われてしまう。多少荒っぽいことはしますが、警察沙汰になるのだけは避けなければなりません」

「まさか、玄関ドアを破って、侵入しろと」

「ご安心ください。合鍵があります。近所の住民への聞き込みで、どこにあるのか、確認済みです。門をくぐって左手に枇杷の木がありますね。木のうしろに小さな倉庫があり、引き戸を開けた手前に玄関の鍵がかかっているはずです。本人はバレてないと思っていたんでしょうが、隣家の窓から見下ろして行動を観察するだけで、簡単に推測できてしまう。案外、瑞穂の居場所は、簡単にわかるかもしれませんね」

「合鍵を使って、家の中に入れと、言うわけですか」

「そうです」

「ぼくならば、構わないと」

「ふと思ったのですが、あなたは、戸籍上、この家の家族です。たとえ、家に入ったとしても、不法侵入にはあたりません」

「でも、もし警察に通報されて、捕まったとします。長男だと名乗って、役所に問い合わせ、死んでいるとわかれば、よけい、まずいことになりませんか」

「なにも、まずいことにはなりませんよ。第一、もうすぐお盆じゃないですか」

そう言いながら、真庭は、椅子の背もたれに上半身をあずけていった。

「お盆……」

二の句が継げなかった。

「死んだ息子が、幽霊となって実家に戻り、合鍵を使って家の中に入り、懐かしい品々を眺めながら、思い出に浸る……、風流だと思いませんか」

真庭は、冗談で言っているようには見えなかった。

12

周囲に気を配りながら、住宅街の小道を歩いた。昼前の時間帯とあって、通勤通学の人影は少なく、買物袋をぶら下げて歩く主婦の姿をたまに見かけるだけだった。

隣家の二階から見おろす人間がいないことを確認し、小道から人影が消えた瞬間を狙って、素早く敷地内に入って左に折れた。熟れて落ちた枇杷の実を踏んで歩き、倉庫の引き戸を開けてトタンの内側を手探りすると、ざらざらと錆びた釘の手触りがあった。真庭から言われた通り、釘にはタコ糸で結ばれたカギが掛けられていた。

さっと取って玄関先に立ち、カギ穴に差し込んで回すと、簡単に錠ははずれた。ドアを開け、内側に身をすべりこませてすぐ、後ろ手に閉めてカギをかけた。玄関前の小道から屋内に入るまで、一分もかからなかった。

小学校に入ってすぐの頃から、大学二年までを過ごした家だった。三年のとき、通学可能な距離にもかかわらず、母と子と、ふたりで暮らしていたこの家を出て、竜司は、大学の近くで下宿生活を始めた。そのときから数えて、何年ぶりの帰省というべきなのか、時間感覚が摑めなかった。ここを出て、異界を彷徨い歩いた後、ようやく戻ってきたのだ。数十年ぶりといってもしっくりとこなかった。

思春期を過ごした家のせいか、臭いも気にならなかった。ほかの人なら、玄関に入った瞬間、暑熱に醸成されたムッとする臭いに息を詰めるところを、高山竜司のDNAは、逆に、懐かしさを感じ取っていた。家にあるひとつひとつの要素が、細胞に刺激を与え、未知の情報を引き出してくれそうだった。

上がり框で靴を脱ぎ、廊下を歩くとミシミシと床が音をたてた。階段を二階へのぼるとき、足の裏は、床板が曲がるような感覚を味わっていた。一歩踏み出すごとの、足下の頼りなさが、この家の特徴であり、長期間馴染んできたものだった。

二階には、小学校から大学まで、竜司が自室として使ってきた部屋がある。

中に入ると、あまりの蒸し暑さに、汗が噴き出してきた。いくら暑くても、窓を開けるわけにはいかなかった。

八畳和室の、窓側の隅に、二畳分のカーペットが敷かれて、その上に勉強机が置かれていた。壁一面を覆う作り付けの棚には書籍があふれ、何冊かこぼれ落ちそうになっている。

押し入れの前には、東中野（ひがしなかの）のアパートで竜司が死んだ後、整理され、運び込まれた段ボールと、家電製品が堆（うずたか）く積み上げられていた。

ベッドや机など、大きめの家具は処分されたが、自筆原稿の類（たぐ）いはすべて、段ボールに収納されて運び込まれ、遺品として部屋に残されたようだ。

ガムテープで封がされていた段ボールは、何者かの手で開けられた形跡があり、原稿や書類の束が、元通りしまい切れてなかった。

テレビ、ワープロ、オーディオコンポなど、積み重ねられた家電製品はどれも、電源コードが本体にぐるぐる巻きにされていた。ただ、ひとつだけ、段ボール箱のてっぺんに載る黒いビデオデッキからは、コードが垂れていた。先を辿（たど）ると、プラグがコンセントに差し込まれたままになっている。

今にも崩れ落ちそうな場所で、ビデオデッキはどうにか安定を保っていた。

ビデオデッキの正面に立ち、顔を近づけると、赤く、小さく、パイロットランプが点いているのがわかる。真庭から聞かされていた通りだった。遺族年金が振り込まれる口座から、光熱費等の料金が引き落とされているため、この家の電気水道は、今でも生きている。

なぜ、ビデオデッキのプラグだけがコンセントに差し込まれ、電源がオンになっているのか不思議だった。単独ではダビングはできないし、テレビと繋げなければ映像も見られない。

試しにエジェクトボタンを押してみたが、中からは何も出てこない。指先で蓋を押しながら腰を落とすと、金属の臭いがプンとして、直方体の空洞が見えた。

ビデオデッキの電源が入れられた理由は、ひとつしか考えられない。挿入されていたビデオテープを引き出すためだ。

……取り出されたビデオテープはどこにあるのだろう。

ざっと周囲を見渡し、段ボールや押し入れを探ってみたが、それらしき物体はなかった。

この部屋に入って、ビデオテープを抜き出せる人間は、瑞穂以外にいないはずだった。しかし、その動きを想像しようとすると、どうも違和感があって、人物像がうまく結ばれてこない。もっと若い女性の気配が、ビデオデッキの周辺に纏わりついていた。

もう一度、ビデオデッキの前に立って、テープ挿入口の小窓を押して、中を覗(のぞ)いた。暗い空洞が果てもなく先に延び、異次元とつながるトンネルに見えた瞬間、脳裏にぼんやりと浮かんでいた若い女性から年齢がどんどん剝(は)ぎ取られ、五、六歳の少女となっていった。

目眩(めまい)をともなって、脳裏に展開されたのは、明らかな幻覚だった。

少女の若々しい滑らかな手が首筋のあたりに触れ、ミルクの匂いがプンと鼻をつき、と思う間もなく、世界がぐるぐると回転し始めた。ドスンと床にぶつかる音が聞こえ、激しい衝撃を受け、泣き声が湧き上がった。少女が泣いているのか、自分が泣いているのか、どちらとも判断できず、主観と客観が入り混じってごっちゃになっている。何が起こったのかわからないまま、もう一度、全身の皮膚感覚が少女の両手に収まり、視界が揺れ、世界がぐるぐる回った後、衝撃を受け、意識が硬直していった。

近づいてくる大きな影があった。ピシャリと容赦なく平手で打つ音が耳元に響いた後、この世の終わりかと思われるほどの、全身全霊をこめて泣き叫ぶ少女の声が、轟(とどろ)き渡った。

ビデオデッキの小窓を閉じると同時に、ほんの数秒間に及ぶイメージの奔流は消えた。幻とわかっていて、身体は物理的な影響を受けていた。動悸(どうき)は激しく、血圧はあがり、全身から汗が滴り落ち、心が悲しみに支配されていった。

脳が覚えている記憶が蘇ったわけではなかった。ある仕打ちを受けて、心拍数と血圧があがり、肉体内部に急激な変化が生じた経験の総体が、細胞のひとつひとつに刻まれていて、何かの拍子で再生されたのだ。あたかも、ビデオテープの挿入口に、データが保存された肉片が突っ込まれたかのように……。

幻覚の登場人物として特定できるのは、少女とその母親のふたりである。視点が目まぐるしく入れ替わり、映像は混乱していて、何が起こったのかうまくわからない。冷静に一連の動きを辿れば、柔らかな感触から始まって、ゆったりと揺れ、ぐるぐると回転しながら落下し、衝撃を覚え、怒号と悲鳴が湧き上がったという流れができあがる。

何度か繰り返して脳裏に再現するうち、幻覚を眺めている主観の視点がどこにもないことに気づいた。主観は、少女でもなければ母親でもない。もうひとりいる。登場人物を増やす必要があった。試しに、生後間もない赤ん坊に視点を据えて、一連の動きを追ってみると、何が起こったのかが明らかになる。

最初のうち、少女は、両手に赤ん坊を抱いてあやしている。手が滑ったかして、床に落としたところ、赤ん坊は泣き出してしまう。少女はまた、赤ん坊を抱っこし、今度はあからさまな意図をもって、落とす。赤ん坊は激しく泣き出す。その行為を見咎めて走り寄って来た母からひっぱたかれ、今度は少女のほうが、赤ん坊の耳元で泣き叫んだ。

直接に鼓膜が刺激されたように、少女の泣き声が外耳道に響き渡ったのは、そのせいだ。

かつてこの家で、実際に起こったワンシーンなのだろうか。竜司はひとり息子のはずである。だとしたら、少女の役を演ずる人物がどこにもいない。

そのとき、階下から、部屋の窓ガラスをコツと叩く音が響いてきた。留守宅に侵入するところを近所の人に見られ、だれかやってきたのかもしれないと、身を硬くし、耳を澄ましたが、継続的な音となって聞こえてこない。ガラス窓に何かがぶつかったようだ。

彼は、音の正体を見極めようと、ゆっくりと階段を降りていった。

階段を降りた左側には瑞穂の部屋がある。六畳の和室で、箪笥の横には仏壇が置かれ、父の遺影が飾られていた。

ぶ厚い緑のカーテンが外の日差しを遮断し、部屋全体が重苦しい草色に包まれていた。どこからともなく漂ってくる土の臭いによって、ガラス窓の向こうに庭があることがわかった。

カーテンの裾をほんの少し持ち上げて、庭先を見ると、木の幹から飛び立ったアブラゼミが、恐ろしい勢いでガラスにぶつかってゴッと音をたて、絶命して土の上に落ちていった。命の短さを見せつけるような死に方だった。

二階で聞いたのも、たぶん、この音だ。

短命な昆虫の代名詞のように言われる蟬であるが、地中にこもって植物の養分を吸い、数年もの間、生きることができる。成虫となり、空を飛ぶようになってからの命が短いというだけだ。

蟬から連想されたのは養父の顔だった。真庭から受け取った資料の中には、養父の写真が何枚か含まれていた。これといって特徴のない、見るからに謹厳実直をうかがわせる平凡な顔だった。

左手にある仏壇の黒い扉の中に、写真で見たのとまったく同じ顔があった。写真の手前には、線香とマッチが置かれていた。火をつけて線香をそなえ、両手を合わせた。

目を開け、真っ正面から遺影と向かい合ったが、何の感慨も湧いてこなかった。見知らぬ他人がそこにいる。養父への興味がまったくないことに、驚きを禁じ得ない。瑞穂とパートナーになり、血の繫がっていない息子と承知の上で、育ててくれた恩人である。こつこつと働いてお金を貯め、土地を買って家を建てたのは、老後の安定した人生を夢みてのことだろうが、交通事故であっけなく死んでしまった。どのような事故であったかも知らないし、知りたいとも思わなかった。

養父に関心がないのとは逆に、生みの母に対しては興味津々だった。まったく記憶がないにもかかわらず、どんな人物であったのか、知りたくてたまらない。息子がロクでもない人間に育つと、必ず父は母を糾弾する。

「おまえの教育がなってないからこうなった」

母と息子の絆の強さは特別であり、息子の命運は母の手に握られている。だからこそ気になる。瑞穂は、竜司をどのように育てたのだろうか。

仏壇横の箪笥の中身は、ほとんど衣類だった。うしろを振り返って押し入れを開ければ、そこには寝具が詰め込まれている。

家具の少ない、殺風景な部屋だった。

何度か見回しているうち、この部屋の機能は睡眠と着替えに特化されているのがわかってきた。

目当てとするアルバムは、ここにはなさそうだ。今、探すべき獲物の筆頭は、アルバムの類いである。時間順に並べられた写真は、記憶を蘇らせてくれるツールとして最適だった。

彼は、アルバムを求めて、キッチンへと移動した。

十畳ほどの広さのダイニングキッチンの中央に四人掛けのテーブルが置かれ、四人全員が椅子に座って見られる位置に、テレビが配置されていた。

この家の構成員は最大で三人のはずである。にもかかわらず、椅子は四脚あった。座る人間の数は、三人からふたりとなり、ひとりになり、とうとうだれもいなくなってしまった。

その寂しさが、ほとんど使われた形跡のない三脚の椅子に込められている。

流しとコンロが並んだステンレス製の調理台も、窓ガラスにはめ込まれた換気扇も、薄汚れていて、古臭さを隠しきれない。磨りガラスの窓の向こうから、隣家との境となる灰色のブロック塀が迫って、圧迫感があった。

食器棚の横の窪んだスペースに収まっているガラス製のショーケースだけは、この家の家具に似合わず、お洒落で、新しかった。中には、文庫本や単行本、ノートなどがぎっしりと並べられている。

扉を開いて、まず目についたのは、数十冊を超す家計簿の束だった。すべて、婦人雑誌の付録としてついてくる家計簿だった。何冊か取り出してページをめくってみた。

書き始めの頃、中身は充実してぎっしりと細かな字で項目が書き込まれていたが、家族の数が減るにつれて数字はまばらになり、最後の一冊の記載は、昨年、五月初旬で終わっている。真庭が言った通り、瑞穂がこの家を出たのは、昨年の春であったとみて間違いなさそうだ。

家計簿と並んで、アルバムが数冊、収納されていた。ようやく目的地に到着といったところだ。すべて抜き出し、両手に抱えてキッチンテーブルまで運び、椅子に座って広げた。

台紙に貼られた写真の数はあまり多くなかった。一般的な家族がどのくらいの量の写真を残すものなのか、見当もつかなかったが、ぱっと見ただけで、ここにある枚数は、平均以下であろうと予想がついた。

幼児の頃、小中学校の頃、高校の頃、大学の頃と、竜司の成長を追って撮影された写真は、どれもお仕着せで、顔に満面の笑みはなかった。瑞穂と昭三、ふたりだけで写っている写真はほとんどなく、特に、竜司が死んで以降の写真は、一枚もないというありさまだった。

写真の中で、瑞穂は眼鏡をかけていた。ふっくらと白い瓜（うり）ざね顔で、美人ではないけれど、肌のきめ細かさが際立っていた。前髪で額を隠す、おかっぱに似た髪形だった。笑顔のものは少なく、憂いを含む表情が多いように感じられた。

瑞穂の人生が幸福であってほしかったと、強く望んでいたにもかかわらず、その願いは叶（かな）わなかったようである。

最大の理由は、息子の人生の不自然な幕切れだった。

……変死、突然死。

ほかになんとも表現のしようのない死に方だった。ふと気になることがあった。

……瑞穂は、あの本を読んでいたのだろうか。

調べるのは簡単である。読んだのなら、外に持ち出されていない限り、その本は家の中にあるはずだった。

ざっと見回したところ、部屋にある本の収納場所はショーケースだけであり、もう一度その前に立って扉を開いた。

上段から中段、下段と、目で追うと、収納の仕方にごく一般的な規則性があるのがわかる。上から下に行くに従い、本のサイズが大きくなっていく。上段は文庫本、中段は単行本、下段は辞典や写真集など豪華な体裁のもので、占められている。

中段の単行本には、般若心経、神道、修験道などの、古代からの宗教を扱ったものが多く見られ、上段の文庫本には女流作家の手による現代小説が多く見られた。

文庫本の列の端に、書店で購入した際につけられるカバーで覆われているものが一冊だけあった。ほかの文庫本にはカバーがないため、その一冊の特徴は目立っていた。興味はあるが、タイトルが目に入るのも嫌、という矛盾する気持ちが、込められている。

手に取って表紙を開くと、タイトルが飛び出してきた。

『リング』

思った通り、瑞穂は、この本を読んでいた。どこかで噂でも嗅ぎつけたのだろう。

七十歳近い女性が、自ら買って読むような本ではない。

ラストのページの奥付には、文庫本初版の発行年月日が記されている。

昨年の四月二十四日だった。

瑞穂がこの家を出て、行方がわからなくなったのは、昨年の五月以降である。失踪の原因が『リング』にある可能性は十分にあった。

本の中には、高山竜司の死に様が描写されている。母として、読むに耐えない事件を、瑞穂は、一体どんな気持ちで読んだのだろうか。

さらに追い討ちをかけるように、希代の超能力者である山村志津子の娘、貞子の怨念がこもったビデオ映像を見たことにより、竜司は絶命したと書かれている。

不可避の災害というのならまだ諦めもつくが、かくもばかげた原因で、息子が死んだと説明されて、納得できるはずがない。

いくら否定したところで変わらないのは、息子が二度とこの家に戻って来ることはないという事実だった。

瑞穂が胸に抱いたであろう気持ちを想像して、彼は、つぶやいた。

……戻ってきたんだよ、母さん。

13

文庫本の『リング』を持ってテーブルに戻り、アルバムの横に置いて、両方を交互に眺めやった。

竜司の人生と死が、テーブルの上で、隣り合っている。

もう一度、アルバムのページを開いて、竜司の生い立ちを辿ってみた。

一ページ目に刻まれた竜司の足跡は、当然、生後間もない赤ん坊から始まるはずである。しかし、その一歩は、既に、幼児から始まっていた。

別の一冊があるのかもしれないと、ガラスショーケースを探ってみたが、それ以前のアルバムはなかった。その代わり、奥のほうに、新聞紙が束ねられているのが見えた。意図して隠されたわけではなく、アルバムを出し入れするたびに、奥へ奥へと押し込まれ、筒状に丸まってしまったようだ。

長い年月が経っているはずなのに、新聞からは春の匂いが漂ってくる。

抜き出して、テーブルに戻り、椅子に座った。四つ折りにされた新聞紙は、かつて輪ゴムでまとめられていたようだが、今はかすかにその形跡を残すのみである。摩耗してひび割れたゴムが、複数に切断されて、新聞紙に付着していた。優に数十年経っているのがわかる。

紙自体は茶色に変色し、触れただけでぼろぼろの紙片となってこぼれ落ちそうだった。

破れないよう注意して、テーブルの上に広げていった。

今から四十年前の、日刊＊＊新聞の朝刊と夕刊で、四月十七日の日付が入っていた。

竜司が生まれた年の新聞であったが、誕生日は一か月以上ずれていた。竜司の生年月日は、真庭が取ってきた戸籍謄本で確認済みである。年は同じだが、生まれたのは翌月の五月二十五日である。

高度経済成長を謳歌（おうか）した時代の、何気ない一日の様子が、社会面のそこかしこに表れていた。

大事件がないときの紙面がこうなるという見本のようなものである。

「フロ屋の値上げ反対集会が持たれた」

「大学入試に落ちたと思って家出した青年が補欠合格していたとわかり、両親がその旨を伝えるべく捜索願を出した」

「小学校唱歌『春の小川』のモデルとなった川の暗渠（あんきょ）化工事が始まる」

社会面中央には、大峯奥駈（おおみねおくがけ）修行に参加する修験者たちが、桜をバックに白装束で集う写真が載り、「吉野の桜、今が満開」とタイトルがつけられていた。

どのページも、春めいたエピソードが満載であった。

なぜ、ほかでもない、この日の新聞が、輪ゴムでとめられて、アルバムの奥にしまわれていたのだろうか。もちろん、無意味、ということも有り得る。たとえば、クッションとして使おうと、その辺に置かれてあった新聞を束ね、棚の奥に突っ込んだだけなのかもしれない。その場合、新聞はいつのものであっても構わない。

しかし、もし、意味を持たせるのであれば、赤ん坊が生まれた日と、新聞の日付を一致させるべきである。

将来、子どもが大きくなってから、おまえが生まれたのはこんな日だったよと、教えてあげるために。親は、そんな意味を込めて、子どもが生まれた日の新聞を保管するものである。

ところが、新聞の日付は、竜司が生まれた日と一か月ばかりズレている。

……四月十七日。

引っ掛かるものがあった。この数字を、以前、どこかで見ている。山村敬から届いた手紙の中に、この数字が書かれていた。山村志津子が産んだ長男、哲生の誕生日としてだ。

数字の一致は偶然なのだろうか。もし、瑞穂が、意味を込めて、哲生が生まれた日の新聞を、出産の記念として保管したのだとしたら、そこからどのような解釈が導き出せるだろうか。

事象と事象を、理路整然と並べ替える作業が必要である。

両目を閉じ、上半身を椅子の背にあずけ、じっと考えた。これまでに知り得た知識を総動員させ、起こった事実を、先入観を捨て、多方面から検証し、矛盾がなくなるように、並べ替えていく。

まずは山村志津子に関すること……。

スキャンダルまみれで、故郷大島にあって鼻つまみ者であった山村志津子は、哲生を四十年前の四月十七日に産んだ。

哲生の父がだれであるかは不明である。

三か月後、志津子は三原山火口に飛び込んで自殺を遂げるが、その前の月、戸籍謄本の附票から哲生のみ転出届が出されていた。

志津子の幼馴染(おさななじ)みである源次は漁師で漁船を所有していた。

次に、高山瑞穂に関すること……。

瑞穂は、二十歳前に空襲で家族のほとんどを失い天涯孤独の身であった。

四十年前に、父親不明のまま竜司を産んだ。戸籍謄本における竜司の生年月日は五月二十五日。

出産を境にして、性格が著しく変わったという印象を持つ者が、彼女の周囲に多数いる。

ふたりの女性を並列させて人生を辿ってみると、ひとつの仮説が浮上する。重要なポイントは、志津子が三原山に飛び込んでいるという設定だった。本当に飛び込んだのなら、千度という高温のマグマに焼かれ、肉体は完全に消滅して、あとには何も残らない。

つまり、まったく別人として、生まれ変わることが可能である。

……山村志津子は生きている。

東京で哲生を産み、本籍のある大島に出生届を出したものの、志津子は、恋人の伊熊平八郎との不倫の果てに捨てられ、世間からは糾弾され、化け物のように扱われ、強い自殺願望を抱いた。一旦は本当に死のうと思ったのだ。ところが、経緯は不明であるが、そのときちょうど、天涯孤独な身上で、同年齢の、背格好も似ている女性の戸籍を手に入れるチャンスに恵まれたとしよう。

生まれ変わりたいという願望が生じたとして、何ら不思議はない。

……再生への願い。

故郷の大島には、再生を果たすための好条件が揃っていた。三原山の火口もあるし、幼馴染みの源次もいて、何でも言うことを聞いてくれる。大島にいることをアピールした後、遺留品や遺書を火口付近に残し、源次の漁船でこっそり島を脱出すれば、島民からは、どうみても、自殺したとしか判断されないだろう。

高山瑞穂と成り代わった志津子は、相前後して、東京の南西部地区にて、子の出生届を出す。しかし、手筈を整えるのに時間がかかり、四月十七日という彼本来の誕生日を記載できる期日は過ぎてしまった。出生届の提出は十四日以内と義務づけられている。期限を過ぎた場合は、正当な理由が記された「戸籍届出期間経過通知書」が簡易裁判所に出されてしまう。疚しさを胸に抱える人間にとって、簡易裁判所等と関わるのは、是が非でも避けたかったに違いない。

そこで、十四日の提出期限をぎりぎり遡り、五月二十五日の出生日時で、竜司の出生届が出されることになった。

瑞穂は、本来の誕生日である四月十七日を忘れたわけではなかった。その日の新聞はとっくに入手済みであり、大切に保管され、この家に引っ越し、ショーケースが運び込まれた後、輪ゴムでとめられ、アルバムの奥にしまわれることになった。

哲生を附票から転出させたのは、役場からの連絡事項が、山村荘に届かないための策だ。いい加減な転入届をでっち上げれば、住所不定として浮いた状態にはならなかったはずだが、そこまでの念押しは必要なかったのだろう。

こうして、志津子は、高山瑞穂と入れ替わって新しい人生をスタートさせた。

ところが、その代償として、娘をひとり失うことになる。

貞子だ。

当時、既に七歳になっていた貞子は、志津子にとって重荷でしかなかった。生後間もない赤ん坊なら、東京と大島を行ったり来たりという根無し草の生活を利用して、いかようにも操作可能だが、大島の小学校に通い始めていた貞子となると、そう簡単にはいかない。貞子も一緒となれば、計画自体、台無しになってしまう。

断腸の思いであったのか、それとも、体よくやっかい払いをしたのか、どちらとも定かではないが、志津子は、貞子を諦めざるを得なかった。

貞子は捨てられたのだ。

その結果、貞子の人生はどのようなものとなっただろうか。

家族もなく、たったひとり山村荘に身を寄せた貞子は、スキャンダルまみれの、キモチ悪い女の娘と後ろ指をさされ、虐げられた。学校ではひどい苛めにあい、だからといって庇ってくれる者はだれもなく、絶望的なまでの孤独に苛まれた。

それでもどうにか女優としての夢を持ち、活路を開くため東京に出て、劇団に入ったものの、挫折して女優を諦め、最期は、井戸に投げ込まれて短い生涯を終える。

井戸の底の汚水に身を浸しながら、貞子は何を考えたのだろうか。短く、不幸な人生の発端は、どこにあったのかと、原因を探って、答えを得た。

……母に捨てられたこと。

貞子は、井戸の底で、呪詛の言葉を吐き続けたに違いない。

……そんな身勝手が、許されると思っているの。

顚末を、瑞穂は、『リング』を読むことによって、知ってしまったのだ。捨てられ、虐げられた者の怨念は地下深く潜り、水脈となって流れ、出口を見つけ、憎悪となって噴出し、竜司の身に襲いかかった。

ひとりを選び、ひとりを捨てるという選択がもたらした、かくも不可思議な因縁を目の当たりにして、ふたりの母である瑞穂は、どういった感慨を抱いたのか……。悲しみ、絶望、後悔、懺悔……、言葉で言い尽くせるものではないだろう。目に見える事象によって構成される現世の裏で、事象を操る糸は複雑に入り組んでいる。

その不思議さを実感したとき、人間はどこに救いを求めるべきなのか。人智を超えた存在にすがるほかなさそうだ。

上半身が、徐々に前に倒れていき、テーブルに突っ伏していた。

この世界にきてからというもの、心はいつも平静を保ち、感情が大きく起伏することはなかった。思い出もなければ、愛する者もなく、心に振幅をもたらす要因から遠ざけられていた。

母の苦悩を想像したとき、胸の中に洪水となって流れ込んでくる感情があった。防波堤を乗り越える波に押し上げられ、この世界に来て初めての涙が、あふれようとしていた。

涙に曇る目の先に、ぼうと浮かぶ貞子の顔があった。

貞子が世界に向ける憎しみの本質……、それは、母に捨てられた者が、選ばれた者に向ける恨みである。

姉と弟、肉親だけによけい、その力は強い。

……姉さん、あなたの目的は、何なんだ。

いくら問うても、答えはなかった。

第四章　大峯山

1

考え得る限り、もっとも嫌な死に方とは、どのようなものであろうか。身体を切り刻まれ、ゆっくりと殺されていくのは、相当に嫌な部類に入る。しかし、人間の肉体とはうまくできたもので、連続して激しい苦痛が与えられ、その延長線上に死が見えてくると、脳内から麻薬物質が分泌されて痛みは緩和されてしまう。拷問に対する恐怖もまた朦朧（もうろう）とした意識の中に溶け込み、逆に、混濁の合間から甘美な世界が垣間（かいま）見えるようになる。

　痛みは実在しない。皮膚が切り裂かれたとして、そこに痛みをもたらす物質が付着するわけではない。刺激によって発生した電気信号が神経を伝わり、脳が痛みとして認識するだけだ。

　そう考えれば、肉体的な痛みを伴う死に方にはある程度耐えることができそうである。

　柏田にとって最悪の死に方は、地中深く埋められることだった。

身動きが取れないほど小さな棺桶に押し込まれ、正面の蓋を釘付けにされて、地中深くに下ろされてゆく。ザッザッと蓋の上に土がかぶせられる音が響くにつれ、その重みをずしりと感じられるようになり、絶望感は深まっていく。だからといって、すみやかな死が許されているわけではない。細いチューブを通して地上の空気が棺桶内部に届けられるという悪魔の所行によって、窒息が防がれている。死に至るまでの長い長い時間、硬直したまま身動きひとつできず、真っ暗闇の中、意識体のみとなって、耐え続けるだけだ。唯一の救いは、発狂によって意識の混濁がもたらされることだろうが、いずれにせよ、長い時間を要する。

そのまま、肉体が死んだならば、意識は亡魂となってずっと地下に残りそうな気がする。死に方が酷ければ酷いほど、人の魂は、永遠に浮かばれない地縛霊となって地中に残り続ける可能性が高くなると、柏田には思えた。

棺桶に詰め込まれて土中に埋められているという事態は、今の自分の姿と同じだった。棺桶の材質が木から柔らかな肉に変わったというだけだ。

もうひとり、似た状況に陥って亡くなった近親者として、貞子が浮かぶ。

貞子は、井戸の底で死を迎えるまでのたっぷりとした時間、何を考えたのだろうか。川口によってもたらされた新たな情報と照らし合わせれば、貞子の内面にぼんやりとした光を当てることが可能となる。

川口は、高山瑞穂の自宅を訪れて得た憶測を、伊豆大島差木地に源次を訪ね、話を聞き出すことによって、真実の情報へと変えていた。

彼の予想した通り、山村志津子の自殺は偽装であった。その後、東京で、小田切瑞穂の戸籍を入手して成り代わった事実までは知らなかったが、志津子に懇願された源次は、彼女を漁船に乗せて大島から連れ出し、三浦半島に上陸させていたのだった。

その結果、貞子は捨てられ、選ばれた哲生は竜司の名で成長することになった。

意識のみの存在となって以降、柏田には、内省する時間がたっぷりとあった。様々な角度から心中に光を当てても、他者に向ける憎しみの芽を発見できなかったのは幸いであった。

しかし、貞子の場合……。

もてあますほどの時間の中、なぜ、井戸の底で朽ち果てるという運命を背負わされることになったのかと、根源的な原因を探り始めたのである。

赤ん坊は母を選ぶことができない。一方的な受け身として誕生させられた子が、親に縋りついて庇護を求め、叶わなかったとき、細胞のひとつひとつにその悲しみは刻印されていく。

志津子が貞子をどう扱ったのか、正確なところはわからないとしても、世間から受けた糾弾や、恋人であった伊熊平八郎の煮え切らない態度など、ストレスの原因は多々あったと想像できる。子どもを育てる環境が整っていたとは言い難い。

志津子は、不満の捌け口を貞子に向けたのではなかったのか……。

そして、貞子は、母から受けた迫害を、腹いせとして、生まれたばかりの弟に返そうとした。

ところが、その行為はまた、母をひどく怒らせ、貞子への折檻は激しくなり、比例して、弟への憎しみはさらに増すという悪循環に陥った。

源次の話によれば、貞子は、たびたび母の志津子から折檻を受けたにもかかわらず、母にまとわりつき、エプロンの裾を摑み、小さな声で「ごめんなさい、ごめんなさい」と謝り続けていたという。

子は、親から、公平な愛を受け取りたいと願うものである。一方は欲しいものを与えられ、一方は我慢を強いられるとなれば、後者は、前者への憎しみを募らせ、やがて復讐を考え始める。

えこ贔屓の決定打は、自分は捨てられ、弟が選ばれたことであった。

捨てられた者の魂がもっとも癒されるのは、選ばれた者の苦しむ姿を眺めるときであり、母に対する最大の復讐は、手塩にかけて育て上げた者を奪うことである。

そう考えれば、魔のビデオテープがあっけなく収束していったのも頷ける。貞子の目的は、呪いの蔓延というより、その威力が高山竜司に届くことだった。その後の展開は、ただ単に、慣性の法則が働いたというに過ぎない。

魔のビデオテープは役目を終え、ひっそりと消えていったのだ。

ところが、あたかも蛇が脱皮するかのように、形態を変え、貞子の怨念は蘇ろうとしている。形骸化した古い肉体を捨て、彼女は、若い身体を手に入れた。

古より連綿と続く、疫病、洪水、飢饉、戦乱、などの災厄は、地下水脈のごとく地中を這う怨霊の為せる業なのだろうか。そのときどきで、怨霊は相貌を変えて、地上に現れる。地下から地上に至る通路を知っている者は、古代より、呪術者、巫女と呼ばれ、蛇によって象徴される。疫病が流行るとしたら、それは死者の祟りにほかならない。

貞子のＤＮＡは、春菜に働きかけ、情報を発信させ、柏田を大島の行者窟に導き、真相に迫るよう操作をした。弟に、自覚させる必要があったからだ。恨まれる理由を知らぬままでいるのが許せなかったのだろう。

さらに貞子のＤＮＡは、春菜の内部で、入院患者の患部から吸い取った病苦に、憤怒を混ぜ合わせ、熟成させ、無数に増殖する邪悪を作り上げようとしている。憎しみが力を握り、新たな意欲を持ち始めたのだ。

一旦収まったはずの怒りは、いつ目覚めたのだろうか。

肉体を失ってようやく積極的な行動に出られるという巫女体質の隙をついて、真砂子が死んだときに出現したのか。それとも、貞子は、子宮の奥にいて、竜司が成長する過程を、静かに見守っていたのかもしれない。相手が大きくなれば、また面白い遊びができると、期待に胸を膨らませながら……。

それほどまでに貞子の絶望と悲しみは深い。

その憎しみによって、柏田の意識は、地の底に捕らえられている。

貞子が抱える心の傷を癒すのが、呪縛から解放されるための方法であるとすれば、果たして自分はその魂胆にどこまで荷担させられるのか、善悪の基準を保てるか否かが問われるのだった。

悪は常に、仲間を増やしたがる。善を増やす行為が、地道な作業に支えられるのと比べ、悪は、一気に爆発的な増殖を見せることがある。その場合、悪魔が利用するのは、人間の持つ、思いやり、正義感、優しさ、喜び、悲しみ、嫉妬、怒り、憎悪、恐怖などの情動のうちの、後者に列するものとなる。

恐怖を煽るというカードを使えば、いとも簡単に優しい人間に殺人を強いることができる。

憎悪の火を燃え立たせれば、思いやりのある人間をいともたやすく破壊行為に駆り立てることができる。

まれびととして、黄泉の国から遣わされた者として、人間に警告すべきは、為す術もなく情動に身を任せてはならないということである。憎悪と恐怖に打ち勝つのは、勇気に裏打ちされた理性のみだ。

しかし、貞子が仕掛けた罠に嵌まってしまった今、柏田は、その苦しみから逃れようとして、悪魔の囁きに耳を貸してしまう事態を恐れる。

身体の一部が水に浸かったのだろうか、どこからともなく、声が届けられそうな気配があった。

柏田は思考力を弱め、外部へと意識を向けた。

相手の声が届くより先、柏田は訊いていた。

……ここは、どこだ？

彼は、自分の身体がどこにあるのかと、訊いたつもりだった。

2

今朝早くに奈良に入って、御所市を訪れたのは、この機会にどうしても役小角生誕の地を見ておきたかったからだ。

吉野にある金峯山修験本宗への集合時間は午後四時のため、午前中を使って、葛城山の山麓を散策する余裕は充分にあった。

奈良盆地南端に位置する御所市の、のどかな田園風景の中、役小角生誕の地として知られる吉祥草寺は、ひっそりとたたずんでいた。案内も何もなく、よほど注意していなければうっかり通り過ぎてしまうほど、目立たない寺だった。

レンタカーを畑に面した駐車場に停め、川口と柏田は、畔道を通って境内まで歩いた。

柏田の歩幅は小さく、左右のバランスが取れていなかった。川口の背後にへばりついて、遅れないようについてくるのがやっとである。振り返るたび、無表情な顔がすぐ目の前にあり、その距離の近さに何度も驚かされた。もう少し離れないと、他の人から奇異の目で見られる恐れがある。しかし、いくら柏田の胸を押し戻しても、すぐにまた距離を詰めてくる。

駐車場から境内まで、百メートルばかりの距離を歩くのに、思った以上に時間がかかり、川口は、山中八十キロの道程を柏田は踏破することができるだろうかと、このあとの行程にいささかの不安を抱いた。

境内から西を眺めれば、金剛山を主峰とする葛城山系が南北に走るのが見え、南に目を転じれば、吉野から熊野に至る大峯山系が、同じく南北に伸びているのがわかる。

葛城山の洞窟に籠もって修行を重ね、不思議な力を得た役小角は、あるとき、一言主神に向かって、吉野の金峯山と葛城山の間に橋を架けるように命じる。ところが、命じられた一言主神は、これを嫌がり、役小角に邪念ありと讒言して、小角が伊豆大島に流される原因を作る。

葛城山から吉野まで、直線にして約二十キロの距離を橋で結ぶ工事など、現代においてさえ、できるはずもなく、小角の命令には別の意味が込められていたはずである。今となっては、意図がどこにあったかは知りようがない。

役小角が幼少の頃から駆け回った庭であり、伊豆に流される原因となったものこそ、奈良盆地南端を挟むふたつの山系だった。

ぐるりと首を巡らせて風景を確認した後、川口の視線は、本堂に向かって左にある開山堂へと向けられた。

開山堂には、役小角像と並んで、母である白専女の像がまつられているはずだった。小角像は、日本各地に流布しているが、母の像となると数は少なく、その存在は貴重である。

川口は、木製の階段を三段ばかりのぼって、格子の隙間から中を覗いてみた。

役小角の座像は、大島の行者窟のものとほぼ同じ格好をしていた。高下駄を履いて座り、右手に錫杖、左手に経巻を持っている。全国に多く流布している一般的な格好である。

注意を引いたのは白専女のほうだった。僧衣に隠れて見えないけれど、表面に現れた布の形状から、あぐらをかいているのがわかった。頭巾がおかっぱのように垂れて額を隠し、肌をさらすのは、顔、首筋、手首に限られていた。外見からだけでは男女の区別をつけるのは難しい。両手をきちんと合わせて祈りの姿勢を取り、口を薄く開け、濃い灰色をした顔面の中で、ふたつの瞳がかっと見開かれ、白く光っていた。

独鈷杵を飲む夢を見て、役小角を身ごもった母、白専女の実名は、トラメといい、語源を遡れば、古代の巫女に行き着く。

父のないまま神聖受胎して生まれた子と、その母の像が並んで安置されているのは、おそらく開山堂だけだろう。

本堂に向かって右側には、役小角が産湯をつかったとされる井戸があり、円筒形の縁には黒い岩が積み重ねられていた。中を覗き込むと、底のほうで水の気配が黒々と渦を巻いていた。

その横には手水舎の水盤があり、うって変わって、清水があふれていた。

周囲を見渡しても人影はなかった。この場で、しばらく会話を交わすことができそうだった。

川口は、柏田の手を取って水盤へと導き、両手を清水の中に差し入れるよう仕向けた。

水があふれるように、川口の脳内に言葉が流れ込んできた。

……ここはどこだ？

「吉祥草寺。役小角生誕の地とされている」

……われわれの故郷か。

「そうとも言えるな。正面の開山堂には、白専女の座像がまつられている」

……見なくてもわかる。大島の行者窟で見た女の顔のひとつだ。老いた顔から、若い顔へと、時間を遡るにつれ、表情もまた変化した。

「その中のひとつに、貞子の顔もあったと思うのだが」

……たぶん、最後に見た顔だろう。

「貞子は何かを伝えたがっている。われわれは、彼女の願望が何なのか、知る必要がある」

……大峯山に行くのは、そのためなのか。

「と同時に、母に会うためでもある」

……本当にいるのか、そんな山奥に。

「なぜか、古代に起こったのと、同じことが起ころうとしている。七世紀の終わりごろ、一言主神の讒言を受け、朝廷側は、大峯山に籠もる役小角を捕らえようとした。ところが、山中にて自在に身を操る小角にいいようにあしらわれ、歯が立たず、官人たちは、小角の母を人質に取っておびき出すという卑怯(ひきょう)な手に打って出た。それと、同じことが起ころうとしている。貞子は、高山瑞穂を大峯山中に隠し、われわれをおびき出そうとしている」

……大峯山は山深い。そう簡単に、母のいる場所が特定できるとも思えないが。

「瑞穂は、失踪する直前まで、吉野の寺に何度も電話をかけている。奈良の病院で保険証を使った形跡もある。真庭から得た情報を元にすれば、居場所はある程度推測できる。失踪した後、高山瑞穂が、吉野にある修験本宗を訪ねたのは、確認済みだ」

……母と会う目的とは？

「この世界に来るとき、われわれには、リングウィルスの蔓延を防ぐという使命があった。ところが、いとも簡単に災難は去った。拍子抜けするぐらい、あっけなく。当然だ。貞子の怨念はおれたちをターゲットにしていた。使命が消えた今、このあと、何をすべきなのか、われわれは、知る必要がある。生きる意味を見つけなければならない」

……母に会えば、わかるというのか。

「断言はできないが、可能性はある」

……おれの、この身体で、山岳斗走するのは、相当にきつそうだ。

「安心しろ、参加者の中には七十過ぎの老人もいる」

……しかし、不思議なものだ。おれたちには、母についての思い出もなく、愛、執着、憎しみなどの感情も希薄だ。ところが、貞子の胸には情念が渦を巻いている。母を同じくするというのに、正反対の生き方をしている。

「執着が激しく、情念が渦を巻いていたら、まれびととしての仕事など、できやしないさ」

……おまえは、やはり、使命をまっとうしたいと、考えているんだな。

「他の生き方がない、というだけだ」

……おれは怖い。今の、この状況から脱するためなら、悪魔に魂を売りかねない。頼みがある。そうなる前に、おれの身体を消滅させてくれないか。

「どうやって」

……奥駈道は険しいと聞いている。高い崖の上から落とせばいい。

「それはできない」

……簡単だろう。崖の上に立たせて、背中を一押しするだけだ。気にするな。死への恐怖なんて微塵もない。

「だとしても、別の恐怖があるはずだ」

……わかるのか。

「あたり前だ。一心同体なのだから」

……そう、肉体が滅びてなお魂が残り続けることがもっとも怖い。そうなったら、もはや手の施しようがない。魂には物理的作用の一切が及ばないからな。生々流転を止めて一か所にとどまり続けるのは最悪の事態……、仏教書に描かれる地獄の実相はまさにそれではないのか。

「矛盾していると思わないか。人は、事故、病気、災害、暴力など、肉体を脅かすものを恐れる。本家本元である肉体を消滅させて、純粋な意識体となれば、恐れるものなど何もなくなって、安心立命の境地が手に入るはずなのに、今度は、その状況こそ最悪の事態であるという」

……おれは、永遠の命を欲したことなどない。

「わかっている。まれびとの役目は、恐怖の対象が根絶された後の、永遠の世界を、人々に夢見させることではない。それらに対処するための実践と心構えを説くことだ」

……ならば教えてほしい。おれはどうすればいい。

「今はまだ、わからない」

……まれびとならば、答えられるはずだろう。

「そう焦るな」

……なあ、おれは、どうすればいい。いずれそのときは来る。わかっていて、勇気が挫けそうになる。

「勇気をくれというのか。勇気は、もらったり、与えたりするものではない。行動を通して涵養するものだ」

……肉体と精神が乖離していて、行動もなにもあったものか。

川口は、両手を清水から抜き取り、無意味な反復に陥りかけた会話を強制終了させた。柏田の気持ちが理解できるだけに余計、聞いていて辛くなる。

重なり合って立つふたりの横には、役小角が産湯をつかったという井戸がある。爪先立って中を覗いているうち、呻きに似た柏田の声が、その中から響いてきたような気がした。

腰を折って井戸の縁に顔を近づけた。それほど深くはなく、川口の目はたやすく水面をとらえることができた。

黒々とした水面に、白く弾ける点があった。底から小さな泡が浮かんできては弾け、黒い鏡の面を乱している。泡は、底のほうから、腐った血の臭いを吸い上げ、発散させていた。腐臭はまた羊水を連想させてくる。

井戸は、地下の世界が、地上の世界と繋がるための、通路にほかならない。

黒い水面に、貞子の顔が浮かんで、消えた。

3

吉野にある金峯山修験本宗の、玉砂利が敷き詰められた庭に足を一歩踏み入れたときから、歩き方に小さな変化が現れた。

ぎこちなさが多少薄まり、心なしか柏田と歩調が合ってきたようである。この調子なら、吉野から熊野方面への山道にもついてこられると、川口は安堵を覚えた。

玉砂利の丸みを足下に受け、川口は、立ち止まって両目を閉じ、すべすべとした小石の表面を味わうように、深呼吸をした。三三五五修験者たちが集まり始めたのか、そこかしこから、ザッザッとリズミカルに玉砂利を蹴る足音が聞こえてきた。目を閉じているせいかよけいに、彼らが身につけている装束の白さが想像でき、清浄な感覚が呼び覚まされる。

目を開けると、本堂横の窓口に並ぶ修験者たちの列が見えた。

列に並んでいたひとりが、群れからはずれて庭にある手水舎に向かった。彼は、清水で手を洗い、うまそうに口に含んでいた。

吉祥草寺にて、会話を一方的に断ち切ったままになっていたのが気にかかり、川口は、柏田をそこに導き、手を取ってそっと水に浸けた。

　ひやりと冷たい感触よりも先に、言葉が流入してきた。

……頼む。予告もなく会話を終わらせないでくれ。そのたびに、地獄にたたき込まれた気分になる。

「悪かった。その代わり、答えられない問いを反復するのもやめてほしい。時間の無駄だ」

……わかった。気をつけよう。ところで、ここはどこだ。おれたちはどこにいる？

「吉野だ。今、修験本宗の門をくぐったばかり。修験者たちが集まりかけている。すぐ南にそびえているのが大峯山だ」

……遠いのか。

「山上ケ岳(さんじょうがたけ)山頂の大峯山寺まで、二十五キロばかりある」

　背後に行者の気配を感じ、清水を譲るために井戸の縁を離れようとする直前、川口は早口で囁(ささや)いた。

「水から離れる。一旦(いったん)、終えるぞ」

　両手を水から抜き取ると、声は消えた。事前に通告した上で会話を切ったわけだが、相手が納得しているかどうかはわからない。

　そのあとに川口が向かったのは、本堂横にある窓口だった。受け付けを終えた修験者たちは、先に本堂に上がったらしく、いつの間にかあたりから姿を消していた。

川口が、修行への参加申し込み書を整えて窓口に出すと、舌先で獲物を探る蛇のように、白い手がすっとのび、書類は奥に引っ張り込まれていった。

お守りやお札が並べられたカウンターに手をついて身をかがめてようやく、窓口の向こうに座る女性の顔が見えた。高山瑞穂と同年輩の女性で、座った姿勢からでも小柄な体型であるとわかる。

女性は、申し込み書類に目を通して頷き、日程が書かれた用紙を重ねて戻してきた。予定表によれば、この後、皆で夕食をとって風呂に入り、早めの床に就くことになっていた。

明日からは深夜二時起きで、全行程四日間の山岳斗走が始まる。

女性の前に、川口は、写真を一枚、そっと押し出した。

「昨年の今頃、この人が、やって来たはずなのですが、覚えていらっしゃいませんか。名前は、高山瑞穂といいます」

写真から顔を上げ、女性は答えた。

「ああ、瑞穂さんですね。昨年の夏、ここに三か月ばかり滞在しました。今は、前鬼のほうに移られたとうかがってますが」

「やはり、そうでしたか。ありがとうございます」

真庭から教えられた通りだった。瑞穂は、昨年の五月に東京を出て、伊勢から奈良を辿(たど)り、金峯山修験本宗で三か月ばかり過ごしている。初夏から夏にかけて行われる、大峯奥駈修行に出立する修験者たちの世話をするためだ。

しばらくして前鬼に移ったのは、修行を終えて再生を果たした修験者たちを迎えることに、新たな意義を見出(みい)だしたからだろう。

吉野から出発して、大峯山系の急峻(きゅうしゅん)な峰を辿り、熊野に抜ける大峯奥駈修行は、古代から繰り返し行われてきて、始祖は、役小角とされる。

吉野にあるいくつかの金峯山修験本宗では、毎年夏に大峯奥駈修行を主宰する。全国から集まって来る参加者は約五十名であり、その職業は様々だ。会社員よりも自営業を営む人間が多く、中には寺の跡継ぎや地元に信者を抱える山伏など、仕事の一環として毎年の参加を決めている人間もいる。途中通過する大峯山山上ヶ岳付近は現在でも女人禁制のため、前鬼までの修行の場合、参加できるのは男性のみと限られていた。

目的地である前鬼は、その名前の通り、鬼に由来する。

七世紀頃、箕面山(みのおやま)で暮らし、幾千もの人間を殺して食う恐ろしい鬼の夫婦であった前鬼、後鬼は、役小角に救済を求め、弟子として仕えることになってようやく人間になることを許される。以降、小角につき従い、手下として働くようになった。前鬼、後鬼とも、絵や石像木像など、役小角像に付属してよく描かれている。前鬼は、手にマサカリを持ち、後鬼は水瓶を持つという姿が一般的だ。表情は恐ろしく、いかにも鬼である。

前鬼の子孫は今も健在で、釈迦ヶ岳から池原方面に下った前鬼で宿坊を営み、修験者たちに宿と食事を提供している。

瑞穂が賄い方として働いているのは、その宿坊だった。かつて役小角に仕えた鬼の子孫の世話になっていることに、因縁の深さを感じる。

川口には、吉野から前鬼まで、約八十キロに及ぶ峰を、単独で走破する自信はなかった。原生林を縫う獣道は険しい上、ところどころ途切れている。道に迷って遭難するのを避けるためには、熟練修験者たちの導きを求めるのが一番と考え、瑞穂が失踪前に電話していた寺に問い合わせ、修行への参加を申し込んだのだった。

手続きを終了して、その場を去ろうとした川口に、受け付けの女性は声をかけた。

「ちょっと……」

「何か」

立ち止まって振り返ると、女性は、窓口の下の隙間から顔の下半分をのぞかせていた。見えるのは、顎から鼻のあたりまでで、そこから上は壁板に隠れている。

「よけいなおせっかいかもしれませんけど、あなたに、この修行に参加する資格があるのかどうか……」

声に深刻な響きはなかった。受け付けられたばかりの参加申込の許可を取り消そうという意図はないようだ。

「どういう意味ですか」

問い返す川口に、女性は含み笑いをしながら答えた。

「なにしろ、これまでになく、微妙なケースなものですから。ふふふ。まあ、気にしないでください。そのうち、わかります。このあと、護摩行の儀式が始まりますから、よかったら本堂にお上がりくださいな」

窓口の小さな隙間から女性の顔半分が引っ込み、声が消えた。

「どういうことですか」

もう一度、同じことを訊いてみたが、返事はない。

窓口の奥の空間は、何を訊かれても一切答えないという断固たる沈黙に支配されていた。

なんとなく、修験者としての素人ぶりを嘲笑されたような気がした。川口は、もやもやとした気分のまま、本堂へと上がった。

4

修験者たちは、本堂に集合して護摩行を行うことになった。

「新客は前へ」

先達山伏の声に促され、川口と柏田は燃える護摩木のすぐ前に座らせられた。

初参加の者は新客と呼ばれ、今回は川口と柏田だけである。それ以外は、幾度か参加経験のある者、あるいは関西を中心とした山岳講に所属して毎年参加する常連たちであった。

錫杖(しゃくじょう)のリズムに合わせて真言や般若心経が読誦(どくじゅ)され、全員の声がひとつになって本堂に響き渡った。古代から受け継がれてきた儀式の重さに圧倒され、炎に煽(あお)られ、顔が熱くなっていくのがわかった。

正面では、修験道の開祖である役小角像が、かっと目を見開いてふたりを見つめていた。

大峯奥駈修行の主たる目的は「再生への儀式」である。

しかし、「再生」を文字通りに受け取る者は少なく、参加者ひとりひとりが抱える事情を映して意味はそれぞれ異なる。

参加者の中には、事業の失敗に悩む人間もいれば、家族の病苦に頭を抱える人間もいる。夫婦の不仲が家庭に暗い影を落とし、あるいは家庭内暴力へと発展しそうな気配を察知している者もいる。幼い頃に両親から受けた虐待に無自覚でいるために、同じ行為を子に対して繰り返してしまう者もいる。何度も自殺未遂を起こした者もいれば、殺人罪で服役して刑期をつとめ上げたものもいる。あるいは愛する肉親を失った悲しみからいまだ立ち直れずにいる者……、それぞれに悩みを抱えた者たちは、行場ごとに読経する般若心経に、再生への期待をこめる。

生まれ変わるというより、現世の悩みを克服するのが主眼だろう。

護摩行を終えた後、夕食をとりながら、知り合ったばかりの仲間たちと雑談し、川口もまた、彼らが抱える事情の数々を聞いた。難病を克服できたお礼参りに来た者がいる一方、受け継いだ寺の住職がまっとうできるよう親から半強制的に送り込まれた者もいて、事情といってもその幅は広い。

常連のひとりは、寺の跡取り息子を指差して、笑いながら言った。

「寺の跡取り息子に生まれたくせに、いつまでたっても自覚が持てないんでよ、親父さんに無理やり放り込まれたんだと。そんなんで本当に遂行できんのかね」

吉野から前鬼までの急峻な峰を、禁酒禁煙で走破しなくては、大峯山行者講社本部が発行する「遂行證（しょう）」を受け取ることはできず、そうなれば面目は丸潰（まるつぶ）れだろうと、常連たちは笑った。毎年必ず数人、足を挫いたり、隠れて煙草を吸っているところを見つかったりして、挫折する者がいるのだと、彼らは付け加えた。

荷物の整理を終え、遅くなって大浴場に入ったところ、脱衣場にいるのは服を着る人ばかりで、これから脱ごうというのは川口と柏田だけだった。

浴場内では、立ち込める湯気が洗い場に座る人影を包み、幽霊のように見せていた。ぼんやりとした薄靄の中から、無数の蛇が這い回る模様が浮かび上がってきた。すぐに、人間の背中に描かれた図柄であるとわかった。ひとりの行者の背には、筋彫りと呼ばれる、色を入れる前の刺青がほどこされていた。未完成な絵であったが、図柄が蛇を象っているのは明らかだ。その中途半端さが、身体から醸し出される雰囲気と見事にマッチしていて、川口は、感心しつつ、無遠慮に眺め入った。

鏡の前に座って身体を流していた行者は、執拗な視線に反応して手を止め、振り返ってきた。

「なにか……」

彼は、タオル一枚肩にかけて立つ川口を見上げ、きつく目を細めてきたが、威力が届かないことを悟り、視線を逸らせた。

「失礼」

川口は小さな声で詫び、となりの流しに滑り込んで洗面器に湯を満たした。

となりの鏡には、行者の正面が映し出されていた。肋骨の浮いた胸は薄く、ところどころ黒い痣が染み出ている。俯き加減で、丹念に腕を洗い続けるのだが、その様は偏執狂のようだ。

川口は普段から、他人をあからさまに観察することを避けていたが、彼に対しては、知らず知らずのうち、好奇の視線を向けてしまう。この男のそばにいると、肌がざらつく、嫌な風の流れを感じた。それでいて、目が離せない。男の内面から溢れ出る、乾いた情念の源を知りたく思う。

男は、石鹸のついたタオルで、二の腕が赤くなるまで擦っていた。その動きは手にも及び、指の付け根が泡だらけになっている。

立ち上る妖気に、ふと思い至った。

……この男、ひょっとして、人を殺した経験があるのではないのか。

人を殺し、刑期を終えて娑婆に出た者が、大峯奥駈修行に参加して再起をはかろうとする心情は、充分に理解できるものだった。

5

午前二時に起き出して支度を整えると、修験者たちは先達のうしろに一列縦隊に並び、吉野修験本宗を出発して熊野方面を目指して歩き始めた。

ほとんどが、専用の行衣に篠懸、尻に曳敷、足に地下足袋、手に錫杖という正装に身を包む中、白のジャージに白の綿パン、スニーカーというラフな出で立ちで参加した川口と柏田の服装は、場違いな印象を投げていた。

暗闇の中にゆらりと動き出した白装束の一団は、幽玄の世界にたゆたう幻のようだった。

彼らから見れば、川口と柏田という、重なり合うふたつの人影もまた、肉体を離脱した幽体と見えただろう。

どこからともなく漂ってくる雨の気配が、霊妙な空気に瑞々しさを与えていた。

昨夜、寝室を同じくした修験者たちから、昨年に行われた大峯奥駈修行のエピソードの数々を聞かされていた。

修行の時期はほぼ毎年、雨の多い初夏の頃と決まっている。もともと紀伊山地は一年を通して天候は不安定で雨が多く降る。濃く茂った山肌の緑、高くそびえる杉木立ちは、この十分な水の恩恵を受けた結果だった。

昨年、大峯奥駈修行の一行は、山頂付近で土砂降りの雨に出会ったという。地下足袋も白装束もびしょ濡れになり、獣道は川のごとき様相を呈して流れた。急な斜面を降りるときは、泥水に呑まれて滑り落ち、泥に埋もれた岩に躓いては転び、怪我人が続出した。

毎年の参加を決めているベテラン修験者たちも、さすがにあの大雨には懲りたと、布団の中で、しみじみと感想を述べたものだ。

夜が明けないうちから、空模様が気になってならなかったのは、修験者たちとそんな会話を交わしていたからだ。

風に吹かれてざわざわと鳴る梢の音が、彼方から近づく大粒の雨音とそっくりに聞こえることがあった。方向も定まらず、風は木々を揺らし、葉の上にたまった露を散らせ、闇の中に雨の気配を濃く際立たせたりした。音が喚起する想像力は、ときとしてないものをあるかのように見せる。逆に、あるものを、幻のようにも見せる。

修験とは、験を修めることであり、験とは、自然現象の中に神々が見せるサインにほかならない。

獣道は細く、人ひとり歩くのがやっとだった。列がわずかに乱れて横に膨らんだとき、前方からひとりの行者が降りてくるのが見えた。彼もまた白装束に身を包んで、修験者の正装をしていた。唯一の違いは、着物の帯に小刀を差して、古の時代から彷徨い出たような雰囲気を身に纏っていることだった。山上ヶ岳での修行を終え、吉野に戻ろうとする行者に違いなく、ひとりひとり、行を成就させたことへの敬意を表し、頭を下げて挨拶を送っていた。行者は、すれ違いざま、小刀の柄に手を添えて小さく頷き、挨拶のひとつひとつにきちんと応えていった。ただひとり、川口にだけは、挨拶をよこさず、そこにいないかのように振る舞ったのが、解せなかった。彼は、無表情のまま、川口の横を音もなく行き過ぎていった。

杉の樹林に視界が塞がれ、晴れているのか曇っているのか、空模様がわからぬまま、ただひたすらに山の道を登り続けた。

ようやく空が白むころ、突如視界は開け、地平線のあたりに薄く、青白い雲の帯が見えてくる。

谷をひとつ隔てた遠くの峰で、広葉樹の葉群れが同じ方向に靡いていた。規則性を保ちながら波のように広がっていく様は、美しく、躍動感があった。やがて、木立ちを分けて吹き込んだ風は、どこへともなく消え、広葉樹のそよぎも止んでしまった。遠くの風景であり、音は聞こえない。しかし、たった今、吹いていく風そのものを見たと思えた。

吹いていく風が魂だとしたら、それによって喚起される現象こそ生命活動と呼べるものだ。人間の場合、およそ八十年という周期を持つ波というだけである。

空が明るくなった今、雨の不安は一応消えたといっていい。朝のうちは薄く雲がかかっているけれど、日が昇れば真夏日になりそうだ。雨よりはむしろ、暑さがもたらす喉の渇きを心配すべきだろう。

一時間に五分の割合で休息を取りながら、ペースを乱すことなくゆっくりと登山道を登り、登攀のきつい場所に来ると、奉行役を中心にして、「サンゲ、サンゲ、六根清浄」と唱和が始まる。

サンゲと聞こえるが漢字を当てはめればむろん懺悔となる。六根とは、眼、耳、鼻、舌、身、意、と人間を構成する身体と心の総和を意味する。懺悔して、感覚器官を清浄に保てば山の霊気との合一が得られ、その一体感により、登攀の苦役からいくらか解放される。

川口は、「六根清浄」という修験者たちの唱和が、柏田の意識に届くことを願った。声に合わせ、身体は自然な流れで前に押し出されてゆくようだ。一歩一歩進むという単調な繰り返しが、今は救いとなる。

夜の白み始めた午前四時から、さらに四時間登ったところで朝食になった。宿坊で朝の食事を取ってきたから、これが二回目の朝食である。この後、昼、夜、と一日に取る食事は四回となる。

尻に曳敷を巻いている者は、そのまま笹の上に腰を下ろしても、分厚い獣の皮に阻まれて尻が濡れることはない。だが、綿パンで座れば、草の葉の露はあっという間に下着にまで染み込んでしまう。

リュックからビニール風呂敷を取り出し、手頃な岩を探して敷いている間にも、修験者たちはそれぞれ登山道の端の草むらに腰を下ろし、宿坊で手渡された握り飯を頬張り始めた。午前二時に宿坊で朝食を取って以来、五時間登りつめだったから、皆、かなり腹は減っているはずである。一人前三個の握り飯を、一個で止めておかなければ昼のぶんがなくなってしまう。たった一個の握り飯。佃煮と一緒に口に放り込む飯の粒は、実に素朴な味だった。

投げ出した足の先には、深く切れ込んだ谷があり、聞こえる水の音から、谷底に川が流れていることがわかった。さらに下には、アスファルトと思われる路面が蛇行していた。

樹木の間からわずかに垣間見えるアスファルトが、森閑とした山の気配を殺いでいた。

今はここを他界と思いたかった。アスファルトの灰色の輝きから目を逸らし、川口は、一個の握り飯を食い続けた。

朝食後、さらに一時間ばかり歩くと、俗世とを分かつ境界線が眼前に現れてきた。

「女人結界門」

鳥居の上の部分に黒い文字が記され、これより先、山上ヶ岳への女性の立ち入りを禁じていた。

女人結界門……。柔らかさと硬さが入り交じった、不思議な響きがあった。日常生活では絶対に使うことのない言葉である。字面を眺めているだけで他界にいるという雰囲気が高まった。

ここまで来れば、もはや杉木立ちの隙間からアスファルトが垣間見えることもなく、あたりに漂う霧の効果も手伝い、慣れ親しんできた現実の手応えが彼方に遠のいてゆく。

さらに一時間ばかり歩いて休憩に入ってすぐのこと、川口の耳に、修験者たちの話し声が入ってきた。彼らが話す内容には俗世間の淫靡（いんび）な臭いがあり、川口は興味をかき立てられた。

口火を切ったのは、背中に蛇の刺青（いれずみ）がある修験者だった。彼は、一帯が女人禁制であるにもかかわらず、ついさっき、杉の巨木の影に佇（たたず）む若い女性を見たと言い出した。すると、笑われるどころか、「おれも見た」という目撃証言が次々と飛び出し、会話は活気づいていった。

「どんな女だった」と、容姿、服装を訊（き）けば、「われわれと同じように、白装束に身を包み、髪を長く垂らした、若く、美しい女だった」と、複数の目撃談は一致し、かつ具体的であった。

「白装束といったって、女の行者じゃあるまいし。ワンピースだよ、そりゃ。白いワンピース」

白いワンピース姿の若い女性が、原生林にひとり佇むはずはない。明らかな幻であるにもかかわらず、「それは山の神かもしれない」と言い出す者まで出て、会話に笑いが混じり始めた。

「女人禁制は、人間の女に限ったこと。山の神には及ばない。なにせ山の神は、もともと女なんだからよ」

若い女性の正体が山の神であるという解釈に、「そうだ、そうだ」と賛同を示す者の数は増えていった。

どうも、修験者たちは、若い女性の霊を仲間として迎えたがっているようである。

川口には、役小角にまつわる逸話が思い出されてきた。伊豆大島への配流を許されて都に戻ってきた役小角は、讒言(ざんげん)した一言主神を呪縛(じゅばく)し、蛇の姿に変えて谷底に叩(たた)き落としたとされるのだが、その呪いは今もまだ解けてはいないという。

だとすれば、浮かばれぬ魂が、女性の姿を借りて樹間に現れたともとれるのだが、川口は、自説を披露するのを控えた。

6

洞辻(どろつじ)茶屋で山道はふたつに分かれていた。麓(ふもと)の洞川(どろがわ)温泉に下る道と、山上ケ岳山頂大峯山上権現に至る道である。

辻には道案内の板切れがたてられ、吉野まで二十四キロと距離が書かれていた。

吉野から約十時間かけ、二十四キロの道程を上ってきたことになる。今晩の宿坊となる本堂までは二キロ、これまでの長さを思えばもう目と鼻の先だ。

洞辻茶屋を越えた頃から、大地の感触はごつごつしたものに変わった。付近一帯が巨大な岩盤でできているに違いなく、植生も変化し、木々はまばらとなり、霧を含んだ風が肌を撫でて心持ち涼しくなってきた。

登山道の右手奥には一段とこんもりとした岩の膨らみがあった。「西の覗き」と呼ばれる場所である。

そこは断崖絶壁になっていて、垂直に切り立った崖がおよそ三百メートル下方に伸びていた。

谷間を飛ぶ鳥の声が下から無数に湧き上がり、風は谷全体に共鳴するかのような迫力で、ざわざわとあたりの空気を揺らしていた。

川口は、ふと気になって、柏田の姿を捜した。谷底からの誘惑に駆られ、身を翻すことを恐れたからだ。

捜すまでもなかった。柏田は、振り返った先の岩に腰を当て、休んでいた。

川口はふと思う。

……柏田が崖から飛び下りて死んだら、自分の身体にどのような影響が生じるのだろうか。

片割れがいなくなるというだけで、何ら影響を受けないかもしれないが、記憶や意識に障害が生じる事態も充分に考えられる。

山上ヶ岳山頂の、宿坊の合間を抜けて石段を上った先に、大峯山寺本堂がある。標高一七一九メートルの高地にもかかわらず、豪壮な構えを持ち、建築時の苦労が忍ばれる。本堂には、役小角が千日の山籠もりの果てに感得した蔵王権現がまつられ、内陣の一隅には小角自身の像がまつられていた。

岩に腰かける等身大の座像で、どこにでも見られる一般的な姿であったが、表情は生々しく、生きているかのようであった。

川口は、柏田と並んで像と向かい合い、瞑想するうちに、小角の視線から自己を眺めるという観点を得た。小角像の目を通して眺めてようやく、川口と柏田という二つの影は重なり、ひとつに統一されていく。

内々陣の、ふたりが立つ足の下には、竜の頭が地表にあらわれたとされる岩があり、その下は、龍穴と呼ばれる井戸になっているという言い伝えがあった。ただし、実際にこれを見た者はいないという。

龍穴を見た者は、すぐに死ぬか、目がつぶれるかのどちらかであるため、見たものを人に説明することができないらしい。

それもまた、古代から連綿と続く地下水脈であり、秘密を覗き見ることが許されていないのだ。


金峯山上、大峯山寺本堂下にある宿坊で床に就いたのはまだ明るいうちだった。豪雨の音で目覚めて深夜かと思えば、まだ午後の八時を少し回ったばかりだった。再び寝入り、翌日は午前二時前に起き出して支度を整えた。

目覚まし時計もないのに、皆同時に起き出して手際よく白装束に着替えてゆく。朝食を済ませてから本堂前に集合し、小笹の宿へと出発したのが午前三時である。雨は降っていなかったが、濃く霧がかかっていた。

懐中電灯で足下を照らしながら、足場の悪いところがあると、「足下注意」と、後方の列に注意を促しながら進んだ。

進むほどに霧は濃くなり、それぞれが手にする懐中電灯が様々な方向に揺れるため、光が交錯し、修験者たちの集団は、この世のものとは思われぬ一本の筋となって、闇の底に映し出されていた。

亡霊たちの列……。死と再生の儀式たる修験道の行に相応しく、ゆらゆらと光を揺らしながら、魂を異界に運ぼうとするかのようだ。

広葉樹の下に、ぽつんとひとつ人影が見えた。懐中電灯の光が当たってもいないのに、白い影が、円筒形の光の中に浮いていた。

立っているのは、白い服を着た若い女だった。

女は、舞台女優のように、淡いスポットライトを頭上から浴び、小さく、華奢な身体のラインを強調していた。スカートの裾が下草に隠れているため、二本の足が大地を踏み締めているかどうかは不明だった。

若い女の影は徐々に大きくなっていた。こちらから近づいているのか、相手がにじり寄ってくるのか、判然としないまま、手を伸ばせば触れられるほどの距離にきたところで、背後からザザッザザッと足音が聞こえて、強い力で肩口を摑まれた。

「おい、どこに行く」

はっとして我に返った。奉行役の修験者が、真剣な表情で顔を覗き込み、同じ問いを繰り返す。

「おい、どこへ行くつもりだったんだ」

そのときになって初めて、川口は、修験者たちの列から離れ、深く生い茂った広葉樹の中に、ふらふらと迷い込もうとしていたことを知った。

若い女の影はもうどこにもない。

懐中電灯で照らして見ると、樹林の向こうは急な斜面となって、その先はさらに切り立った崖へと繋（つな）がっている。

霊に導かれ、他界へと迷い込むすんでのところで、ひとりの修験者の手で、現実に引き戻されたのだ。何名かの修験者が、懐中電灯をこちらに向け、「だいじょうぶか」と声をかけてくれた。

なにごともなかったかのように列に戻り、ペースを取り戻すべく早足で歩いていると、足ががくがくと震えてきた。

森に根を張る霊に引かれ、列を離れて異界に入り込みそうになる人間のエピソードは、これまでたびたび聞かされてきた。ふらふらと列を離れ、忘我のまま山中へ迷い込み、そのまま消息を絶つ者がいるという。

だれに導かれたのか……。川口には、白装束の女の正体が、わかり過ぎるほど、わかっていた。

7

弥山（みせん）の山小屋を出発して八経ケ岳（はちきょうがたけ）山頂に到着したのは午前四時前だった。役小角が法華経（ほけきょう）八巻を土中にしまったという伝承から、この名がついたらしいが、別名、八剣（はっけん）

山、仏経ヶ岳とも呼ばれ、近畿地方で最高の高さを誇る。

懐中電灯の光は、霧に濡れて白く輝くオオヤマレンゲの花をとらえた。マツ科の常緑樹である唐檜や、灰白色の樹皮を持つ白檜曾の原生林が、山肌から尾根へと迫り、乳白色に広がるオオヤマレンゲの背景をなしている。

オオヤマレンゲは霧に包まれ、柔らかで肌触りのいい、匂い立つような色合いを出している。ふっくらとして優しく、慈愛に満ちた母の声で呼ばれた錯覚に陥り、手を伸ばして触れてみると、花の表面を覆う露が指の先を濡らしてきた。露は、花の内部を血のように流れ、ろ過され、染み出てきたかのようだ。花とともに生きているという手応えが、指先から浸透してくる。

オオヤマレンゲの群生地を抜ける頃、夜はわずかに青みがかってきた。東の空が白み始めるより先に、夜は朝を迎える兆候を見せて全体に青みを帯びる。一旦明るくなり始めると、空と空気の色は目に見えて変化していった。

午前十一時四十分、釈迦ヶ岳に到着した。

山頂に佇立する釈迦如来立像を取り囲んで修験者たちは地面に腰を下ろし、亡き祖先を供養する儀式、柴灯護摩・勤行の準備に取りかかった。それぞれの背に担がれて運ばれた卒塔婆の一枚一枚には亡き者の戒名が記されている。

集団が輪を作る中心に小枝が積み上げられ、卒塔婆を立て掛けて火がともされた。

釈迦如来像の立つ山頂には、男たちがようやく座れるだけの、平坦なスペースがあった。皆一様に胡座をかいて座り、護摩の火を仰ぎ見ながらの勤行に励んだ。

空に突き出た高所のせいか、火と煙が織り成す雰囲気は荘厳極まりない。般若心経の唱和が、護摩の火をより赤く燃え上がらせ、煙をまっすぐ上空へと導いていた。

もともとこの世のすべての実体は空なのだから、執着など一切捨てるがいい。そうすれば、人間は苦しみから救われ、心の平和が訪れる……。

般若心経の意味は大方そんなところである。仏教はなにかにつけ、執着を無くすことを勧める。

護摩の木は燃え盛って青空を炙っていた。

護摩行が行われた釈迦ヶ岳から、深仙の宿、大日岳を経て太古の辻までくると、大峯山の峰を離れて前鬼に下る以外に道はなくなる。

古代から中世にかけ、修行者たちは、そのまままっすぐ、涅槃岳、笠捨山、玉置山を辿って熊野を詣でるコースをとっていたが、今は獣道すら途絶え、歩くことさえままならぬ状態となっている。

太古の辻でもまた、前鬼から登ってきたと思われる行者と出会った。

初老の行者が、倒れた古木に腰かけ、両脚を投げ出して汗を拭いていた。錯覚かと目を凝らしても、やはり、あるべきものはそこになかった。彼の足は二本とも義足だった。義足を取ったあとには、膝上の切断面の肉が丸く盛り上がり、すべすべとした表面を晒していた。よほど体力に自信のある者でも、前鬼から太古の辻へと至る瓦礫の道は厳しく、登攀は骨の折れる作業となる。手の力のみで登りきるという行為にはただただ頭が下がるばかりだ。どんな思いをエネルギーの源泉としているのかと、川口は、教えを請いたくなった。

行者は、丹念に汗を拭き取った後、義足をつけ、「よっこらしょ」と立ち上がって、吉野方面へ去っていった。

川口は、敬意を込め、小さくなっていく行者の背を、目で追い続けた。

太古の辻から前鬼までの下りの厳しさは、修験者たちの口の端にしばしば上っていた。登りよりも、いつまで続くか知れぬ下りのほうがよほど嫌いだという修験者も多い。

大峯奥駈修行の最後を飾る前鬼にむけ、瓦礫の道を下り始めて数分もたたぬ頃、靴の中がもぞもぞと痒いので、手で打ちつけたところ真っ赤な血が靴下から滲み出してきた。靴下に入り込んで血を吸っていた蛭を、手でつぶしたらしい。

立ち止まった拍子に、柏田がぶつかり、重なり合って倒れそうになるのをどうにか踏み留まった。柏田の足下に目をやると、靴下のちょうど同じ箇所が真っ赤に染まっていた。彼もまた、血を吸っていた蛭を、無意識のうちに打ちつけたようだ。

坂の途中で立ち止まり、蛭がいないかと下半身を探るふたりの脇を、修験者たちは追い抜いていった。そのとき、ふくらはぎのあたりを、もぞっと何かが動く気配があり、手で打ちつけると綿パンの裾のあたりに血の色が広がった。

川口は、ひとりまたひとりと通り過ぎていく修験者たちの足下に目をやったが、そこに血のあとを発見することはできなかった。蛭は、川口と柏田の血ばかり好んで吸うらしい。

蛭退治もそこそこに、列のしんがりについて坂を下り始めたが、慣れた修験者とは歩度が違い、徐々に差がついて集団との距離が離れ、やがて、最後尾にいた修験者の背も視界から消えてしまった。

だからといって迷子になる恐れはない。ガレ場を下り切った先に、宿坊があるのは間違いなかった。

下っても、下っても、麓は見えなかった。足をおろすたび体重が膝にかかり、一か所に疲労が蓄積されていく。立ち止まって休めば、案の定、膝のあたりがガクガクと震えた。

全身汗まみれとなり、血を吸われ、喉の渇きを癒そうと水筒を振っても、水は尽きていた。

肉体が音を上げかけると、川口は、太古の辻ですれ違った両足のない行者のことを考えた。彼は、不自由な身体にもかかわらず、同じ道を逆に登ったのだ。それに比べれば、下りの辛さなど何ほどのものかと気力をふり絞り、身体の向きを変えたとき、川口は、小さなせせらぎと並行して歩いていることに気づいた。

夕方の五時を過ぎて、山の稜線に太陽が隠れる頃のことである。

音もなく流れる幅数メートルほどのせせらぎの、下流へと目を向ければ、木立ちに囲まれて建つ宿坊が見えてきた。

目的地は目と鼻の先だった。

川口は、せせらぎに沿って歩き、小さな滝のところにくると服を脱いで身体を水に沈めた。

思っていた以上の冷たさに身体が硬直し、全身に鳥肌が立った。

滝の下に頭を差し入れ、そのまま上に向けて水を口に含んだ。冷たさが染みるようだった。たっぷりと水を飲み、人心地ついたところで、手頃な岩に尻を乗せて休んだ。水の冷たさが肉に染み、骨にまで伝わり、全身の感覚が少し麻痺してきたように感じられた。

すぐ横では、柏田が、まったく同じポーズを取って、岩の縁に腰かけている。

これまでは、水を共有したとたん、すぐに声が届けられたのに、無言のままでいるのが、不自然に感じられた。

「おい、どうした。疲れたのか。なぜ黙っている」

……ここは、どこだ。

「ようやく前鬼に着いた。小さな川の流れに身を浸している。木立ちの向こうに宿坊が見える。瑞穂は、そこにいるはずだ」

……なぜ早く行かない。

「蛭に血を吸われて足は血まみれ、身体は汗まみれだ。身体を冷やし、清めるのが先決だ」

……おれはやり遂げたのか。

「見事にな。山中八十キロの距離を、尾根伝いに歩いて、吉野からここまでやってきた」

……魂の抜けた、木偶の坊に、そんなことができるとは、驚きだ。

「おまえは何も感じないかもしれないが、肉体のほうは、くたくただ。膝はがくがくして、もうこれ以上一歩も歩けないほど、疲れ切っている。その代わり、水の冷たさを存分に味わい、走破した満足感を味わうこともできる」

……生まれかわることができたのか。

「前世においても、われわれは似たようなことをやった。広大な砂漠を走り、山の尾根を辿った後、奇妙な装置にほうり込まれて、現世である、この世界にやってきた。しかし、ここは思っていた世界とは違う。どうやら、前世の住人も、われわれも、世界を構成する法則を間違えて理解していたようだ。この世はすべて、広い意味での仮想空間であるのは間違いないとしても、今、われわれがいるのは、明らかに、二次元デジタル空間ではない。どこで間違えたのか、おれたちは知らなければならない。十年ばかり後、宇宙を構成する物質の九割以上が未知のものであると、おれたちは知らされる。人間のDNAに刻まれた遺伝情報の九割以上は無意味な配列であり、両者の比率がぴたりと一致することが、近いうちに判明するだろう。なぜこのような数字の一致が生じるのか、解決のヒントは、言語にあると思われる。ふと気づいたんだ。言語の発生には、水がかかわっている。それと、光だ」

……ほう、なぜそう思う。

「自意識ができてようやく、人間は言語を獲得できる。そして、自意識と水が深くかかわっていることは、おれたちの存在が証明している」

……それが、得た答えか。

「そう簡単に、答えなんて得られるものか。われわれは吉野から前鬼まで、大峯連峰を越えてきた。山中は、曼陀羅(まんだら)……、ひとつの宇宙そのものだった。曼陀羅とは、本質であり、宇宙の秩序を為(な)すもの。その一端に触れ、謎を究明する旅に出たいという、願望が湧いたというだけだ」

しばらく待っても返事はなかった。ここを潮時と川口は、腰を上げた。

タオルで腕や足、腹を強く擦りながら、原生林を吹き降りる静かな風に身をさらした。身体の表面から水気が消え、肉の奥のほうで小さな熱の塊が熾ってきた。二の腕に触ってみると、皮膚はまだ冷たい。だが、身体の奥に発生した熱は、やがて全身に行き渡り、いずれは元の体温に戻してくれるに違いなかった。

脱いだ服を着、素足のままスニーカーを履き、川口は、目的地である宿坊まで、最後の数百メートルを歩き始めた。

8

かつてこの地には、役小角に仕えていた前鬼の子孫である、五鬼童、五鬼熊、五鬼助、五鬼継、五鬼上という五鬼が住んでいた。

眼前にあるのは、唯一残った五鬼助の血を継ぐ者が営む宿坊である。

谷底の、樹林に囲まれた平坦な土地に立つ宿坊には、遠い過去に住んでいた家のたたずまいがあり、玄関から上がろうとして、川口は、懐かしさを覚えた。あらかじめ川で身を清めておいてよかったと思う。汚れた身体のままでは、とても上がる気分になれない。

玄関を上がった廊下の先には、百畳ばかりの広間があった。五十人分の夕食の膳が並べられ、その前に行者たちが座って待っていた。

先に到着して一風呂浴びたであろう彼らの顔は、どれもすっきりとして、垢がきれいに落とされている。

山中四泊の修行も、今晩が最後の夜である。行者たちの顔に、もう少し、やり遂げたという満足が浮かんでいてよさそうなものだが、どの顔も一様にのっぺりとして、表情に乏しい。

川口と柏田は末席に、正座した。前の膳には、白米を盛った茶碗と、みそ汁の入った椀が並び、佃煮やコンニャク、豆腐の小皿が添えられていた。白米とみそ汁からは湯気が立っていた。配膳したのは瑞穂だろうかと、座った姿勢のまま背筋を伸ばしたところ、視界を遮るように先達が立ち上がった。

常に修験者一同の先頭を歩き、導いてきた先達の顔を、川口は今初めて見るかのように眺めた。肖像画に描かれる空海の顔と似ている。全体的に丸みをおび、眉は太く、鼻も耳も大きい。

先達は、よく通る声を広間に響かせた。

「修行を終えるに当たって、みなさんに言っておくことがある。全員がやり遂げることができたと、よく承知している。しかし、この中に、満行の証となる、遂行證を受け取ることができない者が混じっている」

そう言いながら、先達はぎょろりとした目を一同に巡らせていったが、だれひとり顔色を変える者はいない。遂行證をもらえないのがだれなのか、とっくにわかっているとばかり、皆、落ち着き払っていた。

「みずからを省みて、その資格がないと思う者は、すみやかに立ち上がって、この場から去るがよい」

場の雰囲気から、退去命令がだれに向けたものなのか推し量り、川口は、片膝を立て、立ち上がりかけた。

と同時に、五十人の修験者たちが一斉に消え失せた。

川口は、「えっ」と声を上げ、周囲に視線を巡らせた。

五十人の行者たちは、何の痕跡も残さず、静寂のうちにいなくなっている。

鏡を覗けば、きつねにつままれた自分の顔を発見できただろう。

助けを求め、先達を仰ぐと、ほんの一瞬、顔をほころばせ、「遂行證をもらえるのはあなただけだ」と言葉を残し、彼もまた消えていった。

消えた先達の背後から、ひとりの老婆が現れた。さっきから先達の影に隠れるように座っていたのが、遮蔽物がなくなり、ようやく姿が見えるようになったというだけだ。

老婆というにはまだ早かったが、身体に巣くう病魔のせいで、歳よりも老けて見える。

……一体、これはどういうことだ。

川口はすぐ隣にいる柏田に助けを求め、袖(そで)を引こうとして、そこにだれもいないことを知った。

柏田もいなくなっている。

膳の上で湯気を立てていた白米もみそ汁も消え、百畳敷きの大広間が、一瞬にして、がらんとした空虚に包まれた。

先達をはじめ、この四日間行動を共にした修験者たちが、ことごとく消えてしまった。実在したものが消滅したのではなく、もともといなかったことが判明しただけであるという解釈に到達するまで、そう長くはかからなかった。

五十人の亡霊たちと、いつから行動を共にし始めたのだろう。現実と他界の境界線を、いつ越えたのかが、はっきりしなかった。山中を歩くうちに大きく遅れを取り、いつの間にか霊の群れに取り囲まれていたのか、それとも、吉野にあった修験本宗で受け付けを済ませたときなのか、あるいは、寺自体、現世に存在しないものだったのか。今、修験本宗があった場所に戻れば、そこに、人っこひとりいない廃屋を発見する可能性もある。

考えてみれば、薄暗い獣道をゆく修験者の列は、亡霊と見まがうばかりだった。獣道ですれ違った行者もまた、現代に生きる人物とはほど遠く、古代、あるいは中世から抜け出してきたかのようなたたずまいを見せていた。

五十人の行者は、とっくの昔に亡くなった者だったのだ。

ある者は自殺し、ある者は病死し、ある者は両足に大怪我を負って亡くなった。殺人を犯して獄死した者も含まれていたのだろう。現代だけでなく、古代、中世、近世と、その時代時代の苦難を受け、非業の最期を遂げた者たちであった。

すべてが幻……。死者たちが住む世界を、たったひとりで、四日間も彷徨ってきたことになる。

かつて千日籠りをして自在に走り回った、慣れた山中であり、道を間違えずに来られたのも当然といえば当然である。

さらにもうひとり、柏田はどこに消えたのだろうか。

もともと存在しなかったのだと、同様の解釈をして、自分を納得させるほかなかった。

臨死体験を例に挙げればわかりやすい。

臨死体験の症例として、死の間際、肉体から遊離した魂が、病室の白い天井に昇って、ベッドに横たわる自分の身体を眺め下ろすというケースが、数多く報告されている。この場合、幽体離脱した魂の視点に立てば、もうひとりの自分がベッドに横たわっていると見えるだろうし、ベッドに横たわった視点に立てば、もうひとりの自分が天井に張り付いているように見えるはずだ。

幽体離脱した後、視点を交互に入れ替えれば、自分がふたりいるかのような錯覚に陥る。

また、二重人格にたとえることもできる。

ひとつの肉体に、川口と柏田というふたつの人格が同居して、実像である川口は、二重にズレていることにも気づかず、虚像である柏田の姿をすぐ間近に眺めていた。

柏田は、富士の樹海を彷徨っているとき、偶然に川口徹という人物の遺留品を発見した。中を探ると、彼の保険証や通帳が出てきて、自殺が直近であったためによけい、生きていた頃のリアリティが纏わりついてきた。自殺した者の、生き続けたいという意識が柏田に働きかけ、川口という人物を柏田の心に生起させたのではないかと思われる。

柏田は、自殺した川口が住んでいた家をたびたび訪れ、川口として振る舞うようになった。

柏田と川口、ふたつに引き裂かれた自我は、理絵と一緒に、病院に春菜を見舞ったときに、何者かの強い力の作用を受け、分断された片割れの姿を見せられてしまう。実像と鏡像が、鏡を境にして向き合うようなものだ。そのとき、柏田の意識が暗い井戸の底に封印される一方、川口は、実像としての視点を得た。彼は、記憶を補完するチャンスを得たとばかり、柏田を自分の住居に連れ帰り、意思の疎通を図ろうとした。住居といっても、そこは、かつて自殺者が住んでいた廃屋に過ぎないのだが……。

分裂された自我であっても、会話をするためには儀式が必要だった。水で意識を共有したと認知してはじめて可能となった会話は、傍目(はため)には、自問自答を繰り返す行為と見えただろう。

色即是空。

空即是色。

般若心経の極意を、知らず知らずのうち、実践していたことになる。

「色」とは、「この世に存在するもの」のことである。「この世に存在するもの」は「ないも同然」であり、また、くるりと立場を入れ替えて「空即是色」となれば、「この世に存在しないもの」から「存在するもの」の生起が可能となる。

柏田と川口というふたりの肉体と意識が合わさったとき、その個体を何と呼ぶべきだろうか。

答えはひとつしかない。両者の本家本元となるDNAを有する者である。

……高山竜司。

ふたつに分断されていた自我が統一され、前世のそのまた前世で過ごした時代の記憶が、ほんのわずか脳裏に去来した。まとまりのある思い出ではなく、DNAに直接刻まれた肌触りのようにはかないものだった。

胸や膝に抱かれたときの安心感、肩を揉んであげたときの指先の感触を、細胞のひとつひとつが覚えていたらしい。

記憶が浸透する頃合を見計らって、大広間の端っこの座布団にちょこんと座っていた老婆が、口を開いた。

「竜司、おかえり。よう帰ってきたの」

かつて山村志津子だった女性もまた、人生の半ばで過去を清算し、瑞穂に生まれ変わるという再生を経験している。

「母さん……」

竜司は、ガランとした広間を横切って、志津子に近づいていった。

「ほんとうに、よう、戻ってきてくれた」

正面に来たところで跪き、竜司は、うつむき加減の母の顔を覗き込んだ。大島の行者窟で見たのと同じ顔が、そこにあった。

「母さんには、訊きたいことが山ほどある」

「時間がない。ひとつだけにしておき」

「あんたの父さんは、どんな人だったの」

「父さんも、まれびと。ある日のこと、ふらりと現れて、何処へともなく、去っていった。一夜限りの、夢のような、できごと……。あの人との邂逅がなければ、たぶん、わたしは、生き続けることができなかった」

そのとき、コツコツコツと窓ガラスをつつく音が、耳に入ってきた。

志津子は、縁側との境を為す磨りガラスに背を向けて座っていた。音は、志津子のすぐうしろから、警告のように響いていた。

竜司は部屋の端に寄って引き戸を開け、鴨居の下に立って、外に身を乗り出した。一羽のカラスが縁台にとまり、嘴で磨りガラスをつついているのが見えた。

コツコツコツというリズミカルな音に、不吉な感情をかきたてられ、一旦カラスから顔を背け、目を戻したとき、そこに、白い服を着た若い女性がいた。彼女は、長い髪を垂らした後頭部を広間のほうに向け、ガラス一枚を隔てて、志津子と背中合わせの格好で、縁台に座っていた。

十九歳のまま、生きることをやめてしまった女だった。

「生まれたばかりの頃、あんた、かわいかったんだけどね」

初めて聞く姉の声である。

貞子は、竜司に背中を向けたまま、今度は、母に語りかけた。

「ねえ、母さん、哲生に言ってやってちょうだい。母さんの命の、最後のページに、名前を刻むのは、わたしなんだって」

「わかってるわよ」

承知しているわよとばかり、志津子は、竜司のほうに向き直った。

「竜司や、わたしが前鬼に来たのは、再生したおまえを迎えるためではない。貞子に、最期を看取ってもらうために、やって来たの。せめてもの罪滅ぼしに……」

「やだ、母さん、罪滅ぼしだなんて、なに言ってんのよ。仕方なかったんでしょ。いくら、わたしのことが好きでも、新しく生まれ変わるためには、わたしを、犠牲にするしかなかった。ね、そうなんでしょ」

「そう、あなたの言う通り」

「もし、順番が逆だったら……、わたしが生まれたばかりの妹で、哲生が七歳上の兄だったら、母さんは、哲生を捨てて、わたしを選んだはず」

「ええ、もちろん、そうしてたわ」

貞子は小さく笑いを漏らした。

「やめましょう。こんな茶番。わたしには母さんの心の内が見える。心のどこを捜しても、わたしへの愛はない。母さんがわたしに対して抱く感情は、恐怖、それだけよ。

ねえ、どうしてなの。同じ姉弟だというのに、この差はどこからくるわけ」

「わたしもそうだったのよ。最後まで、母のことが、理解できなかった。母は、結婚はしたけれど、わたしを産んだ後、離婚して、女手ひとつでわたしを育て上げた。わたしの祖母もそうだった。結婚して母を産み、夫に先立たれ、女手ひとつで母を育て上げた。たぶん、その上の先祖も、同じことを繰り返してきたんだと思う。娘を産み、夫を失い、女手ひとつで娘を育てるという生き方、ひとりの女がひとりの女を再生産するという人生を、繰り返してきた。ずっとずっと昔から続いた因縁を、わたしは、断ち切りたかった。流れを変えたかったのよ」

「だから、わたしを、捨てたわけ」

貞子の問いかけに、志津子は口をつぐんだ。

「ねえ、哲生は、どう思うの」

貞子の問いの矛先が竜司に向けられても、彼には答える術はない。無言でいるほかなかった。

貞子は、これまでの無念を吐き出すように、ひとり気を吐いた。

「そうやって、黙っているのは、勝者の余裕？」

樹林を切り裂くようにヒグラシが鳴き、それを合図にカラスが飛び立っていった。

「選ばれた人間は、捨てられた人間の、怨念を引き受けなければならない」

志津子は、嵐が行き過ぎるのをじっと待つかのように、小さな身体をさらに小さく丸めていた。事が悪いほうに進まぬよう、祈りを捧げているせいか、眉間に深く皺が寄っている。

「哲生、あんたに、言っておくことがある」

広間と縁側の境に立ち、志津子と貞子、両者を交互に見やっていた竜司の前で、貞子は、周囲の空気を乱すこともなく、すっと立ち上がった。山に沈む夕日を受け、純白の服がほんのりと血の色に染まっていた。

「哲生、おまえが、生意気にも、まれびとの真似事をしたいというのなら、差し出すがいい。捨てられた者の心を、慰撫するために、おまえの命を差し出すがいい」

姉は、弟に向かって、死ねと言っていた。

死への恐怖などとっくに克服されている。ただ、貞子が具体的に何を望んでいるのかわからず、竜司は訊いた。

「どうしろと、いうんだ」

「あんたにとって、もっとも嫌な方法で、もう一度、死になさい」

貞子は、その死に方が何なのか、説明しようとしなかった。

もっとも嫌な死に方については、これまでに二度ばかり考察したことがあった。柏田にとってのそれは、生きたまま地中に埋められることであり、川口にとってのそれは……。

貞子は、どちらの方法を取れと言っているのか、不明だった。

「ふたつのうちの一方なら、あんたはもう既に、疑似体験をしている。暗く狭い井戸の底が、どんなところなのか、たっぷりと思い知ったでしょうに。わたしが望むのは、もう一方のほう」

探偵事務所のオフィスで、川口は、幼女連続殺人の犯人として逮捕され、死刑判決を受け、世間からの呪詛を浴びて殺されるのが、もっとも嫌な死に方であると、真庭に語ったことがあった。どうやらその会話を貞子に聞かれていたらしい。

「そんなことはできないというのなら、わたしは、この身に溜め込んだ無数の悪を、世界に向かって解き放つ。犠牲者の数は、数百万、数千万かしら……、予想もつかないでしょうね。多くの人々が、愛する者たちを失い、滂沱の涙を流すことになるのよ。悲劇に待ったをかけられるのは、あんたの決断ひとつ。さあ、どうする」

貞子が求めるのは、古来、繰り返されてきた悪魔と神の契約だった。

まれびとであることを自覚し、その生き方を貫こうとするなら、竜司は、身を犠牲にして多くの人間を救わざるを得なくなる。自分ひとりのみが為し得る使命を見つけ、目的に向かって邁進するのが、生きる意味を持つということだった。

「期限はあるのか」

竜司にはまだまだやらなければならないことがあった。時間がどれほど残されているかが、重大なポイントとなる。

「すぐでもなければ、遠い先のことでもない。そのときがくれば、いずれ、わかる」

たとえ断ったとしても、人間としての生をまっとうできるはずがなかった。

「わかった。お望み通りにしよう」

「契約成立ってわけね。どう、母さん、聞いてたでしょ。あなたの自慢の息子の犠牲的精神、なんてご立派なこと」

　また一段と小さくなった志津子が不憫になり、竜司は言葉をかけた。

「母さん、おれのことは心配しなくていい。それより、身体の具合はどうなんだ」

志津子に代わって、貞子が答えた。

「わかってるでしょうけど、母さんはもう長くはない。哲生、よけいなおせっかいはやめて、もう帰りなさい。あなたにはあなたの住むところがあるでしょ。あとはわたしに任せて。母を看取るのは、わたしの役目なんだから。さっさと山を降りるのよ。まさか、それすらも、取り上げようってつもりじゃないわよね」

　貞子は、うしろ向きのまま、右手を水平に上げ、山の麓を指差した。山を降りて、里に行けと言っている。他界から、現世に戻れと、言っている。

母との再会はあまりに短かった。話したいことはまだまだたくさんある。しかし、貞子は、白い指先に断固とした意思を込め、この場から立ち去れと命ずる。

竜司は、玄関に回ってスニーカーを持って戻り、縁側から地面に降りて足を通した。

「姉さん、母さんを頼む」

貞子に言ってから、母に向き直った。

「母さんの子に生まれて、おれは、幸福だった」

小さく頭を上下に振って、頷く素振りを見せる志津子を残し、竜司は宿坊の縁側を離れていった。

後ろ髪を引かれる思いで百メートルばかり歩き、蛇行して流れる渓流と出会ったとき、竜司は、立ち止まった。決して振り返ってはならないと、指示を出されたわけでもないのに、振り返りたい誘惑に駆られた。この距離ならば、まだ、間に合う。宿坊の広間と縁側が見えるはずだった。小さいながらも、座敷に座る母の姿が見えるはずだった。

振り返ってもう一度、母の姿をしっかりと網膜に残したいと思う一方で、やめておけという自身の声が聞こえた。竜司は知っていた。振り返ってもそこにだれもいないことを……。昨年から今年にかけ、母は、貞子に看取られ、とっくに息を引き取って、この世にはいない。振り返って、その事実を目で確認したときの、身を切られるような孤独を想像して、竜司は、誘惑を断ち、下るほどに川幅を増していく渓流に沿って、山を下っていった。

この世界にいるのはたったひとり、自分だけかもしれないという虚無感が、転がるほどに大きくなって、追いかけてきそうだった。

一時間ばかり歩いてようやく、柔らかな腐葉土でできた獣道は、里に続くアスファルトの道へと変わった。

ここまで来ればもうだいじょうぶだった。

足下から伝わる堅さに力を得て、竜司は立ち止まり、うしろを振り返った。吉野から登って、前鬼へと降りてきた大峯山が夕闇の中に聳えている。太古の辻から前鬼までのガラ場は、深い襞として山肌にはっきりと刻まれていた。

たとえここが仮想空間であっても、その掟に従って生きられるだけ、生きるほかない。

踏み締めるアスファルトの堅さが、生きているという証しのように感じられた。

エピローグ

理絵は、医師の国家試験に受かって、この四月から内科の研修医として病棟に入っていた。

前期二年後期二年のローテーションの期間中、内科、外科、精神科、泌尿器科をはじめ、すべての科を経験することになるが、今のところ精神科への志望を維持し続けていた。しかし、最近、むくむくと脳外科への興味が高まりつつあり、実体験を積むうちに、外科に専攻を変える可能性もなきにしもあらずだった。

初夏の週末、医師としての第一歩を歩み始めた理絵の門出を祝おうと、春菜は、清里(きよさと)へのドライブ旅行を企画し、ペンションで一泊した帰り道のことである。

小淵沢(こぶちさわ)インターチェンジから高速に乗る直前になって、春菜は、道路の案内表示を見てふと思いついた案を口にした。

「ねえ、ちょっと寄ってみたいところがあるんだけど」

午後もまだ早く、寄り道をする時間の余裕は充分あった。最初から賛成するつもりで、理絵は、その場所がどこなのかを訊(き)いた。

「いいけど、どこなの」

「この先、すぐのところ。行けばわかるわ」

「ふーん、急ぐ旅でもないしね」

理絵の同意を得て、春菜は、高速道路には乗らず、ガード下をまっすぐに抜けて塩沢方面へと車を走らせた。

五分もかからず目的地に着き、駐車場に車を停めてもなお、理絵にはそこがどこなのかわからなかった。

十年近く前に、春菜は一度訪れてはいたが、理絵にとっては初めての場所である。

「どこなの、ここ」

「井戸尻遺跡よ」

井戸尻遺跡という名前を聞いても、理絵の頭の中では、すぐに意味が形成されなかった。やがて記憶の底に届き、こつんとした手応(てごた)えを得、それを発端とした出来事が渦となって浮上してくると同時に、

「え、あの、井戸尻遺跡？」

と、聞き返していた。

理絵にとっては驚きだった。十年近く前、春菜はここを訪れ、土偶の頭から蛇が逃げるという珍事と遭遇し、それをきっかけに、大いなる災難に見舞われた。二年近くもの間、正式に病名を診断されることもないまま、眠り続けたのだ。

理絵の頭の中で、土偶の蛇と、春菜が奇病に冒されたことの間には、因果関係が成立していた。しかし、春菜は、土偶の蛇と、パーキンソン症候群と似た奇病の、ふたつの事象は無関係だと思っているようなのである。そうでなければ、こうも邪気のない顔で、因縁が発祥した地を訪れようと言い出すはずがない。まともな人間なら、逆に、再訪を避けようとするだろう。

春菜は、サイドウィンドーをほんのわずかに下げてから、車のエンジンを切り、リアシートに眠る娘に目をやることもなく、

「さ、行こうか」

と、井戸尻考古館を指差した。

「凪ちゃんは？」

「起こすのもかわいそうでしょ、せっかく眠っているんだから。見るべきものはひとつ。だいじょうぶ。すぐ戻ってくるから、このままにしておきましょう」

理絵は、上半身を斜めに捻って、リアシートに顔を向けた。

母親似の、将来は美人になりそうな整った顔をクッションに埋め、凪はすやすやと眠っている。

凪に罪はない。しかし、理絵は、凪の顔を見るたびに複雑な思いに駆られた。この子の誕生によって、凪いだ海に大きな時化がもたらされたからだ。

春菜の子宮で凪の細胞が分裂を始めた四年前、父である大橋医師の家庭を襲った嵐のすさまじさを思うと、春菜がつけた、凪という名前が皮肉のように思われてくる。

「春の、凪いだ海って、いいじゃない」

そうけろりと言ってのけた春菜の頭には、精神に異常をきたして自殺をはかり、生まれたばかりの息子と離別させられ、長期入院を強いられた大橋の妻の苦悩など、微塵(みじん)も浮かばなかっただろう。

未舗装の駐車場を囲む雑木の下に、どぶ川でも流れているのか、草むらの中から、カエルの鳴き声が聞こえてきた。

声の源を探って顔を巡らすうち、理絵と春菜の目と目が合い、それを合図に、ふたり同時にドアを開け、地面に降り立った。

ハンドバッグを小脇に抱え、そのまま、ドアロックもかけず歩き出そうとする春菜を、理絵は小さく咎(とが)めた。

「ドアロックぐらい、かけたほうが、いいんじゃない」

「え、だって、貴重品なんてないし」

「…………」

理絵は無言のまま春菜を見つめ、その場を動こうとしなかった。

「ま、それもそうね。こんな田舎でも、誘拐犯が出ないという保証はないし」

キィホルダーを掲げて春菜がボタンを押すと、シャッと音がして四枚のドアに錠が施された。

ほんの数分前まで、まったく無関心でいたのが嘘のように、歩くほどに、縄文時代の土偶に対する理絵の興味はかきたてられていった。春菜のたわいもない思い付きを名案と評価したくなる。

目的の場所を知っているためか、考古館に入ってからは、春菜の足のほうが、だんぜん速くなった。確固たる動作で中央に設置されたガラスケースに歩み寄り、彼女は理絵を手招きした。

「こっちよ」

理絵は、春菜に追いついて、ガラスケースの前に並んだ。

女性を象（かたど）った土偶は、理絵が思っていたより、ずっと小さなものだった。両手を水平に広げてT字をした身体の上に、扇形の顔が載っていた。目はつり上がり、口は円く小さく、二本の眉（まゆ）は鼻の上で繋（つな）がっている。

理絵はこれと似た土偶を、メキシコのユカタン半島に勃興（ぼっこう）したマヤ文明を解説した写真図鑑の中で見たことがあった。女性の顔や目つき、胸の膨らみ、腰の格好、すべてそっくりだ。おまけに、古代マヤ文明には、ケツアルコアトルの伝説があり、羽根をつけた蛇は神として崇められている。

「なに、これ」

春菜は、土偶の頭部を上から覗き込んで、華やかな笑い声を上げた。三十歳を超えた女性にしては、子どものように無邪気な笑いだった。

理絵は、つられて土偶の頭頂部に目をやった。そこに蛇はなく、代わりに、茶色く斑模様をした鳥の羽根が三本刺さっていた。

春菜の嘲笑が、何に向けられたものなのだろうかと、理絵は気になった。頭上の蛇を欠いた不完全な姿を恥じて、鳥の羽根の衣を纏うという、見え透いた小細工に対してなのか……。

理絵は、蛇が頭に載っていたときの姿を想像しようとして、なかなか像が結ばれなかった。羽根をつけた土偶の、それなりに堂に入った態度が邪魔をして、想像力が働かないのだ。

存在しない蛇を想像することはできないが、三本の羽根を取り去った土偶なら、簡単に想像することができた。しかし、その姿はどうにもバランスが悪い。全体の調和を欠いて、見る者に不吉な予感を抱かせる。不安を鎮めるためには、やはりどうしても三本の羽根が必要と思われた。一本でも二本でもなく、三本という数字に意味がある。

……柏田先生なら、三という数字に、何を読み取るだろうか。

理絵の脳裏に、世界を数学という言語で読み解こうとした柏田の顔が懐かしく再現されてきた。柏田との出会いがなければ、医学部入学はおぼつかなかっただろう。彼が予言した通り、宇宙を構成する物質の九割以上が未知のものである可能性が、最近とみに取り沙汰されるようになった。そんな記事を、科学雑誌で読むたび、理絵は、柏田のことを思い出すのだった。

春菜は、羽根をつけた土偶をひとしきり笑うと、突如興味を失ったように、

「さ、行こうか」

と、他の展示品には目もくれず、考古館の玄関に向かって歩き出した。

玄関から出て眺める風景はさわやかな初夏の息吹にあふれている。

十年前は雷雲が発生し、付近の山肌に稲妻を光らせ、雷鳴を轟かせたが、今日は天気もよく、山の稜線は青い空にくっきりと線を引いていた。

車に戻ってドアを開けたとたん、シートの隙間から上半身を乗り出して、凪が訴えてきた。

「ママ、どこ行ってたの。凪、怖い夢、見ちゃった」

「へえー、どんな夢？」

「怖いひとがやって来て、暗い穴の中に、落とされちゃうの」

うたた寝から目覚めた凪は、車内にだれもいないことを発見して、夢の余韻を現実

のように思い込んだのかもしれない。怖がり方が半端ではなかった。

「もう、だいじょうぶよ。ママがそばにいるから」

春菜は、凪の頭を両手で抱き締めながら、理絵に顔を向けた。

「子どもはかわいいわよ。あなたも早く産んだらどう？」

「何言ってんのよ。その前に、結婚でしょ」

「旦那なんか、どうでもいいからさ。大切なのは、子ども。わたし、この子を失うようなことがあったら、絶対、許さない。仕返ししちゃう」

「仕返しって、だれに」

「運命かしら……。そして、世界を呪うわ」

凪の頭から両手を離してドアを閉めた拍子に、風圧に舞い上がった春菜の髪が、一瞬、メデューサのように見えた。

理絵と春菜と凪、三人の乗る車は、小淵沢インターから中央自動車道に乗り、東京方面へと走った。大月を過ぎるあたりまでは順調だった流れが、談合坂付近から、日曜の夕刻にお決まりの渋滞につかまってしまった。

「やっぱり、寄り道なんかしないで、さっさと帰るべきだったかしら」

そう言いながらラジオをオンにしたところ、ニュースを読み上げる女性アナウンサーの抑揚のない声が流れてきた。

「本日午後四時三十分、静岡県函南町にある山道で少女の遺体が発見されました。捜査当局は殺人と断定して……」

それは、後に世間を震撼させることになる少女連続殺人事件の、第一報を告げるものだった。

解説

池上冬樹（書評家）

一読して唖然呆然である。いやあ、そう来るのかという驚きとともに、おいおいどこまで突っ走るの？　と呆気にとられてしまう。リング・シリーズの第二シーズンは前作『エス』から始まっているが、本書『タイド』はその『エス』の前日譚となる。といっても、前日譚というのは単に時系列としてのもので、本質的には、この小説がリング・シリーズ（『リング』『らせん』『ループ』外伝『バースデイ』）の要となる作品といってもいいのではないかと思う。第二シーズンが果たしてどのような展開になるのかわからないが、ここには、まさに「貞子の謎」をめぐる物語が痛烈に描かれてある。

物語は、大学で古代史を学ぶ田島春菜が、長野県の遺跡を訪ねる場面からはじまる。四月の終りに、春菜はボーイフレンドの土屋とともに、長野県諏訪郡にある井戸尻遺跡を訪れる。高さ二十センチに満たない女人像が目当てだった。頭頂部が円形の受け皿になっていて、そこにマムシがとぐろを巻いている。頭髪が蛇となっている土偶はとくに珍しかった。それに惹かれて春菜は、館内で禁止されている写真を撮ってしまう。すると雷鳴が轟き、思わず館外に出てしまうが、館内へ戻ってきたとき不思議なことが起きていた。土偶の頭頂部の蛇が消え失せていたのだ。

それから二年後、予備校講師の柏田誠二は、教え子の理絵から、友人の春菜が生きながらにして〝石像〟になったことを聞く。柏田が理絵とともに、不可解な病に伏した春菜を見舞った後、柏田は病院内で自分と瓜二つの男を目にして驚く。やがて柏田は身体の自由が利かなくなり、椅子から転げ落ちてしまう。手足が痙攣して、視野が狭まっていく。自分も春菜と同じにようになるのかと恐怖に襲われる中、どこからともなくメッセージが届く。「今度は、あなたの番よ」

田島春菜の場面はプロローグであり、柏田が物語の中心人物と思っていると途中からまた他の人物と移り、終盤ではまた春菜が重要な地位を占めて物語に絡んでくる。おそらく読者の誰もが、ストーリーの展開のみならず小出しにされる事実に頭が混乱するのではないか。え？　え？　どうなってるの？　とシリーズを振り返り、記憶を確認しながら読むことになるだろう。親本の単行本には〝「リング」の呪いの謎が明かされる、シリーズ最高傑作！〟とあるが、たしかにこれは原点に立ち返る物語でもある。ちょうどいいので少し振り返ってみよう。

『リング』ブームが起きたのは、ミレニアムに入る前で、もう十八年も前のことになる。当時のブームを実感できない、あるいは小説や映画を知らない若い読者も多いかもしれない。ビデオ・テープが死をよぶ『リング』（一九九一年）は、日本ホラー小説大賞を受賞した瀬名秀明の『パラサイト・イヴ』（九五年）の大ヒットで注目され、日本のモダン・ホラーの傑作として高い人気を博してベストセラーになった。このあとリング・シリーズは『らせん』（九五年）『ループ』（九八年）と続く。テレビ・ドラマ化されて、映画も『リング』（九八年。監督中田秀夫、主演真田広之・松嶋菜々子）、『らせん』（九八年。監督飯田譲治、主演佐藤浩市・中谷美紀）、『リング２』（九九年。監督中田秀夫。主演中谷美紀）とぞくぞく公開されて、大ヒットを記録した。しかも『リング』は英訳され、ハリウッドではナオミ・ワッツ主演で『ザ・リング』（二〇〇二年。監督ゴア・ヴァービンスキー）『ザ・リング２』（〇五年。監督中田秀夫）として世界中で公開され、『ザ・リング』はジャパニーズ・ホラーの火付け役としてハリウッドでも一大潮流となった。

テレビと映画でのヒット、映画オリジナルの『リング２』の製作などリング・シリーズは累計六百万部を越えるほどの大ベストセラーになり、いちだいブームがおきた。ただ、『リング』だけが独り歩きしている感があり、映画化作品はかならずしも小説の『らせん』や『ループ』などの世界を反映していない。『リング』は死を招くビデオ・テープの謎を探るホラーだが、第二作『らせん』ではリング・ウィルスが人類を襲い、第三作『ループ』では人工生命体の謎を追う話に広がり、シリーズファンは呆然となったのである。つまりホラーでスタートした物語は、医学・科学ミステリを経由して、最後には何とSFまで突入したからだ。

そのあと三部作の外伝ともいうべき短篇集『バースディ』（九九年）が発表された。『リング』の山村貞子、『らせん』の高野舞、『ループ』の杉浦礼子といった、シリーズにおける三人の脇役の女性たちを主人公にした物語が三作集められていて、全体で『ループ』の後日談になる。三部作をダイジェストしつつ、シリーズの流れを明確に刻んでいる。一言でいうなら、恐怖から愛への移行である。

かつて書評に書いたことがあるが、リング・シリーズ三部作の魅力というと、ジャンル横断の面白さと人類進化の鮮烈な未来像があげられるけれど、注目すべきはホラーやSFの衣装の下にあるドラマである。人物たちが織りなす烈しいドラマが読者の胸をうつ。『リング』では家族の喪失の危機、『らせん』では子供を失った親の絶望感が物語の底に横たわっていたが、『ループ』では男女の愛が加えられ、いちだんとドラマ性を強めた。言うならば『リング』『らせん』の恐怖が『ループ』の愛を謳う伏線だったのである。

いまではもう鈴木光司をホラー作家と思う人はいないだろうが、リング・シリーズのブームが過熱したころ（いや、近年ブームは再燃していて、第二シーズンを飾る『エス』は翻案されて二〇一二年に『貞子3D』、一三年に『貞子3D2』と映画化もされているのだが）、鈴木光司はホラー作家と思われていた。だが、いうまでもなく、鈴木光司の実質的なデビュー作は、日本ファンタジーノベル大賞優秀賞を受賞した『楽園』である。この生まれ変わっても愛する相手を探し求める物語がいい例だけれど、もともとは家族や男女の愛を高らかに謳う物語作家である。

つまり別の見方をするなら、皮膚がぞくぞくするような恐怖や、一見すると荒唐無稽にも思える物語を、心あたたまるドラマに収斂させてしまう、いわばハリウッド・エンターテインメントの作家であり、その証左が、リング・シリーズ三部作（プラス外伝）なのである。読者が夢中にならないはずがない（リング・シリーズではないし、ハリウッド・エンターテインメントの文脈とはやや異なるが、英訳された『エッジ』で鈴木光司がシャーリー・ジャクスン賞を受賞したのも、日本のみならず広く海外で受け入れられる鈴木文学の豊かさだ）。

本書『タイド』では、『リング』の呪いの謎、何よりもリング・シリーズのキーパーソンともいうべき山村貞子の謎に徹底的に迫った小説といえるだろう。というと、貞子の謎は、『リング』の主人公である大学講師高山竜司が十二分に追及したではないかと思うだろう。だが、ここではもっと徹底的に掘り下げられる。『らせん』後の世界の謎や、本書『タイド』の後に起きる物語『エス』での柏田誠二の謎なども追及されることになる。高山と柏田の関係は本書の早い段階で書いてあるが、しかし貞子の肖像に関しては本書でまったく別の真相があかされる。おいおい、嘘だろう！　と叫びたくなるほどの驚きを与えるのだ（シリーズの新たな局面の提示といっていいだろう）。貞子の家族模様を書きすぎて、矮小化しているのではないかという声も単行本のときはあったけれど、読み返すと、むしろ逆の方向に進んでいる気がする。つまり貞子の神格化である。

本書『タイド』では、蛇のイメージを介して、古事記やギリシア神話をはじめとして様々な歴史的文献を引用して議論されるし（この白熱する議論がとても刺激的で面白い）、役小角の伝説なども検証して、貞子の存在の秘密を探ることになる。〝古代の出来事は、神話として語られ、非現実と思われがちだが、そうではない。実際に起こった出来事が、語り継がれるうちに、虚構の衣を纏って、類型化されて〟、やがて〝象徴として刻印される〟、そして主人公たちはそれを目の当たりにするのである。貞子という存在が起こす出来事、そこにある肉親の凄まじい愛と憎悪の物語は、古事記やギリシア神話と響きあい、悪の象徴としていちだんと高い位置にたつことになる。しかも単に善と悪の戦いのみならず、リング・シリーズが追究してやまないテーマ、すなわち魂とは何なのか、心とは何なのか、意識とは何で、何故この世界に自分はいるのか、そもそもこの世界はどのようにできているのかといったことがとことん議論されて、ドラマが沸騰して、結末へと猛然と疾走していくのである。

親本の帯には貞子の〝転生〟とあるが、まさに転生としての華々しい（いや極めて邪悪な）復活であり、主人公たちは恐怖の底に叩き落とされる。本書『タイド』は『エス』につながる序章であるから、『タイド』から読んでもいい。というのも、『タイド』を読むと、リング・シリーズそのものが大きくがらりと変貌をとげるような予感がするからである。

では、いったいどんな変貌なのかとなるが、それはまだわからない。わからないが、『エス』と『タイド』を読めばもう気になって仕方ないはず。鈴木光司には早く第二シーズンの三作目を書き上げてほしいものだ。

本書は、二〇一三年九月の小社より刊行
された単行本を文庫化したものです。

タイド
鈴木光司（すずきこうじ）

角川ホラー文庫 19675

平成28年3月25日 初版発行
令和7年11月15日 12版発行

発行者——山下直久
発　行——株式会社KADOKAWA
〒102-8177 東京都千代田区富士見2-13-3
電話 0570-002-301（ナビダイヤル）
印刷所——株式会社KADOKAWA
製本所——株式会社KADOKAWA
装幀者——田島照久

●お問い合わせ
https://www.kadokawa.co.jp/ （「お問い合わせ」へお進みください）
※内容によっては、お答えできない場合があります。
※サポートは日本国内のみとさせていただきます。
※Japanese text only

ISBN978-4-04-103994-6 C0193

角川文庫発刊に際して

角川源義

第二次世界大戦の敗北は、軍事力の敗北であった以上に、私たちの若い文化力の敗退であった。私たちの文化が戦争に対して如何に無力であり、単なるあだ花に過ぎなかったかを、私たちは身を以て体験し痛感した。西洋近代文化の摂取にとって、明治以後八十年の歳月は決して短かすぎたとは言えない。にもかかわらず、近代文化の伝統を確立し、自由な批判と柔軟な良識に富む文化層として自らを形成することに私たちは失敗して来た。そしてこれは、各層への文化の普及滲透を任務とする出版人の責任でもあった。

一九四五年以来、私たちは再び振出しに戻り、第一歩から踏み出すことを余儀なくされた。これは大きな不幸ではあるが、反面、これまでの混沌・未熟・歪曲の中にあった我が国の文化に秩序と確たる基礎を齎らすためには絶好の機会でもある。角川書店は、このような祖国の文化的危機にあたり、微力をも顧みず再建の礎石たるべき抱負と決意とをもって出発したが、ここに創立以来の念願を果すべく角川文庫を発刊する。これまで刊行されたあらゆる全集叢書文庫類の長所と短所とを検討し、古今東西の不朽の典籍を、良心的編集のもとに、廉価に、そして書架にふさわしい美本として、多くのひとびとに提供しようとする。しかし私たちは徒らに百科全書的な知識のジレッタントを作ることを目的とせず、あくまで祖国の文化に秩序と再建への道を示し、この文庫を角川書店の栄ある事業として、今後永久に継続発展せしめ、学芸と教養との殿堂として大成せんことを期したい。多くの読書子の愛情ある忠言と支持とによって、この希望と抱負とを完遂せしめられんことを願う。

一九四九年五月三日